镜像与世相

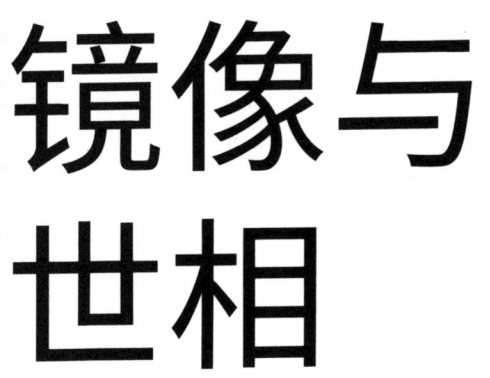

从互联网拯救生活

胡一峰 著

中国文联出版社

图书在版编目（CIP）数据

镜像与世相：从互联网拯救生活 / 胡一峰著. -- 北京：中国文联出版社，2022.8
ISBN 978-7-5190-4944-7

Ⅰ.①镜… Ⅱ.①胡… Ⅲ.①小品文－作品集－中国－当代 Ⅳ.①I267.3

中国版本图书馆 CIP 数据核字(2022)第 152470 号

著　者	胡一峰	
责任编辑	阴奕璇	
责任校对	吉雅欣	
装帧设计	马庆晓	

出版发行　中国文联出版社有限公司
社　　址　北京市朝阳区农展馆南里 10 号　　邮编　100125
电　　话　010-85923025（发行部）　　010-85923091（总编室）
经　　销　全国新华书店等
印　　刷　中煤（北京）印务有限公司

开　　本　880 毫米 x 1230 毫米　　1/32
印　　张　12
字　　数　235 千字
版　　次　2022 年 8 月第 1 版第 1 次印刷
定　　价　49.00 元

版权所有·侵权必究
如有印装质量问题，请与本社发行部联系调换

序:"镜像"之思

诗人曰:人猿相揖别,只几个石头磨过。在科技飞速发展的推动下,人类社会的脚步也越走越快。不知不觉,我们已身处信息社会之中了。同光年间,李鸿章提出彼时为"三千余年一大变局""数千年未有之变局",至今仍为人引用。李氏此言,实指中国当时在国际格局中地位之变化。若从人类社会整体演进来看,互联网的发展才真正将我们带入了一个亘古未有的变局。

在这一变局下,越来越多的人过上了双重生活。一是现实世界,一是虚拟世界。虚拟世界中的一切,看似现实世界之反映而成"镜像"。早期或许也确是如此。举日常生活为例,电子邮件兴起时,除电脑屏幕、键盘替代了纸、笔外,内容、用语和传统的信件无大区别,我们只是享受信件瞬时抵达的便捷。

但很快,"镜像"就建立起自己的规则,并以此改变现实世界。QQ等即时通讯工具出现后,文字取代语言成为人类即时交流的媒介。用文字而不是语言来"聊天",这在人类历史上真是破天荒的,其意义当不亚于100多年前那场白话文运动。今日大领风骚之"网言网语"、网络流行字乃至新造的字,大抵都从这里起源。这些源自网络的新语言降临到现实世界后,现实的生活也在经历着变化。

当"镜像"改变了本像,世界诸多面相重重叠叠,互为映射,变得十分繁复而动荡起来,关于世界的一切知识、观念、情感,也随之摇摇晃晃。一切坚固的东西都烟消云散了,另一些诞生于变化的新东西则在坚固起来;一切神圣的东西都被亵渎了,另一些植根于人性的新情感正在神圣起来。其中,有旧日消逝的惆怅,也有新景奔来的欢喜。作为生活在此时此地的人,我们所见到的、所感知到的,无非是天地流转的大过程。

"悲莫悲兮生别离,乐莫乐兮新相知。"变世带给人的一切痛苦和欢欣体验,值得哭,值得笑,更值得理解和思考。

是为序。

目 录

甲辑　活在朋友圈　　/ 001
　01　朋友圈里的陌生人　/ 003
　02　先扫为敬？　/ 004
　03　技术性沉默　/ 006
　04　不说话的人　/ 007
　05　战术点赞　/ 009
　06　脚下之"赞"　/ 010
　07　get 一个"表情包"　/ 011
　08　表"情"需谨慎　/ 013
　09　八大山人的表情包　/ 014
　10　朋友圈美食家　/ 016
　11　别人家的故乡　/ 017
　12　"截图式"聊天　/ 019
　13　撤回的真相　/ 020

14　60 秒语音　　/ 022

15　"呵呵"与"哦"　　/ 023

16　潜水的哲学　　/ 025

17　第二次读小学　　/ 026

18　入群请实名?　　/ 028

19　说"退群"　　/ 029

20　朋友圈的雪　　/ 031

21　晒娃伦理学　　/ 032

22　今天,你演了吗　　/ 033

23　胡适也抖音　　/ 035

24　暗处的眼睛　　/ 036

25　张老头的二维码　　/ 038

26　网民与网名　　/ 039

27　明日黄花说笔友　　/ 041

28　四代同圈　　/ 042

29　你瞅啥?　　/ 043

30　名人"带货"的美食　　/ 045

31　网购桑蚕记　　/ 047

32　"亲"和不"亲"　　/ 048

33　花钱还用学吗　　/ 050

34　在微信里走路　　/ 051

35　你怎么备注我　　/ 053

36	也谈网红美食	/ 054
37	你是几道杠	/ 055
38	盗帅的纸条	/ 057
39	单词打卡	/ 058
40	"亚历山大"来听雨	/ 060
41	公号"菜根谭"	/ 061
42	抖音人爱螺蛳粉	/ 063
43	你抢红包了吗	/ 064
44	扫"祸"得"福"	/ 066
45	合影社交	/ 067
46	随大流	/ 068
47	理发节	/ 070
48	我签名，你买单	/ 071
49	鄙视链是条什么链	/ 073
50	不赞之恩	/ 074
51	咳嗽一声	/ 076
52	聚谈之乐	/ 077
53	手机晒人脉	/ 079
54	止损式社交	/ 080
55	平台即故乡	/ 081
56	网上"道旁儿"	/ 083
57	"文如其人"别解	/ 084

58　数值化的肉身　　　／086

59　你和谁相关　　　／087

60　短信拜年　　　／089

61　头像敲门砖　　　／090

62　蟹博士　　　／092

乙辑　无缝生活记　／095

01　给生活留一道缝　　　／097

02　"免于在线"的自由　　　／098

03　"错愕"何处寻　　　／100

04　做个信息极简主义者　　　／101

05　如果来次"断网游"　　　／103

06　你标注了谁的生活　　　／104

07　关节炎和大数据　　　／105

08　"错失恐惧症"的疫苗　　　／107

09　"青铜"也有起居注　　　／108

10　没有美食的站台　　　／110

11　快递来敲门　　　／111

12　一根有感情的苇草　　　／113

13　TOP150　　　／114

14　娱乐须知　　　／116

15　天地一逆旅　　　／117

16　云里飞　　／119

17　你算老几　　／120

18　没有调料的故事　　／122

19　想起了老井　　／123

20　学给别人看　　／125

21　契约化的时间　　／126

22　电脑写信　　／128

23　脑机接口随想　　／129

24　漏网的板蓝根　　／131

25　送啥都快？　　／132

26　绿皮车式聊天　　／134

27　拿猫鱼　　／135

28　大数据杀熟　　／137

29　大隐隐于网　　／138

30　网约车　　／139

31　即时关系　　／141

32　附近的人　　／142

33　找WIFI　　／144

34　关机睡觉　　／145

35　网龄与记性　　／147

36　不被推荐的生活　　／148

37　"闲"在网上　　／150

38 关流量与动耳肌　/ 151

39 媒介村落　/ 153

40 留点垃圾时间　/ 154

41 遥远的相似性　/ 156

42 手机里的灶王爷　/ 157

43 呈堂证供　/ 159

44 皇帝与算法　/ 160

45 我的"团长"我的"团"　/ 161

丙辑　网络艺文志　/ 165

01 网络时代的"选学"　/ 167

02 "洪水猛兽"伴成长　/ 168

03 世上哪得"两坦"法　/ 170

04 吾未见好书如好剁手者　/ 171

05 "屏幕赏艺"时代的艺术经验　/ 173

06 也说"下饭剧"　/ 174

07 作为"文体"的网络　/ 176

08 数据库的温度　/ 177

09 莫把爱好当技能　/ 179

10 发表欲和搜索狂　/ 180

11 风雅的网民　/ 182

12 标题要长？　/ 183

13 磁带里的"网课" / 184

14 微博里的钟声 / 186

15 随便翻翻也挺难 / 187

16 等待约等于期待 / 189

17 惊雷与驴叫 / 190

18 云端藏书楼 / 192

19 单曲循环 / 193

20 网上"杂吧地儿" / 195

21 黑化和黑话 / 196

22 说"更" / 198

23 小屏一代 / 199

24 互动剧与续书 / 201

25 名著会过时吗 / 202

26 用身体阅读 / 204

27 从软盘到云盘 / 205

28 收藏夹与收藏家 / 207

29 "干货"崇拜 / 208

30 创意与融梗 / 210

31 主播的底线 / 211

32 一句歌王 / 213

33 林有有和黄世仁 / 214

34 下一站游戏 / 216

35　馈得自己掰　/ 217

36　库单　/ 219

37　长宽高　/ 220

38　你说啥　/ 221

39　找回想象力　/ 223

40　网红为什么这样红　/ 224

41　"游记"怎么办　/ 226

42　字体癖　/ 227

43　弹幕里的辜鸿铭　/ 229

44　"漫改"与"改漫"　/ 230

45　物观世界　/ 231

46　也说慢直播　/ 233

47　明星"降维"　/ 234

48　鲁迅的知乎生涯　/ 236

49　虚拟书香　/ 237

50　歌为何红　/ 239

51　追虚拟的星　/ 240

52　电视的退却　/ 241

53　万物皆可鉴　/ 243

54　躺平学和好了歌　/ 244

55　重新学说话　/ 246

56　"皮肤"拉杂谈　/ 247

57　直播杂货铺　　/ 249

58　"平行世界"的哈维尔　　/ 250

59　电竞大师兄　　/ 251

60　元宇宙与下辈子　　/ 253

61　旧物的声音　　/ 254

62　"VIP"有几个"V"　　/ 256

63　快乐的"废话文学"　　/ 257

64　健康的快乐　　/ 259

65　"佛媛""病媛"　　/ 260

66　直播间里"卖布头"　　/ 261

丁辑　人机共处学　　/ 265

01　把谁P上去　　/ 267

02　声音的逆袭　　/ 268

03　放生恐惧症　　/ 270

04　旧日重来?　　/ 271

05　智能时代的文学转折　　/ 273

06　衣服是洗衣机洗的吗　　/ 274

07　识花软件　　/ 276

08　听手机讲那过去的事情　　/ 277

09　靠脸吃饭　　/ 278

10　世界变窄了　　/ 280

目　录　｜　009

11 我和我的手机一刻也不能分割？ / 281

12 令人恐惧的弱点 / 283

13 知心与共情 / 284

14 你是方言几级 / 285

15 谈一场七天的恋爱 / 287

16 "备份"别过分 / 288

17 灵光的锣鼓 / 290

18 出厂设置 / 291

19 病是"搜"出来的？ / 293

20 难吃的健康 / 294

21 "倍速"生活 / 296

22 "她"的地位 / 297

23 AI 不会"轧苗头" / 299

24 看球的 Spot / 300

25 另存为 / 302

26 AI 八股 / 303

27 AI 写科幻 / 305

28 技术加持的啰唆 / 306

29 人工智能商 / 308

30 智商税 / 309

31 比武招亲的 AI / 311

32 扫地机器人 / 312

33 智能家居家暴 / 313

34 楚门之喻 / 315

35 "二手货"逆袭 / 316

36 APP 之患 / 318

37 你的数学是台灯教的吗 / 319

38 学外语 / 321

39 捏一个自己 / 322

40 人机情未了 / 324

41 "机翻"与"手作" / 325

42 天下与脚下 / 327

43 人有"新三急" / 328

44 手机"相术" / 329

45 魔镜与神灯 / 331

46 离键忘字 / 332

47 第一家 AI 食堂 / 334

48 背交椅的机器人 / 335

49 误入"小冰岛" / 337

50 AI 续写贝多芬 / 338

51 AR 动物墓地 / 340

52 数字遗产难题 / 341

附 疫中杂感 / 343

01 好在有了互联网 / 345

02 古曲今事正相能 / 346

03 每个人的新冠肺炎 / 348

04 拆迁户和云中君 / 349

05 网络生活下半场 / 351

06 迟到的春天 / 352

07 五官再"论功" / 354

08 张医生的背景音 / 355

09 "例外"的尊严 / 357

10 我"脸"故我在 / 358

11 流调的温度 / 360

12 大事件与小习惯 / 361

13 大喇叭归来 / 363

后 记 / 365

甲辑　活在朋友圈

◆ 信息技术如辛劳的蜘蛛，把网织得如此之大，而我们这些离不开手机、电脑的生灵，正如扑网而去的飞虫。再过几年，"四世同圈"恐怕也将普遍。我说的"圈"是微信朋友圈。

◆ 每一句没有说出来的话，都有它的理由。说出来的反而可能是"废话"。正如同，没有撤回的话，不见得每句都很重要；每一条撤回的消息，却都有撤回的理由。善意的欺骗、隐忍的沉默、克制的愤怒、无言的默契，生活中一个也不能少。

◆ 抖音的口号是"记录美好生活"。当然，与其说"记录"，不如说"出演"。围观，是人类专属的癖好，禽兽可没有围观的习惯。"你拿着手机看朋友圈，看朋友圈的人在饭局上看你。人脉装饰了你的样子，你装饰了别人的谈资。"

◆ "潜水"也是一种哲学，坚持做我的哲学。不管对方发的内容如何，皆无差别"赞"之。这就颇有战术意味。

◆ 当手机支付几乎一统天下时，掏出钱包，一五一十地数着钞票，再一五一十地拿回找零，俨然是道风景，好比当年北大校园内辜鸿铭那根辫子。

◆ 秦桧死了800多年了，今天我们仍在吃油条，多半出于肠胃需要而非心理之好恶。

◆ 人生好比吃一份水煮鱼，油汤里的香料捞得再干净，还是难免嚼到花椒粒。

01　朋友圈里的陌生人

对很多人而言，朋友圈已成生活必不可少的内容。上网之人总有几位点赞之交，而交往也只限于朋友圈里互相点个赞，有的甚至从不曾谋面。有时机缘凑巧见了面，也没有一见如故的欢喜，反因对方与想象中大不同愈添了生分。

确实，不少人网上网下两副面孔。在网上，屏幕是面具，现实的约束暂时抛在一边，躲在滤镜背后，展现给人的是"想象的自我"。即便这个"自我"可能更符合内心的期许，心理的真实与现实的真实毕竟不同。因而，见到网上频频为你点赞、语言辛辣风趣的朋友，实为古板木讷甚至陈腐呆气之人，心中自然凉了半截。他送上的那些"赞"，含金量似乎也打了折扣。

"朋友"比"熟人"更近一层，"朋友圈"里却潜伏了不少陌生人。或许是某次会议上的邻座，或许只因同在一个群，或许不过是一次公对公的联系中，你们互扫了二维码，走入对方朋友圈。在前互联网时代，这些人如天边的云朵，偶从眼前飘过，便一去不返，消散在生活中了。现在，却和我们联系在了一起。这是互联网时代特有的黏性。"网"这个词真是生动,信息技术如辛劳的蜘蛛,把网织得如此之大,而我们这些离不开手机、电脑的生灵,正如扑网而去的飞虫。

哲学家张世英衰年变法,提出"万有相通"之论。万有相通之要害在万人相联。人与人,尤其是陌生人与陌生人之间的联系,是万物相通之前提与动力。工业文明改变了农业文明的熟人社会,让陌生人社会成为现实。信息文明再一次改造了这个社会,依托网络熟人社会实现了某种回归。

回归的内里是转型。网络"杀熟"、半强迫式地求转发求点赞求红包,这些烦恼均为"转型综合症"。网络文明终将建立新伦理。正视和善待朋友圈里的陌生人,是我们的必修课,在朋友圈里做个好陌生人,也是我们的必修课。毕竟,每个人无一例外都是朋友圈里的陌生人。

02 先扫为敬?

扫,甲骨文是手拿笤帚的样子,本义是打扫,也有快速的意思,李白《草书歌行》,"吾师醉后倚绳床,须臾扫尽数千张",疾书之状,如在眼前。而互联网语境下"扫"最常见的用法是"扫"码。

自有微信,名片用得少多了。"扫个微信吧"成了搭讪、攀交的口头语。大凡社交，总有礼的要求。更何况，在我们这个讲礼的国度呢。礼节，无非是告诉你如何处理人与人的关系。名片时代，陌生人之间互递名片，先后次序是颇有讲究的。礼仪课告诉我们，作为晚辈、下级、男士应主动把名片递给长辈、上级、女士。

微信时代了，谁先扫谁更符合礼数呢？老话说，实践出真知。我悄悄试过多次，有时我主动提出扫别人微信，有时我主动亮出二维码，请对方扫之，并暗中观察两种情况下对方之神情，以此揣摩何种"扫码"顺序最为妥帖。可惜至今没有得到答案。我又以此题问过多人，答案也不统一。

选择无非两种。A. 位卑者主动扫位尊者之码；B. 位卑者主动亮码。然而，这两种"主动"究竟哪一种更"主动"呢？

有人认为，二维码相当于名片，主动出示二维码，相当于名片时代主动将名片递上。这看似有理，实则未必。名片接到后，收入囊中即可，扫了二维码后，却需发送验证申请。而通过与否，主动权在于二维码的持有者。如此一来，形势反转，扫码者反而像主动寻求结识的一方了。

如果换过来，位卑者主动请求扫位尊者之码呢？这倒避免了上面的尴尬。但微信里的二维码藏得比较深，找出二维码远不如打开"扫一扫"方便。位尊者又往往年长，我遇到过好几次因为我的"敬意"，却让长者在手机里找二维码好一阵手忙脚乱，最后只好无奈地说，"还是我扫你吧！"

看来，先扫为敬，还是被扫为敬？这还真是个问题啊。

甲辑　活在朋友圈　｜　005

03　技术性沉默

说起来,大部分社交媒体"心地"善良。比如,微信有"点赞"。点赞大多确是想"赞",有时不见得真是"赞",只是"点"罢了。但微信没有"讨厌"设置。其他一些社交媒体也多不设否定选项,如果要反对,必须写下具体意见,隐含的逻辑似乎是:喜欢可以无理由,讨厌必须有实锤。想想这倒也符合常理常情。

因此,当你看到一条不那么喜欢甚至厌恶的朋友圈时,可以批驳反对,可以选择不看,性子刚烈的还可以屏蔽,甚至删除、拉黑,但是,你无法像"点赞"那样快捷和直率地表达自己的厌恶。

据说,这样的设计,并非疏忽,而是策略,因为这有利于延长用户在社交媒体上的停留时间。一天发出几十个乃至上百个惠而不费的"赞",心情即便不变好也不至于沮丧、烦闷。但如一天按了几十下"讨厌",恐怕就会怀疑自己和这个平台是否相宜,久而久之,难免弃之而去。

社交媒体既已成当下人们生活世界一大部分,只有"点赞"没有"讨厌"显然是不够完整的。抛开被媒体平台策略地长时间"挽留"不说,还让人产生一种"吾道不孤"的错觉。事情的真相却是,道不同者并没有消失,只是被技术性地选择了沉默。

不过话说回来,如果有"点赞",又有"讨厌",可能会变得愈发凌乱不堪。俗话说,一样米养百样人。世界那么大,不可能

"三观"人人相同,更何况还有千奇百怪的口味偏好。追求真相真理,当然需要所有意见尽可能得到表达。但日子不是在实验室里过的。善意的欺骗、隐忍的沉默、克制的愤怒、无言的默契,生活中一个也不能少。人生之大勇敢,不在怒潮澎湃,而在兼收并纳,化于无形。

我发朋友圈也算勤快了,有时是絮叨的感想,有时是吃过的菜肴,有时是偶遇的一条河或一只猫,有人点赞,心生欢喜,但也很感激那些被打扰却不明言的厌恶。

04　不说话的人

前几年有部电影《手机》,提到不少关于说话的话题。说话这件事,怎么说有时候比说什么更加重要。以前说话用嘴,现在除了用嘴,还用手。用手不是打手势,而是打字。比如,微信。今天的我们,好多话是在微信里说的。我曾看过一幅漫画,一家人住在一起,却用微信交流,反映了当下奇特的说话景观。

微信群也就成了说话的主要场所之一。有的人在群里很少说话,专有名词叫作"潜水"。这首先和群有关。有的群,建的本就莫名其妙。比如,我曾被"请"入过一个群,是群主的"亲友群"。开群伊始,群主宣布,进群的都是对他很重要之人,希望大家在群里好好交流。想来群主希望建一本活的通讯录,把"重要"之人登到一个户口簿上，编一套朱洪武那样的"黄册"。这实在令人啼笑皆非。

一个人，终其一生值得向所有亲友广而告知，又能引起亲友兴趣的事，不过寥寥数件，再除开出生、离世之类技术上无法由本人亲自宣布的，就更少了。现代社会，人口频繁流动，每个人的交往范围十分广泛，亲友之间以互不相识者为多。进了这样的群，真像参加婚礼却被安排到全是陌生人的一席，尴尬不已，只好沉默是金、笑而不语了。

不说话也与人有关。据我观察，群里"潜水"的主要是两类人。一类是说话很重要的人或自以为很重要的人。这些人身份、地位显赫，或自以为显赫，说话"有分量"，轻易不开口，开口即为朱笔批红，一锤定音，不容反驳，是名副其实的话题终结者。于是，群变成了家族祠堂，族长开腔，杂音回避。另一类是说话很不重要或自以为不重要的人，保持着高冷姿态，视群员如演员，任你众声喧哗，我自老僧入定。

每一句没有说出来的话，都有它的理由。说出来的反而可能是"废话"。不过，该说的终要说出来才好，马克思早就说过了的："我说了，我拯救了自己的灵魂。"

05　战术点赞

前面讲到朋友圈只有"点赞"而没有"讨厌"设置，纵然厌恶也无从表达。其实，"点赞"也多种多样，有时读到好文好图，赞之以表心中欢喜，有时见到"潜水"之人忽然发声，赞之以表同忾，有时是好友发起集赞，信手一点，惠而不费，何乐而不为。

有的"点赞"却和被赞的内容无关，只与被赞之人有关。我有两位同学，毕业后，一南一北，天各一方，但某甲发朋友圈，必见某乙之赞。我一度怀疑甲开启了某种自动定向点赞程序。询之潮流达人，说目前尚无这般高端技术，那么，这无数个定向点"赞"里大概率是埋藏着一些故事的。

我把这称作"战术点赞"。此类点赞，据我观察，还有不少。比如，新加的好友之间互相点赞的几率会大一些。这个现象不知如何科学解释，以常理揣测，每一个人都有各自的见闻、阅历和喜好，在朋友圈发布的内容也各有特色。因此，新加了一个好友，从他发的朋友圈里，总会发现些自己不太熟悉或未曾了解的新鲜事，也就会吸引更多的关注。当然，也有可能一段新的交往建立后，双方都希望通过更多的互动加以巩固，因此，不管对方发的内容如何，皆无差别"赞"之。这就颇有战术意味。

再如，忽在朋友圈里见到某A给某B点了赞，而A和B虽都是自己认识之人，但两人似全然不相干，本该各自存在于平行空间,谁知竟突然出现在一起,不免诧异于世界之小、缘分之大,百思不得其解之际,想找某A或某B问一问缘由,但又怕有些唐突。于是,玩一点小心机,暗搓搓给某B也点个赞,让某A知道自己同在某B朋友圈。此时,好像两个潜伏在敌营里的特工,忽然碰面,虽各有上线,但觉气味相类,有些猜疑,又不便相认,只好若有若无地发个暗号,然后静静地等着回应。这大概也是微信社交时代意趣之一吧。

06　脚下之"赞"

前几天,又收到了"清理僵尸粉"的微信。第一次接到类似信息时,不明所以,回信询问。现在知道是例行普查,见怪不怪,安之若素。于是,想起读报看到的一条新闻。有一种"僵尸网络"(Botnet),在网络上颇为流行。这是一款社交模拟器,只要使用了它,你发布任何东西,都会收获数以万计的点赞,瞬间有了百万粉丝,享受坐拥天下的快感。

当然,这一切都是虚假的,所有点赞和粉丝,都来自机器人账号,在"僵尸网络"为你组建的庞大"社交网络"中,只有一个真人,那就是你自己。以前听人说经,"一切有为法,如梦幻泡影",又说世间之所有非实有,缘起缘灭,缘聚缘散。身陷网络世界后忽然觉得,社交网络不正是这般情境之体现吗?纵然不是机器人账号，还是让人不放心，不然，为什么这么多人热衷于寻找身边的僵尸粉呢？

不过，人们从朋友圈获得的社交成功感是千真万确的。多年前就有位大V自陈在微博上找到了批阅奏章的感觉。我记得看过一部电影叫《求求你，表扬我》，讲了民工杨红旗到报社请求登报表扬自己的故事。电影多少有些黑色幽默，却揭示了人的一种天性，这就是希望得到认可和认同。

婴儿有高需求和有低需求，成人其实也如此，只是婴儿只能靠哭表达，成人学会了"花式求赞"。当然，一样米养百样人。有的人看重外界的评价，是"表扬驱动型"的；有的人对此看淡，自顾自过日子。两种人生方式，很难判定个中优劣。而社交网络向生活无孔不入地渗透，似乎更能调动了人的"求赞欲"。近日流行的"凡尔赛文学"，大概也与此有关。

写到这里，想起民国时的篆刻家陈巨来说过一句妙语：同样是死，有的人死在手上，有的人死在脚下。所谓"手上"，抚掌大笑；"脚下"者，顿足痛惜也。这一记用"脚"踩出的赞，才是世间走这一遭所应求之真赞吧。

07　get 一个"表情包"

有位长辈问我，他的孩子在朋友圈发了张奇怪的图，究竟是什么意思,是不是遇到了什么事。我一看,原来是个表情包,便对他说,没什么意思,年轻人抒发一下情绪罢了。

我们活在这个世上,总会生出些莫名其妙的情绪,或因读到了别人精妙的文字,或许是想到了自己感伤的事情,或许只是释放善意没被理解,又或许是小伎俩被无情揭穿。这大概就是古人老说的"闲愁"吧,它与生俱来,挥之不去,像穿堂暗风悄悄吹过来,搅动了心怀。

排遣"闲愁",需要手段。若是诗人,便吟出几句诗来,示之友朋;书画家提笔研磨,刷刷点点,涂出心中郁结;拳师脱了上衣,光膀子练上一趟,发汗解闷。我们这些一无是处的无聊网民,也就是发发表情包、斗斗图了。

英国有所大学曾对 18 岁到 25 岁的人做了调查,发现有 72% 的调查对象觉得表情符号比文字更能达意。我以为,比"达意"更确切的说法可能是"传情"。表情包的意义经常是模糊的,但好处也在于模糊。

简单往往和深刻联系在一起,而模糊的东西总显得丰富。据说,表情包最早起源于简单的笑脸符。一个"笑脸",内涵万千。家人的笑脸,让人心安;知交的笑脸,是心照不宣的默契;领导的笑脸,冷暖难测,有时让人心头惴惴。而微信里那个经典的"笑哭"表情,有人说是"笑出了眼泪",也有人视为"哭泣"。

网络文化越来越多样,网络交流愈演愈盛,表情包也由简而繁,争奇斗艳,蔚为大观。正所谓,各花入各眼。以我之偏好,复杂的表情包令人生烦生厌，给表情包加上文字说明，更是等而下之。

表情包的妙处在于意会，且大半由情境定义。不立文字、眼神确认，正是一种很难得的幸福。作为碌碌网民的一员，幸福的网络生活其实很简单：有人准确地 get 到了你的表情包！

08 表"情"需谨慎

表情有风险，发送需谨慎。前两天看到一则消息，广东潮州一名学生在微信群里问老师作业时，发送了两个敲打表情，老师一见大怒，要求学生写检讨。在老师看来，表情中那颗被锤打得皱眉龇牙的脑袋是他，而学生的理解是在敲打笨笨的自己。我看了看评论区的留言，发表意见者大都站在学生一边，觉得老师不懂年轻人的世界，无法好好沟通。

代际沟通其实是每个时代共有的"通病"。如今，社会变化快，尤其互联网的发展加速文化迭代，当下的新冠肺炎疫情又增加了人们网络活动的时间和内容，比如上网课，把不同代际的人驱赶到了同一个空间之中，鸡同鸭讲更加明显。

网络交流时，大家已习惯用"表情包"。表情包当然也是有文字的，比如我收藏了一套"已阅"表情包，均是"批示体"的汉字。不过，大部分"表情包"是图像。"表情包"这个名字起得很好。图像直观，内涵丰富，确实善于表"情"，但图像横看成岭侧成峰，也就具有了多义性。

然而，人与人交流的目的很多，除了表"情"，至少还有达"义"。而达"义"要求明白、直接。表"情"与达"义"不仅是两回事，而且似乎是难两全之事。这个矛盾不仅存在于图像和文辞之间。仅就文辞而言，也是如此。

"信言不美，美言不信。"文辞中最善抒情的大概是诗，但诗的意思也最模糊。有时，要表达的情感朦胧复杂到无从归纳，诗人只好名之"无题"二字。而一幅图如果要靠题目来说明画意，反而多半是水平不高的。这也说明，文辞与图像传达讯息方式之不同。最清晰干脆的文辞是法令。一条条像钢筋，梆硬、直白、严密，杜绝一切歧义，但又是最冷冰冰的。最敬业的律师恐怕也不会以咏吟法条为乐。

读图时代，潜在地滋长着"去文辞化"的思维和交流方式。这或许是时势所趋，不过，精准、严密的表达依然需要，"表情"也需因时因地而异吧。

09　八大山人的表情包

一到过节，人闲下来了，却有两样东西还在奔跑。一是物流，二是微信。回信息，也是过节时一桩大事。好在有表情包，微信回复省事多了。我还发现，微信表情有终结聊天的奇效。有时聊着聊着成了尬聊，有时虽酣畅痛快却有事突来必须结束。如果是打电话，不妨直白地说："嗯，说到这儿吧，搁了啊。"但微信聊天发出这句话，总感觉有些不合时宜。那么，发几个表情吧，逐渐冷却谈兴，顺势结束聊天，平缓而自然。不信，你翻翻手机，许多段聊天都是以表情划上句号的。

那个"笑哭"（喜极而泣）的表情最为好用。2015年，此表情被《牛津词典》评选为"年度热词"。最近微信表情更新，"小黄脸"活起来了。"笑哭"的眼泪滴滴往下淌。不过，我倒觉得不如静止时打动人。

使用这个表情时，我常会莫名地想起八大山人。这位本名朱耷的大画家，本是明王朝宗室，入清之后，住在南昌以遗民自居。晚年题诗作画，署为八大山人。这几个字写法又别出心裁，四字连缀，既像"哭之"，也像"笑之"，告诉人们他对这个世界哭笑皆非的心情。正如他画里的鸟，老是翻着白眼。在一首题画诗里，他写过"墨点无多泪点多"的句子。他又有好几个花押，类似于现在的艺术签名。有一枚拆开细看，实乃"三月十九日"，正是崇祯帝殉国的日子。

八大山人的画里隐藏着许多类似密码。记得有部电影《达·芬奇密码》，又有同名小说，拿达芬奇的名画做文章，敷衍成惊险悬疑的故事，煞是好看。近来也有网络小说家以《清明上河图》仿之，好像还没有读到以八大山人作素材的。朱耷身处世变，才华绝顶，可做的文章应该更多。他的那些花押、签名，自然是悬疑设扣的好线索，当然也不妨看作是一套表情包。不过，八大山人的聊天对象，乃是他所嘲弄又惋惜的整个世界。

10　朋友圈美食家

我有时在朋友圈里发家常菜肴照片，引来不少询问：这是你做的吗？答案当然是否定的。我的厨艺，女儿4岁时便已彻底否定，永不叙用了。不过，这些菜的品质，我颇有把握。因为，虽不是我做的，却是我吃的。

做菜的人和吃菜的人，谁更有资格评定菜的好坏？这是千古难题。就好比，一部电影精彩与否，是导演说的准呢，还是观众说的对？我有这样的体会，若是大牌导演的片子，纵然看得不知所云、昏昏欲睡，走出影院，也不太敢吐槽，否则，难免被怼以"看不懂，别说话"。同样，美食家推荐的菜肴，若吃不惯，只好怪自己舌头长、见识短。

以前的普通人家很少有照着菜谱做菜的。菜的品种、做法，都是辈辈相传，"妈妈的味道"，厨艺可谓名副其实的"家学"。到别人家做客，除了热闹之外，还能尝到一些新的菜品，就给人期待。那时交通不如现在方便，东南西北各地菜式，几乎老死不相往来。我读大学到了北方，才知牛肉原来可以和土豆炖作一锅，这不但上了菜谱，而且一度是远大理想的代名词。而在我儿时的家乡，似乎只有切成薄片的酱牛肉。

既然说到土豆炖牛肉，可以顺便一提牛肉拉面。我记得，广播体操进化到第七套那年，老家镇上的烧饼师傅，从外乡引入了牛肉拉面。清早的巷子口支起一口大锅，泛着黄油的汤咕嘟翻滚，拉面者做起了广播体操，一节扩胸运动做完，极细的面条就下了锅。这世间的定律之一是，再古板的人，也敢于尝试美食。人们拿着搪瓷缸子早早排队，好比现在人买"爱疯"。毕竟，这是和吃惯的"片儿川"完全不同的风味啊！

而今的"上班族"，在家吃饭机会不多，做菜机会更少。饭馆的菜花样多，但卖给谁的都一样，瞄准的是钱包而非肠胃。家里才是量胃定制。譬如我朋友圈里那些菜，大都是内掌柜照着网上教学视频炮制的，不过好多菜里没按要求放葱，不是菜谱里没写，只是女儿从小不吃葱。

11　别人家的故乡

父母给孩子"训话"时，总会说某某家的儿子或女儿如何如何。"别人家的孩子"，就这样成了一个梗。而在网络营造的言说环境中，这个句式不断衍生、改变，翻造出许多新的梗来。比如，"别人家的宠物"是那么乖巧、精致、通人性，而自己养的猫狗不是傻就是闹,还酷爱掉毛。又如,"别人家的导师"是那么和蔼,帮学生改甚至写论文。自己的导师却严格无比、不苟言笑。

有意思的是,最近我亲历了一次"别人家的故乡"。事情是这样的。有一天,大学同学发微信问我:"你老家是否T镇?"我说"是的"。他像抓到了娃娃似的兴奋:"是个新晋网红古镇啊。我马上要去那儿旅游啦,快告诉我有些什么美食。"我也忽然兴奋起来,仿佛赋闲多年的老臣,突然接到征召起用的谕旨,赶紧调动库存的记忆,巴拉巴拉说了一大堆特色小吃。过了几天,碰到这位同学。我满怀期待地问他旅游感受,他却漠然道:"没什么好吃的,也没什么好玩的。"言下甚为失望。比他更失望的是我。我失望的不是他的回答,而是他所描述的T镇,与我心中的太不相同。既如此,小吃的味道自然也是变了的。其实,同学口中的T镇,恰是网上宣传图片和视频里的那一个,是"别人家的"。

我们以前常说,生活是个大舞台,但在以前这只是一种比喻罢了。现在,直播、短视频在网上泛滥,并渗透到生活里。生活才真的成了一个舞台。出现在这个舞台上的,多半是戴着"别人家的"帽子的,具有很强的表演性。就像我的故乡,出现在短视频里时,小桥流水、岁月静好,尽心尽力地表演着一个江南"网红古镇"的模样,我同学所见,即是如此。镇子真实的个性,却遭埋没。终于,它把自己演成了"别人家的故乡"。

这"别人家的"一切都不妨归入"朋友圈里的生活",像刚从整容医院走出来的美女,靓丽却不够真实。

12 "截图式"聊天

和人聊天,哪句话最有杀伤力?可能是这一句:我截图了。

据说,这个世上有三样东西收不回来:说出去的话、泼出去的水、离了弦的箭。我想,现在应该多了一样,被截下的图。

截图,是网聊的结果。既然"有图有真相"是判断真假的法则,聊天记录截图自然也成了不容辩驳的铁证。所以,我们常看到,不少网文采取了"截图式"写法,把聊天记录一张一张地在网上曝光。

特别是一些曲折离奇、聚讼纷纷的狗血事件,截图原汁原味,生动异常,几块马赛克更让人浮想联翩,最得看客青睐,视为"吃瓜"最佳佐餐。其实,断章取义、移花接木之下,截图的真实性是大打问号的。

"截图式聊天"大行其道,我们转述的耐心和能力似乎正在消失。有时正说着事儿,对方甩过来一张截图,美其名曰:防止信息衰减。实际上,图被截下那一刻,信息丢失已经发生了。

人与人的交流是如流水不断的连续过程,语言只有在情境中才能完成意义的实现。网聊看不见对方表情,但用词多少、语速快慢,同样传递着情绪,有时比文字更准确,也更丰富。一旦截存其中一段,保留的只是文字,丧失的却是文意赖以表达的一切。

交流除了传递信息,也沟通情感。有时,信息不过是情感的借口。有一项统计说，人一天中所说的大部分话，都是无意义的废话。所谓"没话找话"，真要找的不是"话"，而是一种难以名状的情感，或为分享内心的喜悦，或为疏解胸中的烦闷。话密的人有时候招人烦，却给以人安全感。有话才开口，句句靶向精准的人，不是城府深，就是心肠硬。喜欢记录人的话的人，更让人害怕。

小时候看港片，警察抓住坏人时总说：你可以保持沉默，但你说的每一句话都会作为呈堂证供。如果每一句闲聊都要变成呈堂截图，那么，我宁可保持沉默。

13 撤回的真相

不少地方戏都演过"马前泼水"的故事。汉代有个朱买臣，潦倒落魄，妻子崔氏离他而去。后来，朱买臣做了官，衣锦还乡，崔氏跑去求收留。朱买臣却让人把一盆水泼在地上说，如果妻子能把地上的水再收回，就答应她的请求。覆水当然难收，崔氏无地自容，惭愧而死。这是戏剧故事，并非历史，但反映了人们对嫌贫爱富之人的憎恨，却不符合现代人以德报怨的伦理观。20世纪90年代，出现了一部港片《花田喜事》，化用朱买臣之事，结尾却是覆水重收、皆大欢喜，虽颠覆了原著，倒也是喜剧本色。

泼出去的水、说出去的话，天底下没有后悔药，时光不会倒流，这些道理自然也千真万确。然而，当我们用上社交软件，事情发生了变化。拿微信的设定来说，120秒之内，说出去的话可以"撤回"。我总觉得这一设计的理念颇为骑墙，它的讨巧之处在于，给了人"悔棋"的机会，却又设定了"悔棋"的条件。

有人把发给我的话"撤回"时，我会开玩笑"威胁"道：不要白费心机，我已经截图了！其实，我并无这般快手，也没有这样无聊。相反，我怕的倒是在对方撤回之前，不幸看到了被撤回的内容。

没有撤回的话，不见得每句都很重要；每一条撤回的消息，却都有撤回的理由，有的可能只是笔误，有的却是提到了不该提的人或者事。如是后者，不但不会感到发现真相的痛快，反而有一种无意撞破的尴尬。

当然，我也"撤回"，多半是谈公事时，一字一句有作为"呈堂证供"的可能，惕然怵然，戒之慎之。有时虽是闲聊，但与对方关系不够"铁"，怕引起误会，故而字斟句酌。天下的真正交情，其实不是不发生误会，而是不怕发生误会。私交极厚的朋友之间，说错了话也无妨。

看来，"撤回"本身的意义大于被撤回了什么。被撤回的消息，恰隐藏着真实的社交，就像会读史书的人都知道，没写出来的是真历史。

14　60 秒语音

街头，行色匆匆的行人，把手机以四十五度放在嘴角，目光散漫，嘴唇蠕动一阵，继而手向斜上略抬，把手机放在耳边，脸部表情几变，或咧嘴、或皱眉，又把手机凑近嘴角，如此循环多次，脚下步履却毫不减弱。

这个样子，如没有互联网经验的人看来，或以为在念咒施法，其实不过是在发语言而已。社交软件大都有语音功能。我记得，前年有部不错的电视剧《创业时代》，讲到了语音聊天软件的开发，虽未实指哪款软件，但引起我很多共鸣。语音信息，与文字输入相比，不但解放了双手，而且减轻了遣词造句的压力，更加轻松。

我有时发语音，感觉讲了许多，一看，竟才十来秒。与电话相比，发一段语音，既简便又少了贸然打扰之忧，而且，与通话的即时交流场景相比，语音信息作为延时交流，给思维留出了缓冲的时间。接到一句语音询问时，尽可深思熟虑后再答复，如是通话，这一阵子沉吟不语，实际上已表明了态度。

不过，天下没有什么事物是只有一面的。语音聊天有时也被视为"社交之癌"。有的人是名副其实的"语音控"，动辄发送语音，不满 60 秒绝不罢休，而且连续发送，形成一排整体的语音群。当这一大群语音出现在聊天框中，就好比把一堆盲盒塞进你手里，不打开之前，无法知道里面是什么，打开以后，又有可能发现对里面的东西毫无兴趣。语音消息无法快进，只能耐心点开，逐一聆听，内心抓狂，也无可奈何。

有媒体专门曾就此做过采访调查，有被访者恨言喜好语音消息的人，都是自私、无文化的表现。我虽也反感无意义、无穷尽的语音，对此却不敢苟同。即便抛开不会文字输入而只能使用语言的群体不论，文字、通话和语音，是现代社交场景多样化的呈现，它们之间只是交流方式的差异，无需如此上纲上线。真正重要的问题是建立互联场景的社交新秩序，让新技术为好生活服务。

15 "呵呵"与"哦"

有一次，我发朋友圈配了"微笑"表情。有年轻朋友留言问，是否不知此表情的新含义。闻言一查，才知这个被官方定义为"微笑"的表情，在网络传播中已经演变成"微笑"的反面，有嘲讽、"怼人"、伤心的含义，真让人大跌眼镜。

抱着求知的热情，我继续在网上寻找答案。有一篇深度分析的文章很有意思，从人微笑时的面部肌肉变化说起，指出判断真笑假笑关键在眼部，当人真的高兴而笑时，眼睛周围的肌肉被牵动，会显出鱼尾纹，而假笑时，只是嘴角变化，眼睛是空洞的。再看"微笑"表情，果然如此，还有点翻白眼的意思。

网络生活中，类似的例子很多。比如，"呵呵"，从字面意思看也带有笑意，但在网络交流中却被作否定的用处，当不屑于交流或表示不认同时，"呵呵"二字就派上用场了。2014年，有网民评选出一个"年度最伤人聊天词汇"，当选的竟然就是"呵呵"。我老家有句土话形容两人聊天："你说的气急煞，伊当你哮病发。""伊"为他，"哮病"即哮喘，大意是交流的热情受到对方蔑视，被冷淡待之。这话的意趣与"呵呵"十分相似，而"呵呵"更简练，也更意味深长。于是，"呵呵"成了终结一段聊天的好办法。

其实，除了"呵呵"，还有一个"哦"，据说杀伤力更大。哦，本来是指领会、明白之意。但在网络聊天时，一个"哦"，却显示出无限的漠视，好比当头泼来的一盆冷水，有时还有某种居高临下的傲慢，甚至还能读出一些厌恶、嫌弃。

语言就是这么奇怪，多一个字少一个字，表达的情绪完全不同。比如，把"呵呵"简化为"呵"，热情程度顿时提升，听起来就亲切多了；同样地，把"哦"叠词为"哦哦"，马上增加了几分亲热，释放出来的也不再是冰冷而是善意。因此，不妨多用个"哦"，少用个"呵"，让世界变得可爱些。

16　潜水的哲学

这些年,玩潜水十分流行。我在这里说的"潜水"却非泡在海里,乃指在网上只看不说。

传统的中国人是讲究含蓄的,推而至极,便是沉默。"贵人语迟""闷声发大财",讲的都是这个道理。相反,吃"开口饭"的职业,譬如唱戏,品级就不高;再如坐馆授徒,看似待遇不错,实为读书人的权宜之计或不得已之举,这一点,翻翻《笑林广记》就知道,里面嘲弄教书先生的段子不要太多,有的还十分狭促。

网络时代,人们交流方便。20世纪90年代时,一度把上网叫"冲浪",这个词90后可能不会用了,又据说已成了一个"梗",当年它可是和"梗"这个词同样新潮。考其来处,应是surfing之译。

或因上网最早被叫"冲浪",和"水"有天然联系,顺势出来了"灌水"和"潜水"。不过,"灌水"也不受新生代待见,失去了市场。"潜水"倒生机勃勃,现在还经常使用。

"潜水"是种心态,好比金庸《倚天屠龙记》里的《九阳真经》有云,"他强由他强,清风拂山岗;他横由他横,明月照大江,他自狠来他自恶,我自一口真气足"。小时候读金庸,总盼着哪位大侠把武功秘籍原原本本说出来,我也可照着练一练。但大侠很狡猾,每次都玄玄乎乎几句。除《九阳真经》这几句外,

《九阴真经》曝光的不是"天之道，损有余而补不足，是故虚胜实，不足胜有余"，就是"弱之胜强，柔之胜刚，天下莫不知，莫能行"，这并不像功法，倒似哲学。

其实，"潜水"也是一种哲学，坚持做我的哲学。于是就想起一段佛门语录来。寒山问：世间有人谤我、欺我、辱我、笑我、轻我、贱我、恶我、骗我，该如何处之乎？拾得答：只需忍他、让他、由他、避他、耐他、敬他、不要理他、再待几年你且看他。这么说来，"潜水"也有了禅意，老祖宗竟是两位在人间"潜水"的高僧啊。

17　第二次读小学

人一生中要上两次小学，一次在自己的小学上，另一次在孩子的家长群上。当然，也有的人可能要上三次，如果他有足够的体力与值得信赖的智力负责孙辈的学习。

家长群是一个奇特的存在，它以卓然傲立的姿态，粉碎了新媒体研究者自以为是的研究心得。比如，据说社交媒体建构的世界是去中心化的，但家长群不是。如果把群成员的社交关系用线标画出来，你会发现所有的线都指向一个点，而其他的点与点之间几乎没有关联。当新群员入群时，微信后台会尽责地列出一长串网名，告诉你：此人与绝大多数群成员都不是好友。然而，这份好意并不会让你感激。因为你知道，你与群里的大多数人不会互加好友，也没有人吃了熊心豹子胆在群里乱发广告，更不用说造谣或诈骗。

再如，网络世界的匿名性，早已成不必论证的公理。对于绝大部分人而言，名字先于自己来到这个世界。在网络营造的虚拟环境中，你可以隐藏这个符号，换上一副新的面具，也可以继续使用这个符号。不过，在家长群里情况发生了改变。你被赐予一个群名。更诡异的是，这个网名也是在你入群前便已规定了的，某某爸或某某妈。也就是说，人的一生将两次进入网络世界，一次以自己之名，一次以孩子之名。

关于家长群的非议与调侃时有出现，还有家长愤然而壮烈地退出家长群的消息。不过，生活时常让人愤然，却从不因愤然改变轨道。生之者本也有教之者的责任。网罗天下的时代，一切事物以新的方式重新相联得更加频繁与紧密，现实关系在网络支持下重构再生。家庭与学校、家长与老师，自莫能外。家长群正是昔日家长会、"叫家长"的新变体。与古为徒，是人的情感定律。过去的东西，总让人觉得美好，而之所以美好，有时恰因它已消逝。新出现之物，或让人膈应，却规划了前行的路途。所以，做一个好家长，同时，做一个好群员。

18　入群请实名？

外出购物，发现便利店收银处立着个二维码，一看，是附近居民的购物群。店员解释说，疫情期间，尽量少出门，建个群，方便通知到货情况。

这真是个好办法。微信群已成了时下生活不可或缺的内容。最近，我有好几次被拉入微信群。进去后，马上接到通知，要求改为真名，还要写明职业身份，就差备注身份证号码了。有的群，因工作需要而建，是线下聚落的网络变体，真名实姓，倒也可理解。但有的群之成立，纯为兴趣使然，无非是交流些共同感兴趣的话题，分享些信息资讯。为何也要查户口般盘问个明白？我一直搞不太明白。

1981年，美国有位数学教授弗诺·文奇写了一篇小说《真名实姓》，讲述了一场拯救人类的斗争，在科幻界地位崇高。小说中的"滑溜先生"和"埃利斯琳娜"是现实生活里的小人物，进入网络世界里后成为拯救人类的大英雄，但他们必须小心地隐藏自己的"真名实姓"，否则将给肉身带来威胁。近40年后的今天，文奇预言的网络化社会之困境，似乎正在变成现实。真名实姓，当然不止一个名字，而是指个体的信息。

匿名性，我以为是互联网的一块胎记，与生俱来。它确实带来一些问题。比如，因为缺乏必要的伦理约束，不道德的念头就容易泛滥，甚至网络暴力、围观犯罪。不过，也要承认，人在放飞自我时,是最有创造力的,网络世界的活力和生机,需要匿名性的背书。

网络本是人类迄今为止最大的陌生人社区。如果社区居民都是真名实姓,它就成了现实生活的原样复刻。再美妙的东西,一旦复制,魅力必丧其大半。当我们越来越深地卷入网络,或许不得不更多地交出自己的信息,否则,就无法获得下一个关口的通行证。但这些信息,只应被质押在后台,不应被任意索取。否则,就像去买一把青菜,却被要求说出三围一样可笑。

19　说"退群"

原拟的题目是《说"群"》,将动笔,忽想起梁启超先生写过《说群》,虽未终稿,已是传世。又想起严复先生论"群"甚力。大佬在前,不可鱼目混珠,遂改为《说"退群"》。这下意思倒更直白了。我要说的本就是手机里的"群"。

这年头,谁家还没几个群呢?据说,某大学宿舍四个人,建了十多个群。中学数学告诉我,这并未达到排序组合之上限,然人心之难,一望而知。

对于"群"而言,最重要的无非建群、退群。建群没啥好说,有时莫名其妙被拉进去。有时自己心血来潮过把"群主"瘾。"群"如繁花,有生之灿烂,也有哀之死寂。花无百日红,大多数"群"的生命力也如此。建的时候，红红火火，锣鼓喧天，如立万世之基业，过不了多久，便死气沉沉，偶有新动态，不是求赞、广告，就是误发。于是，大部分"群"成了名副其实的"鸡肋群"。留之无味，退之可惜。就这样，"退群"成了难题。

怕"退群"，有时是碍于群主的面子。毕竟，群员数赫然列于群名之侧。这个数字，虽和个人存款无关，有的群主却视为个人"魅力"乃至"领导力"之象征，甚至当成某种"政绩"。在他们心中：普网之内，莫非群土；上网之民，莫非群员。拉你入群，已是恩典，我待群员如明月，怎容明月照沟渠。本想"我悄悄地退群，正如我悄悄地来，点一点屏幕，不带走一个好友"，却遭了严厉的质问，惹一肚子闲气。有时候，下不了"退群"决心，是心存侥幸。毕竟，群里总有几位有趣之人，偶然发个段子，解闷消乏，再不济，收藏个新表情包，斗图时多发炮弹，也是极好的。

即便如此，无聊、乏味的群，还是坚决退之为好，不然就有"乡愿"之嫌，而这关乎人生态度。感谢微信开发者，我想，他或是对人性有深刻洞悉，方给群人数设了上限。让退群者可以堂而皇之道：把名额让给更需要的网民吧！

20　朋友圈的雪

2021年11月6日的晚上，北京下雪了。这应该是今冬北京第一场雪，也是近年来下得较早的一次。想起我的南方老家，一年一般下两场雪，一场下在立春前，一场在立春后，俗称冬雪、春雪。今年是我客居北京的第24个年头了。印象中，北京这个地方几乎年年下雪，大多数年份还不止两场。

回想起我在北京遇到的第一个下雪天，正在卢沟桥参观，那时的卢沟桥开发不充分，还有些野趣，桥下没有水，河床被雪盖得严严实实，数不清的石狮子裹在数不清的雪花里，煞是壮观。

这几年，朋友圈兼具天气预报功能，也是看雪的好所在。6日下雪那天，是个礼拜六。上午在家中闲坐读书，连续收到数条短信，有气象部门的、文旅部门的、交通部门的，都提醒雪之将至，横竖不准备出门，我也没当回事。下午刷朋友圈，发现住北郊的朋友的微信里，已有了雪花，这时雪才变得真切起来。我知道，北京的雪例来走"南下"路线，很快就会达到我居住的南城。

掌灯时分，一位住北城年逾八旬的学界前辈在朋友圈通风报信"北京下雪了"。很快，有朋友在他图下暖心留言：您多加衣服，这两天别去遛弯啦。八点多钟，我打开窗户一看，楼下停车场已盖满了雪花，一辆辆车如新蒸的刀切馒头，白粉粉的。远处的大院平房屋顶上，已白得层次分明。

这个时候的朋友圈，雪景就颇为可观了。经典的故宫角楼、花园雪松、道旁路灯，扮上雪妆，或因视角之别，或因心境有异，年年相似，又年有不同。奔走者的街道，细雪乱舞；夜归人的前路，飞白漫天。有期盼大雪冻死新冠病毒的忧国之心，有借此找到理由涮锅子的吃货之念，还有紧急发布疫苗接种改换时间地点的社区干部、陪孩子堆雪人的暖爸暖妈、吟诗招饮转又想起疫情不可聚集的文人雅士。雪景无非人情，看雪实为观心，朋友圈里看雪景，更是如此啊。

21　晒娃伦理学

晒娃，是当下手机社交生活里很重要的内容。翻翻我的朋友圈，各家萌娃的图片几乎占了半壁江山。短视频兴起以来，晒娃越发从图片发展到了视频。有的抖音账号专以拍摄萌娃生活为内容，吸引了许多粉丝。

这不由让我想起一些其他的事情来。最近几年，一到春节期间，常有人吐槽带娃回老家过年时，亲戚们把孩子当耍乐的对象。"来，给伯伯背首唐诗"，"跳个舞给阿姨看吧"，孩子的才艺成了过年串门的保留节目。而我发现，越来越多的人反感这种行为，有人还在朋友圈里发"安民告示"，请亲戚朋友免开尊口。

朋友圈晒娃，和让孩子当众秀才艺，多少有类似之处。它们牵涉的都是育儿正义的问题。每个人都有自己的空间领地，这是深藏于人的生物性之内的东西。在网络社交的时代，这块"个人领土"又从实体空间扩展到了虚拟空间。在网络世界里，我们也希望保留一份不被打扰的清静和尊重。而人们对个体隐私的重视，反映出了社会文明进步的进程。

说到亲子关系，必须提到魏晋时期的孔融，没错，就是让梨那位，历来以谦让楷模的形象，被作为儿童道德教育的活教材。但这家伙长大之后又说，父母对于孩子而言，不过是"缶器"，孩子"寄盛其中"，出生时只是倒将出来，哪有亲情瓜葛可言。而这也正是孔融被杀的罪状之一。

不过，如果我们把孔融这话反其道而使之，倒可能是对的。孩子成长，本就是一个与父母逐渐疏离的过程。逆其道而行之，强行把孩子拉入父母的空间的做法，不论这个空间是实体的，还是虚拟的，甚至哪怕只是心理的，都应打一个问号。

写到这里，我忽然想起，女儿幼时外出，说要给她拍张照她总是很配合。现在大了几岁之后，常会提出抗议，有时候还当着外人面告诫我："你不许偷拍我！"当时不免觉得有些尴尬，或有"父权"不保之叹，仔细想来却应感到欣慰：孩子长大了。

22　今天，你演了吗

记得两年多前，和一个互联网公司的朋友闲聊，他拿出手机给我看抖音，屏幕上，一个年轻人穿着睡衣，在床边又唱又跳。他说是公司的年轻同事。我们不由得齐叹一句：年轻真好！

好像就在那天，我下载了抖音。前几天，发现抖音和微信一样，也有从通讯录关注好友的功能。试了一下，手机通讯录里开通了抖音的朋友不多，仅有的几位，也几乎没发布什么内容，都是既不抖也无音的潜水族。

抖音的口号是"记录美好生活"。当然，与其说"记录"，不如说"出演"。"记录"给人如实复刻的耿直感，抖音里的短视频绝大多数是一种表演。不过，大部分"表演"是友好的，让人快乐。这就好像拍照时，总会有人善意地提醒"笑得自然一点"。然而，为了拍照而笑，必然是不自然的，也就只能是一种"表演"罢了。

人生中的"表演"大体有两种。一种是"演给自己看"。生活本是舞台，处处都有表演，甚至生活本身就是一场大表演。要不怎么说人生如戏呢。儒家好谈君君臣臣父父子子。李渔则说，"有一日之君臣父子，即有一日之忠孝节义"。演好自己的角色，让自己活得像自己，确为一生的大功课。

另一种是"演给别人看"。"别人"又分两类，一类是熟人，比如身边的人，亲朋好友。纵是荒岛上的鲁滨逊，也要面对"星期五"这个唯一的观众。另一类是陌生人。以前，只有演员才为陌生人演出，或者说，演员的工作就是为陌生人演出。其他人即便做人很会"演"，大半也只是演给特定的人"欣赏"而已。

"抖音"们发达后,"世界是个大舞台"不再是比喻,而成了现实。互联网降低了阅读、写作等专业门槛后,又势如破竹地砸开了"表演"的大门。当然,"抖音"里没有表演大师,也没必要抱此奢望。闲来无事,发现一点普通人演给普通人的乐趣,不就很好吗。

23　胡适也抖音

"抖音"上真是什么都有。前十几年,老照片挺稀罕。自从有了抖音,"老视频"也让人觉得有趣。今天,我看了一条胡适演讲的视频,准确地说,是音频,因为并没有演讲的影像。

记得以前读过一本《胡适谈话录》。书中配了原声光盘,但我读的那本书是从图书馆借的,光盘不知是掉了还是被孔乙己窃走了,只剩书之本体,只好与胡适之声失之交臂。抖音,让我第一次听到了胡适的声音。他略带安徽口音。语速平缓、吐字清晰,比今天不少影视明星强。还会抖一点包袱,确是在演讲上下过功夫的。由此查索,"进驻"抖音的老名流真不少,找到了张学良的一段语音,东北味儿很足。

收藏老照片多以晚清民国为贵。手机拍照普及后,胶片不那么金贵了,看照片又都在屏上,洗照片的人少了。即便是一二十年前的"新照片",其实也有收藏价值。

较早把老照片作史料收的，大概是邓之诚。我读过他的日记，有不少购买晚清照片的记录。当年，还有常上他家兜售老照片的商人。此人可能吃准了邓先生的收藏癖，要价奸猾，常在日记里挨骂。这也说明邓氏收购老照片声名在外。而当时距晚清不过几十年，足见史家眼光之巨。

老视频存世的估计有不少，藏在档案馆或图书馆里，以后公布的可能更多。我也盼望更多。看视频、听声音和读文字，有很大不同。声音带着语气，透出好恶臧否，不着文字，全凭领会。当然，高明的文字也不动声色透露出情绪，经典如鲁迅的两棵枣树，或朱自清的一池荷花，至今耐人琢磨。但说到底，是读者的想象，终究隔了一层。

视频更直截了当。网上一些老视频，录下晚清时人的生活、行旅，有观看者讶于其"现代"。那可能是把"古人"想得太古代了。生活的变化大多数时候是缓慢的，过去如此，现在也如此。对于普通人来说，尤其如此。

24　暗处的眼睛

韩国"N号房"案件一出，举世震惊。围观犯罪者26万人，有人斥为"衣冠禽兽"。这话真是冤枉。围观，是人类专属的癖好，禽兽可没有围观的习惯。

设想一下：夏日傍晚，街头发生口角，很快，会有一圈人围拢来，兴致勃勃，指指点点，时而帮腔，时而煽火。其中或有遛狗的人，以及被牵过来的狗。但不一会儿，狗就会丧失兴趣，牵着主人一同离去。狗也不爱围观同类。流浪狗打闹撕咬时，兴高采烈地远近观赏的，多半是人而不是狗。同理，从未见过天上的麻雀或燕子停住翅膀，加入地面上围观的人群。

我小的时候，家附近有家小旅社，类似于北方的"大车店"，大通铺上常年住着做鸡毛换糖的小生意人。他们白天挑着担子走街串巷，晚上打二两酒来解乏，喝着喝着，常吵起架来，施展各地骂人绝技，低吟高唱，引观者无数。那时，没网游可玩，也没朋友圈可翻，"看相骂"成了这条街上大人小孩的"饭后节目"。

所谓看热闹不嫌事大，不过，"表演者"若骂出些重口味的话或揭人阴私，大人会把孩子赶回家去；若"嘴架"升级为动手，旅社的老板，或人群中的长者，也会出面相劝，毕竟，真见了血，"大家面子上不好看"。一场围观往往在此谢幕。

围观在本质上是匿名者的游戏。锐利的鲁迅先生，早发现了这一点。在他的《示众》里，"看客"全是无名之辈。《孔乙己》中，"孔乙己"是唯一的名字，制造并沉浸在"快活的空气"里的围观者，包括"我"这个鲁镇的小酒保，也都是匿名的。

现实中的围观，有一条"勿听勿看"的底线，一如我小时候那家旅店外的街坊。"N号房"存在于网上。网络世界中身份淡薄，个个带着面具，成了"无差别"的人。眼睛可以用来寻找光明,也可以隐入黑暗放肆无边,尤其当网络让世界变得匿名,然而,我们却不可任由良知沉落暗处。

25　张老头的二维码

我每天坐地铁上下班,从地铁站到我家,是一条市井气的小街。大概在街的中界位置,有一个卖酱肉的张老头。张老头快70岁了,脸多皱而腰不塌,猪头肉、酱排骨手艺炉火纯青。这条街上流贩颇多,油炸臭豆腐、白水羊头、熏鸡肉肠、花生板栗、烤冷面、煎土豆,还有核桃、崖柏。张老头生意稳居前列,还有,他大概是最后一个挂起收款二维码的。

光顾酱肉摊时,常听见顾客建议加抱怨:"老张,手机付不行吗,多麻烦?"老张嘿嘿一乐:"我弄不来。"有一些无奈,好像还有些傲气。人的心理就这么奇怪,逆潮流而动,有时成为一种夸耀。当手机支付几乎一统天下时,掏出钱包,一五一十地数着钞票,再一五一十地拿回找零,俨然是道风景,好比当年北大校园内辜鸿铭那根辫子。

不过,手机支付如一场圈地运动,领地迅速地扩张,慢慢地,有交易处便有手机支付了。约莫两年前,朋友圈有人说去外地出差,到机场发现没带钱,就决定做个实验,看能否顺利完成旅行。几天后,她不无得意地宣布:胜利班师回朝。住店、吃饭、购物、打车,手机既然都能搞定,出门又何必要带钱呢?

科技总能给人带来许多想不到,"无现金社会"大概是其中之一。而任何变化,只有更改了我们对生活本身的看法,才具有真实的意义。而这,往往要通过代际更迭方能实现。作为"现金社会"的遗民,我虽已习惯手机支付,出门却总揣一点钱,以防手机突然失灵。说到底,像我一样出门带现金的人心里,手机支付还没占领道义制高点。年青一代却已把手机支付当作天经地义之事了,若收款方说希望使用现金,倒反而会被认为"失灵"。

当卖酱肉的张老头终于挂出收款的二维码,从交易方式变迁角度看,不啻为一面乞降的免战牌。张老头有了二维码后,当我选好酱肉准备掏钱包时,他就冲着二维码努努嘴说:喏!脸上还是有些无奈。

26　网民与网名

古人"幼名,冠字"。"君父之前称名,他人则称字也。""字"是成年礼的标配,也是朋友圈里的称呼。号,则更随性一些。中国人的表字、别号从何时大面积消失,我没有细致考证过,大约是在20世纪中叶,或许也是文化大众化的结果之一吧。

20多年前,我们成了网民。上网注册,自然有了网名。那时很少人用真名作网名,不过,还是把起网名当作一件挺严肃的事儿。不信你回想一下那时的 QQ 列表或校园网通讯录，有的网名富有诗意，有的讽世喻理，有的神秘莫测，再不济也和真名或地域有点关系，既表明心迹，又与众不同，似乎延续着古人表字、别号的传统。

我读大学时，一次学校开大会，有位副校长登台训话，谈到网民越来越多，她以"哀其不幸，怒其不争"的口气道："我不反对你们上网，但你们能不能给自己起个好点的网名？我竟然在校园论坛上看到有同学叫'米饭里的蛆'！"

此言一出，台下顿时哄笑起来，那位起了此名的同学，估计也混在人群中窃笑不已。我至今不知"幸运"地受到副校长点名的同学姓甚名谁，估计副校长本人也不知道。不过，私下以为这网名虽不雅驯，却颇道出些许世事真相。

网名给了我们新的身份，又像是敲开新世界之门的暗号。那年头，论坛上总有几位以网名行世的大佬。大家谈到他们时，也总是敬称其网名。这好比称晁盖为"天王"，才显是自家兄弟；又仿佛"阿根"进了外企，同事便须唤他"罗伯特"方才得体。张罗版聚时，参加者也以网名相呼，交往多年而不知真名实姓的，大有人在。非要追究真名，会被认为无趣甚至居心不良。当然，也有许多网名因寄托了不堪回首的感情或往事，被狠心封存以至于湮没无闻。

文化潮流循环往复，旧日重来活久必见。今人之网名不妨看作古人字号的替代品，藏着一篇文化更迭的大文章。

27　明日黄花说笔友

以前，七老八十才有"讲古"的资格。现在二三十年前的事儿，就让人感觉挺久远了。比如，笔友。在不远的过去，有人因在报上读了一则报道或一篇文章，心有所感，提起笔来写封信，找到对方的地址邮编寄去。碰巧对方也回了信。于是，山河遥隔的两个人开始通起信来，你来我往，甚至成了一生未曾谋面的好友。还有些报章供人免费刊登自己的通信地址，结识笔友。真有些"嘤其鸣矣，求其友声"的意思。现在，写信成了装腔调。即便还能痛快地报出自己的通信地址，八成也是为了收快递，不然，咋总记不住邮编呢？

在更近的过去，电脑刚进入生活，又时兴过一阵互留e-mail。当年，拥有一个 e-mail 是高端的象征，就像 80 年代的 BP 机或"大哥大"，抑或高加林那柄牙刷。记得上大学时，虽然我们几乎没人拥有自己的电脑，每人却都有一门必修的计算机课。一位比我们大不了几岁的年轻老师主讲，他的口头禅是："我起床第一件事是查 e-mail，然后才洗脸刷牙。"

借助于电子化的"信"，笔友曾经回光返照式"中兴"了一次，然而终于衰落了。笔友的美妙在于对回信的等待，e-mail 手脚过于利索，往复过快，抽空了情感从酝酿到抒发的空间。好比吃棉花糖，一口一口若有还无地撕咬，方有趣味，若拿来捏捏攥攥，团作一坨塞进嘴里，甜是够甜了，棉花糖的妙处可也全丢了。

e-mail 有点像"始祖鸟"（这种生物据说是假的，待考），代表了从书信向网络社交媒体过渡的中间形态。当社交媒体全面占领生活，e-mail 成了工作手段，在私人交流中的作用越来越小。

写这篇小文时，我专门上网搜了一下，惊奇地发现有人开发了笔友 APP，让网民们得以仿真式地以"书信"缔结友谊。不出所料的是，这类 APP 不怎么火爆，像那些偏远地区的老式杂货铺，以一种多余的倔强或倔强的多余，沉沐在落日余晖之中。

28　四代同圈

古人把"四世同堂"当作人生成功的标志，现在人长寿的多了，四世同堂不那么难了。再过几年，"四世同圈"恐怕也将普遍。我说的"圈"是微信朋友圈。

大概两年前，微信提示有新的好友申请，点开发现来人是"老胡"，琢磨了好一会儿是哪一位本家熟人，是否通过，忽然灵光一现：是我爸。之前，朋友圈里长辈已有不少，从此又多一位。

微信有两个功能很有意思，一个是不看他，一个是不被他看。常听人说，不想让某些"好友"看到自己，而这"某些"往往是长辈。人是有文化的生物。人与人之间的差别有很多种。代沟是最具生物性，又最有文化感的一种差别。说它最具生物性，是因为它由年龄划分，属于哪一代，在被抛入人间时就决定了，不由自己。说它有文化感，是因为它总是把自己包装成一种文化，并因此而让人觉得这些差别是理所当然的。

文化这事儿说起来玄奥，其实是说话、穿衣、吃饭、走路、打招呼的一种方式。和同代人在一起，往往更有文化上的舒适感。微信社交场的出现，史无前例的把不同代的人"平等"地圈在一起，但代沟并没抹平。人们不是因为不在一个空间而无法交流，而是因为无法交流而不在一个空间。

2000年的电影《我是你爸爸》中，冯小刚演的工会主席马林生，总想和儿子马车打成一片，故意学着儿子的腔调说话，闹得十分尴尬。15年后，冯小刚又演了电影《老炮儿》，为了儿子，他卷入了不属于自己的代际文化圈，好比影片里与汽车并排奔走在城市的那只鸵鸟。

《老炮儿》里没有植入微信朋友圈，不然代际冲突会更生动和深刻。当然，代沟造成文化冲突的同时，也创造了文化发展的空间。如果代沟真抹平了，文化可能从此就不再进步了。微信作为人与人交流的新空间，对文化、伦理的意义或许也在于此吧。

29 你瞅啥？

上学时，有一位老师善以日常生活解哲学概念，给我很深印象。一次说到,被陌生人盯着看,会让人不爽。脾气不好的或大喝一句:你瞅啥?甚至老拳相向。老师说,这是因为,被人观看,让人产生"客体化"之感,觉得自己成了一个"物",也就是"东西"。而人宁可不是东西,也不喜欢被当成"东西"。

这说法有多少哲学含量,我没深究过。不过,从小就被告知,盯着别人手里的零食,没出息。长大一些,又知道盯着陌生人看,不论哪个部位,都不礼貌。

后来,有了手机,又有了能拍照的手机,再后来,手机能录视频了。出门在外,看到奇装异服、举止有趣的人,难免手痒想拍。但我这人最怕惹是非,每掏出手机,儿时"庭训"就浮上来,也就踌躇不已。有时作贼似的拍了,照片一看就是偷来的,顿时兴味索然;有时咬牙下决心,要光明正大地拍,场景却已不再。

自装了抖音,很佩服拍路人视频的人,羡慕他们竟没有遇到"你瞅啥"的质问,又或能巧妙地化解。最近,Vlog 也就是"视频播客"流行起来,生活视频化的浪头没准儿会更猛。不过,我始终有一个疑惑,把别人或其生活变成一段你的视频,究竟是不是一种冒犯。这大概也算网络新伦理的问题之一吧。

疑惑未解之前,胆小如我,只好拍拍大树浮云、小桥流水、山色月光,好赖它们不会问我:你瞅啥。拿飞鸟、野猫等小动物练练手,大概也是安全的。不过,这话也难说。前年去贵阳黔灵山,游客攻略中便有告诫:山上散养之猕猴见你拍它,可能要来抢夺手机。

新闻还报道过，一位英国摄影师把三脚架放在猴群中，一只6岁印尼黑冠猴按下了快门。这张自拍照的版权官司打了好几年，最终法院没把版权给猴子，但要求摄影师拿出版权收入的25%，捐给保护猴子的慈善机构。

举起或放下镜头，这是个问题。面对大地生灵，我们真该想想：你瞅啥！

30　名人"带货"的美食

最近看到一个视频，日本京都大学教授石川祯浩介绍他的一本新书。石川祯浩是中国近现代史的专家，汉语流畅，一字一顿的日氏话风，更令人专注于他说的内容。有意思的是，三分钟的视频结束时，他提出书中一个未解的问题，幽默地欢迎大家"举报"线索。在短视频的语境下，这也算一次别具特色的"带货"吧。

直播"带货"是这几年兴起的新玩法。带货的以明星、网红为多。其实，沾名人的光，自古就是做生意的窍门。甘肃有李广杏，传说种子来自于汉代"飞将军"李广。福建的"光饼"，据说当年也曾挂在明朝戚家军的腰间。东坡肉、左公鸡……类似的例子举不胜举。每一道让人垂涎欲滴美食的后面，可能都站着一个光彩夺目的大人物。

前年,我在景德镇吃到一种"碱水粑",软糯可口,原料和口感都有些像云南小吃"大救驾"。当地朋友告诉我,此乃当年朱元璋行军路过时,百姓为部队提供的"军粮"。我知道,"大救驾"也藏着以明永历帝为主角的传说。两种风味相仿的食物,竟由朱明王朝首尾两帝为之"带货",也是趣谈一桩。

景德镇下辖有浮梁县,产红茶,名"浮红",貌不惊人,但入口醇香,回味悠长。白居易《长恨歌》里"商人重利轻别离,前月浮梁买茶去"之"浮梁"便是此地。当年的浮梁是茶叶集散地。现在,浮梁或"浮红"的名气小多了。白居易"带货"也只管得一时。

名人"带货"只管名气大小,名之美恶似在其次。国人早餐标配之油条,杭州又叫"油炸桧"。"桧"者,大奸臣秦桧也。他害死岳飞,引起公愤。临安的早餐摊,便以一对面块绞在一起丢下油锅,暗指油炸坏人,百姓纷纷买食泄愤。

秦桧死了800多年了,今天我们仍在吃油条,多半出于肠胃需要而非心理之好恶。尔曹身与名俱灭,唯有品质万古留。真正长久带货的,还得是品质啊。

31　网购桑蚕记

昨天中午,女儿突然提出,今年还想养蚕。这才想起,宅在家中,春天已到尾声,养蚕这项保留了几年的节目还未完成。

蚕大概是人类迄今为止唯一驯化的昆虫。能与之匹敌的,可能是蛐蛐,但蛐蛐是玩物,而玩物历来和丧志联系在一起。蚕却不然,类于看家护院的狗、耕地拉车的牛,再不济也是捉鼠除害的猫,可算生产劳作的帮手。

养蚕,在古代是专门的工种,不但农书中多有记载,诗人也时常提到,比如,"妇姑相唤浴蚕去,闲看中庭栀子花","浴蚕"便是选种养蚕的工序之一。可见蚕在古人生活中之普及。

这几年"萌宠"当道,以"虫"为"宠"者也多了起来,独角仙、螳螂、蝎子都有被养作宠物的;蚕,这个人类古老的昆虫朋友,还是没有登上宠物的宝座,也真耐人寻味。或许因为蚕一心吐丝,无意亵玩,勤勉形象已然固化,就像很少见人养牛作宠物一样。

这或许和城里找蚕不易有关,不过,网购解决了这个问题。女儿第一次养蚕,是在四五年前。某天,我下班回家,发现路边有卖蚕和桑叶的小贩,勾起童年养蚕往事,便买了四五条,又买了十几片桑叶。回到家,女儿十分喜欢。蚕吃桑叶,即所谓"蚕食",看似细碎,速度其实很快。没几天,桑叶告罄。正踌躇到哪"偷"点桑叶,忽然想起万能的某宝。一搜,有货,果断下单,买了一批,冷藏在冰箱中,一直把蚕养到白胖透亮、吐丝结茧。

接下来几年,卖蚕和桑叶的小贩,没有露面。不过,既有网购桑叶的经验,便在网上顺桑找蚕,下单之后,心中忐忑不已,生怕小家伙途中夭折。打开包裹,见其安然无恙,才长出了一口气。

2019年"五一",全家自驾出游,女儿的蚕即将吐丝,每日需喂,只好带上它们和几袋子"桑粮",一起出发。旅游还没结束,蚕已迫不及待地吐起丝来,有几个竟然把茧结在了汽车后备箱中,给旅途增添了不少乐趣。

32 "亲"和不"亲"

最近,有关部门公布了第45次《中国互联网发展状况统计报告》。这几年,这一系列报告中的数据一直上升。互联网释放出来的改变世界的力量,好似武侠小说里的"长江三叠浪"功法,此消彼至,绵绵不绝。从报告中看,我国网民超过了9亿,比起2018年底,又增长了7500万。而世界上人口超过七千万的国家,也不过十多个,足见增长之速。

网民之中,网络购物用户已7亿多。想想也是,今天我们日常所用,很多都来自网络。网络购物带来的又何止交易方式的改变,回想起刚开始在网上买东西那会儿,打开淘宝对话窗口,卖家发过来一个"亲",让人颇感意外:咱们有那么熟吗?

可能早有人把"亲爱的"或"亲人"简称为"亲",但广泛地用于陌生人之间打招呼,即便买家和卖家吵得不可开交,秽语乱喷,还是不忘称对方"亲",这样的语言奇观却是拜淘宝网购所赐。前网络时代的字典中恐查不到如此用法,难怪人称"淘宝体"。

今后若修网络语言史,必不能舍弃了"亲",想必也可从网站后台数据中查到"亲"的第一次使用,应该还能找到它的发明人。不过,既然是淘宝体,不会早于淘宝诞生之2003年。而我随意在网上浏览,发现2012年前后,尚有人讨论"亲"之古怪,此后大家逐渐安之若素,"亲"之泰然了。不到十年,生龙活虎的新技术成功改变了语言习惯,以及人们对语言的看法。

写到这里,想起前几日隔壁的阿姨敲门求助。她在网上买了件小家电,收到后发现不合适,想要退货,又不知如何操作。她以前几乎不在网上购物,新冠肺炎疫情一来,"逼"着她开始学习这项"新本领",没想到还没练习纯熟,就碰到和"亲"交涉退货的事了。仅从数据来看,中国有近7亿人在网购之外,"亲"和不"亲"旗鼓相当。好比太极图,阴阳相抱,升降相生,网络化的世界或也当作如此观,才完整吧。

33　花钱还用学吗

花钱还用学吗？看似无疑而问。挣钱需要学，花钱谁不会呢？

不过，往大了说，花钱是门学问，不是有理财学吗？中国最后一代进士陈焕章，后来留学美国哥伦比亚大学，博士论文写的就是《孔门理财学》，给老外把中国人花钱的学问说得清清楚楚。

在以前，就算平常人家，哪怕花几个打酱油买醋的钱也是需要学的。小时候，家附近的副食店柜台老放着个大玻璃罐子，里面盛着半罐子"桂花糖"，鹅黄色的纸包着，两头对称打结，十分诱人。凡有孩子买了半斤陈醋或一斤酱油，店员总笑嘻嘻问："找钱正好两颗半糖，给你三颗吧？"不会花钱的娃娃，狠狠一点头，捧着三颗糖，高高兴兴回家了。若是家大人教过怎么花钱的，就会老老实实地说，"不要糖，找我钱。"更聪明的，领命去副食店前，就请了旨意，找钱可以换糖。

后来流行信用卡。但老年人，对薄薄的卡片总信不过，退休金甭管薄厚，一沓掖进腰包才安心。有远见的人早就提醒：刷卡，看不见钞票，花起来不心疼，会没个节制。

现在，打酱油买醋都网购了，所谓花钱，其实是指纹或扫脸支付，沾唾沫一五一十点钞票，越来越成了往事，只剩了数字从这个手机流到那个手机。节制二字也更难了。

更何况，又冒出了教人花钱的"消费导师"。据说，各种游戏平台、代购群、消费体验群里，都潜伏着这么一群人，想尽花招叫人产生购物的欲望，又把你的购物欲望定点到某个商品或品牌上。还有个专门词儿，叫"种草"，也不知道是说把要卖的商品种在你面前，引诱你去采摘呢，还是，把你当作草种起来，等商家收割。

草的土壤，正是网络环境下人们分享生活体验的习惯，以及对这种习惯的依赖。消费前在各种比价网反复察看，细细阅读购物攻略，一页一页翻看点评，无非想从别人的消费体验中找到自己消费的合理性。而这，不正是向别人学习怎么花钱吗？

34　在微信里走路

新冠肺炎疫情期间，有朋友戏称，要知一人是否安全，查看微信计步即可，只有几百步的，定是宅家者。此法简便易行。不过，步数之多少，与人的活动范围未必严格相关。我听多位教师说过，有时上半天课，活动范围虽不出四方之教室，步数可达数万之多。如是监考，步数更多。有时，出趟差日行千里，却因坐在交通工具内，无法折算为步数。诗人云"坐地日行八万里"，豪迈而生动。

我不会开车，平日走路也不少，常在万步之上，但几乎从未"占领封面"，可见微信好友中善走者甚多。没有计步软件之前，每日也是东奔西走，忙忙碌碌，有计步软件后，直观地发现了每天走路之多。

传统农业社会的人，安土重迁，不喜欢走远路。小说《活着》里的富贵哼过一句小曲儿："皇帝招我做女婿，路远迢迢我不去。"这句话我小时候也听过，似乎只是一首民谣中的一句。即便闹饥荒，以前的人也首选在近处解决肚子问题。胡适在自传里说，徽州人有句老话：不要慌，十天到余杭。但凡有十天的干粮，就无需跋山涉水，走远路谋食了。

关于走路，人们最熟悉的大约是鲁迅先生的名言："其实地上本没有路，走的人多了，也便成了路。"这话里有一种深沉的豪横。路之有无，永在变化，或短或长，却因心境变化而伸缩。

我的家乡河多桥多，读小学时，从家到学校，要走上很久，还需经过两座桥，其中一座小石桥，陡而高拱，侧无扶栏，遇到下雨，打着伞，穿套鞋，背书包，更要小心翼翼，费时更多。后来长大了些，外出求学，放假回家，再走这段路，感觉它似乎变短了。这些年，经的事多了，回老家少了，偶尔回去，和女儿走在这段路上，又有奇怪的感觉，路似乎比儿时更长了，行色匆匆，以为走到了当年的地方，抬头一看，还在远处。

于是，感谢计步软件，让人明了路之短长，但又有些讨厌它，打碎了心灵对路的丈量。

35　你怎么备注我

朋友圈里说，有人加微信时，自我介绍是"诗人"，被加者便有些迷茫，不知该如何备注。其实，自称"诗人"也还好，如自诩"善人"，更令人头疼。

没有社交工具的时候，我们不怎么关心"备注"，也确实不需要备注。从当年折扇式的小本本电话簿，到写在挂历上、压在桌子玻璃板下的小纸片，再到老式手机里的通讯录，电话号码前是名字或亲人之间的称谓，即便有备注，一般也是职务头衔。我仿佛见过一则防骗提醒，说通讯录里最好不要用称谓，特别是父母妻儿之间，以防手机丢失，被骗子利用。

"备注"体现了对人的看法。以前，这种看法多半藏在心里，情绪激动时才表之于众。比如，唐太宗喜欢魏徵或希望别人以为他从善如流时，就把魏徵"备注"为匡正得失的"镜子"。而一旦这面"镜子"坚决不做滤镜、耿直无比时，他又把备注改为"田舍翁"，也就是"乡巴佬"，还扬言要砍掉这家伙的脑袋。凡人没有皇帝的霸气，不过可以改改备注泄愤。

注册微信后，"备注"用得更多了。在这个不起眼的小地方，保留着一些内心私密的想法。人生好比吃一份水煮鱼，油汤里的香料捞得再干净，还是难免嚼到花椒粒。一个人的生命，总和他人搅和在一起。有多少身份和面孔，在别人手机里就有多少备注。谁的手机谁作主，任你以为字字珠玑，也挡不住被备注为

"话痨"。最近听说群聊也可备注了，有些"高大上"的群或被备注为"废话堆"吧。

一部手机里的备注，是手机主人最真实的社交图鉴。有些人无需"备注"，因为他是颗"朱砂痣"，纵然喜新厌旧地换头像、改昵称，还是能一举识破；另一些人也无需"备注"，因为他不过一抹"蚊子血"，叫个啥随他去吧。那些不得不"备注"一下的，大约正在"朱砂痣"与"蚊子血"之间。此时的"备注"，成了一段社交关系的保质期。

36　也谈网红美食

一打开抖音，总是很感慨，"民以食为天"，这话真是没说错，"网红食品""网红餐厅"太多了。这些年，互联网开阔了探寻美食的眼界。从网上觅食，也成了我的习惯。

北京的中国美术馆附近有几家"苍蝇小馆"，藏在高楼之间，菜品只十来道，桌子不过七八张，网上名气却不小。一家专做广西特色的店，一进门，酸笋味扑面而来，脆皮鱼和蓑衣蛋滋味最好。若非借力网络，这些馆子怕是长在深闺无人识。

外出旅游，也是如此。以前出门，人生地不熟，仿佛隔着毛玻璃看世界，模模糊糊。现在，网络汇聚的"口碑"，把这块玻璃擦得透亮。数年前，我们一家人到南戴河消夏。晚餐时分，在网上选了家打分高的小海鲜店。小店位于当地美食街。我们到时，天色微暗，门前坐了不少人嗷嗷等号。有意思的是，同一条街上还有数家小海鲜馆子，却是冷冷清清，有的派了小哥小妹站在门口，挥动菜单，扯着嗓子，介绍自家如何价廉物美，依然是门可罗雀。看来，在这个赢在网上的时代，线下叫卖再卖力，也只能黯然神伤。

成为网红的又何止餐厅，食品也不少。有一些确是吃货们一口一口挑选出来的，货真价实。想起前年，一家人在贵州安顺度假，偶然刷到某处有极好吃的砂锅米粉，虽夜色已深，终耐不住馋虫鸣叫，杀将过去，趟过大半条幽黑的巷子，坐在即将打烊的小店门前，就着月光，庄严地祭了五脏庙。

不过，也有的"网红食品"噱头实足，味道一般，有些甚至不符合食品卫生标准。几年前，流行过"黑色冰激凌""椰子灰冰激凌"。这种黑冷饮据说添加了活性炭，外观新奇，且能美容排毒，其实并不健康。有一回，和一个朋友说起某"网红糕点"，他说了句意味悠长的话：太好吃的东西，总让人不放心。我以为，这话颇有些哲学味。个中道理，何止食品，又何止网红呢？

37　你是几道杠

本文题目中的"杠"乃指"/"。"斜杠青年"这个称呼，已流行了好几年。当年的"斜杠青年",不少已成"斜杠中年"。这个概念来自《纽约时报》,原初并无"青年"之义,只是指人拥有多种职业身份的现象,将其引入中文者或觉得新事物天然为青年所有,故以"青年"限定之。

以"斜杠"本意言,本不待今日方有。远的不说,30年前,工厂里有技术的工人,常利用休息日,干点零活,贴补家用。我读小学时,有位代课的体育老师,没课时就到桥头摆摊修自行车,也算为人生加上了一道斜杠。除糊口外,也有人以一技之长助人。我家以前有位邻居,喜好摄影。当年不是家家有相机,拍照也多和人生大事如满月、上学、毕业、结婚联在一起。这位热心人常在工作之余,四处奔走给人照相,"拍照的"成了镇上的人给他加的专属"斜杠"。

这些年,工作和社交互联网化之后,人们的活动范围和方式都发生了巨大变化。人生可能经历的事,可能去的地方更多了,也更需要"表明"自己的身份,斜杠愈发必要。此时的"斜杠",成了一种生活态度,代表开放的心态,愿意用不同的可能填满余生;此时的"斜杠"也是一种社会风气,让人看到选择多元的环境。"斜杠青年"愈多,社会的活力也会愈强。

当然,斜杠有时只是自我调侃。我有位朋友,河北人,本职是大学教授,治古文字,多识花木之名,在博客上用过的斜杠有"河北梆子业余演员/野泳健将"。可惜这两项我没见他施展过,只知他精于书法,可再加一道杠曰"/书法家"。不过,在今天的网络语境中，自加"书法家"斜杠者已然太多，有些沦为"书法表演"家，令人齿冷。真善书者，不加也罢。

"斜杠"盛行的年代，绝不能丧失对"无斜杠者"的敬意。因为，他们代表了另一种可敬的姿态，专心做好一件事，简单而纯粹。

38　盗帅的纸条

我们这一代人，最晚在中学时读到了鲁迅。我印象最深的是两处，一处是鲁迅说他墙外有两株树，一株是枣树，还有一株也是枣树。而这俩枣树，指向人心中某个隐秘角落。我当时无法体会，人到中年，才略有所悟。

另一处是孔乙己的名言："窃书不能算偷……窃书！……读书人的事，能算偷么？"这一句没那么多奥义，只让人觉得好玩，于是四处滥用。比如，从学校图书馆借的书，不小心搞丢了或故意想留作纪念，便援引这句作为帮凶。

自古以来，"偷"被众人反对，但如正义之目的而偷，便算作"侠盗"，反受人尊敬。网络生活下"偷"也在发生变化。2003年，有网络游戏玩家因"武器装备"丢失而打了一场官司，史称"网游第一案"。由此引出虚拟财产的问题，至今仍广受关注。

网上有阵子还流行过"偷菜游戏"，虚拟的农场，真实的

"偷盗",偷来的菜蔬果品当然不能大快朵颐,却让人心里痛快。小"偷"怡情,本无伤大雅。但有的人为"偷"别人种的几棵菜,竟至在电脑前深夜蹲守,不眠不休,据说还有因为陷入太深而丢了饭碗的,成瘾着魔,实不可取。

微商兴起后,有人偷同行拍的商品图片,挪作广告。又有人专偷明星朋友圈自拍,卖给粉丝牟利。据说,还有人成批量地偷朋友圈里的图,不论是工作、休息,还是出游、看戏,复刻出一份人生,用来开展一场轰轰烈烈的网恋!一场恋爱的某一方或双方,竟然只是一堆复制的照片,真叫人后背发凉,不寒而栗。

不过,朋友圈里也有善意之"偷"。收到一个有趣的表情包,却之不恭,笑纳囊中。见到漂亮的照片,点赞之后,顺手牵羊,且留言明示图已"借"走。我每见这样留言,总想起盗帅楚留香那张潇洒的纸条。可惜我手机拍照技术欠佳,所曝以渣图为多,能动盗帅之心者,少而又稀,人生一憾!

39　单词打卡

最近,在朋友圈里发背单词打卡记录的人突然变少了。不知是"单词达人"们放弃这项活动了,还是该背的都背完,鸣金收兵了,又或者皆不然,只是我被这些"单词族"屏蔽了。

要说背单词可算盛行了几十年的"脑力运动",参与者何止十亿。据说，最好的办法是每天背上几个，日积月累，终有大成。不知还有人记得否，十几年前，有人依据所谓"遗忘曲线"，编一种阶梯图，教你今天记几个、明天记几个，逐步减少记过的，加入新记的，循环往复。效果如何，我没有试过，未敢妄言。

读初中时，我的老师推介某同学背单词的经验，是把单词写成小纸条，贴在牙杯上、水杯上、房门上、台灯上，抬头不见低头见，加深印象，用时髦的话说，可算"沉浸式"记忆法。然场面过于惨烈，我未敢尝试。

读大学时，背单词是英语考级之必需。于是，人手一册单词书，从 A 到 Z，低吟慢唱，心摹手追，每日如老僧念经，或无记忆之效，却有催眠之功。记得对门宿舍有个老兄最有趣，别人一本单词书从头翻到尾，他只从 A 背到 K，讶者询之，答：贪多嚼不烂，只把能记住的记牢便好。为表决心，后半本干脆被他撕了去。临到考试，竟也顺利过关。古有半部论语治天下，今有半部单词书拿学位，也是一绝。

等到从学校毕业，我的工作与外语几乎毫无关系，还有前辈长者谆谆教诲：每日看报闲谈，无甚益处，何不抽空记些单词。似乎单词是大力丸，每日服几粒，有病治病，无病强身。

然而，我的中学英语老师说过，与其背单词，不如读原著，一本《飘》读下来，单词自然记住了。我至今也没读过《飘》，却深以为然，任词汇量一溃千里。眼看智能时代来了，人手一机,单词书摇身一变,化作花花绿绿的 APP,许以必成、速成,点手相招。我的懒虫却与时进化,舍却了《飘》,寄望于翻译软件速速发达,重新建成巴别塔。

40 "亚历山大"来听雨

抖音上刷到一条"山林雨声"。画面中,一座建在半山腰上的庙,适逢大雨,一位僧人独立檐下,默诵经文。发布者说,地点在佛国普陀,听之有安神减压之效。普陀山,我曾去过几次,可惜视频画面太小,分辨不出是哪座寺庙。看了一会儿,倒确有心神清爽之感。

说到压力,想起一次在外地开会,空闲时听到与会数人交流安眠药服用心得。我大概因不求上进或没心没肺,年来所苦者,犯困耳,很少有失眠的经历,这时听到多种安眠药品牌、疗效,大长见识。这年头,人人都觉压力大。于是,"亚历山大"成了网络流行语。这位古代君王,如地下有灵,耳朵估计要热得受不了。还有"鸭梨山大"等各种表情包,变着法儿地诉说人们内心的焦躁。或许因为"亚历山大"到了中国,健身、美食、休闲、旅游,纷纷打起了"减压牌"。听雨减压,姑不论疗效如何,大概是最廉价的一种了。

其实,听雨自古便是雅事。古人的压力可能没有现代人这么大，但古人也喜欢听雨。雨本是水珠，没有声音，也没法听，与物相触，或被风催动、破空袭来，才发出各种响动。

李商隐有诗曰"秋阴不散霜飞晚，留得枯荷听雨声"。杭州"西湖十景"里有"曲院风荷"一景。枯荷听雨，便是那儿的保留节目。既是枯荷，自然已到秋天。秋雨自带愁绪，打在枯败的荷叶上，清凄感人。植物之叶，一旦干枯，大多卷曲。荷叶面积大，一卷起来更百折千回，或许是这个原因，雨声击落时，声音多了些层次感。

能听雨的当然不止荷叶，至少还有梧桐。批评家认为咏马嵬事最佳之《唐明皇秋夜梧桐雨》中，高力士一句"这诸样草木，皆有雨声，岂独梧桐"，引出了唐明皇一篇"听雨系"植物的论文，历数杨柳雨、梅子雨、杏花雨、梨花雨、荷花雨、豆花雨，皆不似梧桐雨惊魂破梦，叫皇帝压力山大、泪染龙袍。只是这时所听之雨，不是减压却是增压了。

41　公号"菜根谭"

记不清第一个被我关注的微信公号是哪个了。不知不觉间，手机里的微信公号越来越多。有的是朋友推荐的，有的是因为读到感兴趣的文章，连带关注了发布文章的号。

还有的是外出旅游、预购门票或住店、吃饭、购物，被半强制地要求关注的,旅行结束后懒得删,就一直留着,有时翻翻也蛮有意思。比如,某年夏初,一家人自驾游山西大同,回程取道平型关,特意去参观平型关大捷纪念馆。平型关地处灵丘县,就捎带关注了个当地的公号,有时读到灵丘文化民俗、风土人情的推送,烟火味满满,如读地方史志,颇有味道。

我关注的公号中,最多的是新闻类,而读的最少的,也是新闻类。网络的长处既然是快,最好的新闻应是"一句话新闻"。一句话交代新闻的核心信息,足矣。因此,此类公号推送的文章,大都只看个标题,很少点开认真读。

认真读的是职业自媒体人的公号,他们是文字高手,要么有讲故事的高超技艺,深挖来龙去脉,写得跌宕起伏,引人入胜;要么思想敏锐犀利,指点江山,霹雳文字,给人思想启迪。此外,科普和野史,也占据了我公号阅读的半壁江山;网络平台上的文字,可以方便地与图片、影像融合,不论对于科普还是野史,这都是一件大好事。

不过,要说最爱读的,其实是熟人的公号。闲暇之时,划开手机屏幕,翻读一两篇友人新作,是件惬意的事。有位同学,大学毕业后,远遁北京西山,工作、生活,一晃二十载,前几年开了公号,隔三差五发些手机拍的照片,或山中落日,或绕藤闲花,杂以人生感悟、育儿心得,悠然之情,令人羡慕。还有位相识十余年的京城副刊编辑,人极正派却在公号里以"妖"自诩,不规律地发文,有时悲春有时伤秋,读来如对面而谈,唤起同代人不少共鸣。公号如网络时代的诗文集,记录了我们这代人的"菜根谭"。

42　抖音人爱螺蛳粉

读到2020年抖音数据报告,一些数据很有意思。比如,最爱拍抖音、最爱点赞的是贵州人,最爱分享的是湖北人,最爱评论的是安徽人,以我的地域文化知识,似无法解释。当然,无法解释是件好事,因为扩充了我的知识库。

再如,获赞超过1000万的景点中,上海四行仓库抗战纪念地在列,这必与2020年大热的电影《八佰》有关。在一篇影评中,我还专门谈过这"洛阳纸贵"式的溢出效应。

抖音用户最喜欢购买的小吃则是螺蛳粉。当然,喜欢买未必喜欢吃,或许只是买给所爱的人。这种小吃在北京颇有市场。印象中,西南二环拐角处的粉馆,口味正宗;中国美术馆后身曾有家小门脸,味道也不赖,但似早已消失于城市环境整治之中了。

我第一次听人讴歌螺蛳粉,是一位来自广西的大学同学。和螺蛳粉一起从他嘴里蹦出来的,还有榴莲。当年物流不发达,同学来自五湖四海,吃过榴莲者极少,乃勒令他过完假期返京时带些来。他果真买了好几个,装在纸箱中,坐了几十个小时火车,带到了北京。榴莲怪味令车厢里怨声升腾,他只好一路蒙头大睡，生怕被发现是一箱子榴莲的主人。大学毕业后，老兄返回南陲，报效桑梓，供职的柳州正是螺蛳粉故里。有一年，公干来京，给旧日同学带了伴手礼，却不是螺蛳粉而是"小棺材"，硬木雕制，拇指大小。古有"死在柳州"之说，柳州寿材，向来驰名。不过，纵寓意"升官发财"，也令大家眉头紧皱，难欣赏此重口文创。

用网友的话说，螺蛳粉"臭香臭香的"。味觉这个东西很奇怪，两种相反的味道混在一起，往往变成令人欲罢不能的独特风味。清淡的食物，任谁都能轻易入口，却没见吃上瘾的。重口、怪味的东西，"入门"较难，一旦得味，终身难舍。有人说，爱情也是如此，越是死去活来，越是坚贞不渝。或许，这才是人性吧。

43 你抢红包了吗

过年发红包的习俗，据说始于唐朝。对此，我没有查证过。我记忆里有过年拿红包的"自觉"，大概是五六岁。那年头钱经花，打开红包抽出 5 块钱，足以令人惊喜。后来水涨船高，三位数是"起步价"了。我女儿红包记忆的年龄与我相仿，形式完全不同。她心中的"红包"是与手机联系在一起的。她提出必须给她买一部手机时很认真地说："那么，我下次过年就可以抢红包了。"一年多前,她拥有了人生第一部手机,拿到手后,注册了微信,然后加入到家族成员群里,还试图把她为数不多的微信好友分门别类地再建几个群,一望而知是在为"抢红包"做准备。

早几年前,有人已把网上"抢红包"列为21世纪四大新年俗之一,另外三样分别为集五福、云拜年、全家游。我从网上看到的数据,2016年除夕4.2亿网友参与了"抢红包",红包收发总量达80.8亿个,是2015年的8倍。微信红包一度堵塞。有一位陕西男子除夕发出七万九千多个红包,而另一位四川男子当天收获五千多个红包,分列发、收之最。到了2018年,除夕当天用微信发红包的人高达6.88亿人,足见红包热情逐年增长。今年春节,宅在家里的更多,我估计"红包族"将继续扩张。

传统的红包又称"压岁钱"。网络红包则不然,也不一定非春节发。它少了礼俗的寓意,多了游戏的滋味。有时不年不节的,微信群突然来个红包,仿佛一块石头丢进了沉寂的湖水,屏幕顿时慌张起来。以一个红包为诱饵,让"潜水"者自动现身,术语为"炸"。此时发红包的人,大多有话要说或宣布某事。这个红包,实为抢麦,与餐桌上发言前敲响酒杯,会议上吭哧清嗓,事同一理。有抢了块儿八毛者,对"金主"作舔狗状,却得不到回应。原因很简单,你并不是"炸"的目标,主动去抢,不过"误炸"罢了。这真是,丢下一个红包,干卿底事。

44 扫"祸"得"福"

从小到大,学书法的 flag 立了几次,都自食其言,至今仍是一手"蟹爬体"。好在电脑写作一统天下,用笔之处少之又少。微信好友中颇有擅书法者,常抄了诗句、经文,或自家感悟,晒在朋友圈里,看了叫人眼热。春节临近,学书念头愈发强烈。写几副对联,再不济写几个福字,自己欣赏一下也是极好的。

春节送福是一种传统。或因能书者日稀,退而求其次,印刷的"福"字,成为春节文创产品。这几年流行网上"集福字"活动,扫一扫福字图片,能得一张"福卡"。这本是很有创意的活动,最近却闹了个大乌龙。

事情要从一家出版社制作"福"字文创说起,选字者把书法"祸"字误认作了"福"字,好在有人发现,春节前下架收回,亡羊补牢,可谓万幸。虽古人说过"祸兮福之所倚",从哲学角度而言,参透祸福相生,是极高明的人生态度,但年节之际,都想讨个好彩头,谁会愿意迎"祸"进门呢?最让人啼笑皆非的是用手机软件扫这个"祸"字,竟也被识别为"福",手机会送出一张名不副实的"福卡"。扫"祸"而得"福",如是有意为之,不失为暖暖的善意,但大概率是手机无法识别是"福"是"祸"。于是,有了这样的黑色幽默。

当然,对于不熟悉书法的人而言,辨认书法确实不易。这也说明人工智能与书法还需多一些亲密接触,才能提高识别书法的能力。写到这里，又想起最近一则新闻，我在这个专栏几次写到过的机器狗 Spot 在 get "集体舞"技能之后，因为脑袋部位安装了一条手臂，又有了不少新把戏，其中之一是"写书法"！当然，从曝出的图片来看，它不过是在地上写了"Boston Dynamics"（波士顿动力公司）这几个字。比起变幻玄奥的中国书法来，英文字母容易多了。不过，谁又敢拍胸脯说，机器狗不能学会真正的书法呢？但愿到时候它明辨"祸福"。

45　合影社交

"来，咱们合个影吧。"参加集体活动时，常受到如此邀请。因为长相潦草、表情呆滞，我素来不爱自拍，对合影的兴趣也不大。面对热情的邀请，拒绝不够礼貌，也就随意献上一点不那么灿烂的笑容。有时则会被要求担任摄影师，"你来帮我们拍张照"，摆姿、调焦、一顿折腾拍完后，上像之人却分道扬镳，并不索要照片，似乎拍照的目的只在于"拍"，"照"反而不重要了。还有的合影爱好者，不但喜欢与人同框，更自觉扛起组织者重任。"小赵，快，再和老钱拍一张"指东打西，运筹帷幄，乱点鸳鸯，非让所有人钻进所有人的手机不可。此皆可谓当下合影怪象。

久而久之，我猛地醒悟：这是一种新的社交呀。想通了这一点,再听到"来,合个影"有如听见酒桌上的"来,走一个"。上述"怪象"都是"合影社交"的表现,而其升级版则是将合影自作主张地曝于朋友圈或发在微博里。

任何社交都有技术为基础。手机成了相机,朋友圈就是相簿,是此种新社交的技术基础。自有摄影术以来,应该就有了合影,但肯定不如现在这么频繁。比如,参加一次会议吧,以前一般只收获一张大合影。现在,只要想拍,随时可以。技术的便利给人造成一种假象,忘记了合影至少涉及两个人的意愿,而中国人讲情面的传统心理,又很难面拒此类要求。何况你既不是名人大腕,更没"摆谱"的资格了。

于是,我们手机里多了一大群"同框好友",有些生平只同框了一次,再无联系。而一个残酷的真相是,不管真实关系如何,合影上的人总是会露着微笑的。即便内心塞满了腌臜事,脸上露出不痛快,手持镜头者马上严肃指出:"高兴点,保持住笑容。"就这样,合影以最不可靠的方式背书了一段"眼见为实"的社交。这两年,短视频可越来越火了,没准儿某一天,同框邀请变成了"来,咱们拍段视频",细思极恐。

46 随大流

以前,我住的楼下有家西饼屋,买饼者每日排起长队,我也兴冲冲地加入队伍买过几种，味道只能说尚可而已，实无惊艳之处。后来爆出，排队之人中有一些竟是店主花钱雇来的。又传，这是被老板炒了鱿鱼的伙计愤而揭发，想来不假。老板的做法利用了"随大流"的心理。

随大流，也叫随大溜，常被视为没有个性、缺乏创意的代名词。不过，在生活中，随大流几乎是下意识的行为。而下意识之举，大都来自于经验的积淀，究其原因，可能是这样做经济而安全。毕竟，每个人的感知与认识有限，借力于群体，实乃以有涯随无涯之捷径。比如外出旅游，有些景点藏于深巷小道，到了附近也难找到。现在用电子地图可以精确定位、导航，以前没这等"高科技"，只好找当地人问路，如碰巧又找不到可问之人，最好的办法是跟着大拨背包客一起走，也就是随大流。即便找人询问，得到的答案多半也是：你就跟着大拨走吧。

网络工具让人精细规划生活，看似行为更自主更自由，但也可能陷入了另一种"随大流"。比如，下载某个 APP 时，应用市场会标明同类各款下载量，而绝大多数人自然选择下载量较高者；网上看影视剧也是如此，播放量高的，更容易被再一次播放。同样情况也出现在购物、社交等网络行为。如果把网络世界比作异地他乡，那么许多网络行为正是以"随大流"为基本准则。进而言之，由于互联网技术对人的行为的精准记录与追踪，"随大流"变得比以前更"科学"了。经验与科学在这里巧然相遇，携手前行。

甲辑　活在朋友圈　｜　069

本文开头西饼屋老板的诡计,现在有了专属名词"水军"。他们制造出各种虚假的"量",甚至操纵舆论,诱人作出错误选择,让人以为自己随上了"大流",实则不过是吸入了网络舆论的"致幻剂",陷入泡沫堆砌的假象。网络时代随大流,还真是不可不慎。

47　理发节

3月14日,农历二月二。在家枯坐的下午,一个朋友发给我一张图:经典的蒙娜丽莎剃了个锅盖头,没了长发的脸看起来更加英俊,笑容少了神秘感多了些无奈,看起来十分怪异。而友人的附言是:"理发节快乐!"是了,二月二,龙抬头。在北方习俗里,这是理发的日子。既然到了"理发节",当然"天下有头皆可剃",蒙娜丽莎虽远在地中海,也不能幸免。

"二月二"每年都过,把它称为"理发节",倒是头一遭听闻。我想,这是网络文化蓬勃创造力的又一例证。或许,早就有人把"二月二"戏称为"理发节"了,但以前缺乏网络环境的支持,没有流传开。有创意的戏谑就这样消散在闲谈之中。而在网络铺就的思想观念场域里,有趣的想法被保留下来的几率大大增加。这些"古怪"的想法在传播过程中,还会如维基百科那样被反复编写、增删,最终固化,甚至叠加上独有的仪式。各种图像、声音制作软件的帮忙，又让"艺术创作"比以往容易得多，以观念取胜的"现成品艺术"，更是如此，比如给蒙娜丽莎剃个头。视觉化的呈现，无疑让创意行之更远。

这些年，互联网文化的滋长，确实带给我们不少新"节"，如双十一购物节、女神节。传统文化里的节日，大多有个共同的内核，即人与超自然存在的关系。这种超自然的存在，或为神鬼，或为说不清道不明的力量。现代社会的节，则大多从某种现代观念衍生出来，如三八妇女节、五一劳动节。互联网里生长出来的这些"节"与它们都不同，只是斗升小民之间"逗闷子""找乐子"。按此逻辑，生活里的"节"可谓无穷无尽。把平常的日子当节日过，也有了实现的可能。当然，节日是生活的调剂。生活需要节日，却不需要每天都是节日。一张一弛，自有节度，节日多了，也就淡了。保持欢快的心态，偷闲一刻是过节，倒是快节奏的现代生活所不可少的。

48　我签名，你买单

我在旧书摊旧书网淘货，常碰到签名本。大多是作者签赠给朋友的。舞文弄墨的人，多少会攒下几本自己的书。书生人情纸半张，友朋相聚，新书是个伴手礼。这样的签名本，是考探文人社交的好资料。

有的作者赠书时概不签名，询之，答道：如受赠者弃之，情面上恐不好看。这倒也是。读书人藏书散书是常事，纵使本人保存一生，又怎保身后子孙继续留存。我曾收到某教授赠书，扉页贴一小纸片，上写如读毕不愿保留或想让更多人读到，可撕去此纸后转赠他人。惊叹其计之妙。其实，天下无不散之筵席，书也一样，签名本流入书肆，不但不煞风景，反增添了一道风景，不也是功德一桩吗？

有的签名本里不见得藏着情谊，尤其是所谓"畅销书"，签名成了销售手段。还有的"签名本"之"签名"竟是印刷的，更让人啼笑皆非。这些"签名本"唯一的意义，大概是确认某种单向的粉丝趣味。记得钱锺书先生有个绝妙的比方，作者与文章的关系犹如母鸡与鸡蛋。如觉得鸡蛋好吃，尽管吃去便是，何必寻找母鸡。但粉丝文化是只认母鸡的。只要是自己认定的那只，那么，其蛋必是天下最圆最大的。

粉丝现象早就有，比如洛阳纸贵的故事，追风抄录者未必真能读懂左思，但抄一遍、拥有一本的心理满足感，是很真实的。乡间吃斋念佛的老妇，不见得懂佛理，嘴里念念有词，一句佛号对她们心理建设的意义，或许更大。网络是趣缘的催化剂，给粉丝文化提供了温床。不少作家在网上成名，迅速拥有了大批粉丝。接着便是新书营销，腰封越做越炫，"推荐语"越写越夸张，书的内容却越来越稀薄。有作家的成名作惊艳无比，后续作品每况愈下，扉页上的签名，成了全书唯一让人感兴趣的东西。有的江郎才尽，反有可原；有的却把成名前的作品打包上市，骗开粉丝的腰包。我签名，你买单，也是文坛一怪象。

49　鄙视链是条什么链

自然界有"食物链"，大鱼吃小鱼，小鱼吃虾米，虾米吃泥丸，从生物一直延伸至非生物。生活中也有许多链条。人与人的关系是一条，从呱呱坠地开始，这根链条上的环扣不断积攒。社交媒体时代，"好友""点赞之交"迅速增多，有时太过沉重，把人缠得举步维艰。而生活本身也是根链条，上学择业，生老病死，环环相扣，社会的法则与自然的运命，推或拉着人往前走。以前人所谓"司命"，说的不正是牵着链条的那位吗？

时下又有一种链条，是谓"鄙视链"，它看不见摸不着，却几乎无所不在，是人们心里的鄙弃、眼里的漠然或嘴角的讽笑。以喝饮品为例，喝咖啡的瞧不上喝可乐的，而喝手磨咖啡的又鄙弃冲速溶的。再如旅游，据说，出国游看不起国内游，国内游看不上本地游。

"鄙视链"是在网上火起来的，或许与社交网络提供了更多自我曝光的机会有关。看到听到强于自己的人或事时的心理感受，用流行的说法是被"暴击"，有时还要加上"一万点"的修辞，而"暴击"源自"目击"。眼不见心不烦，未见富且贵时，富贵才真如浮云。不过,这种心态是深植于人性的,网络只是放大了它而已。文学作品中早就有了类似描写。鲁迅是洞悉国民性最深刻的人,多次写到过鄙视链。在《灯下漫笔》中,他写了古人的良法美意:天有十日,人有十等。链条底端是"台",咋办呢?先生说,"有比他更卑的妻,更弱的子在"。如此连环,各得其所。这不是活生生的鄙视链吗?阿Q以及未庄的世界,就更生动了。在阿Q版的鄙视链里,小尼姑、小D、王胡之流是低于自己的,而举人老爷、赵秀才则在自己的上端。

鄙视链的话题,说到底关乎尊严二字。人是生而自尊的,却无往不在鄙视链中。既然无法挣脱此链,保持尊严,十分重要,不论是对别人还是自己。

50 不赞之恩

点赞,不始于微信朋友圈,但自有了朋友圈,点赞变得愈发普遍,而且隐隐成了人际关系的一个指标。于有些人而言,"给我点赞了吗"几乎与"你吃了吗"一样,是见面寒暄的口头语。某次闲聊,一个朋友对我说起另一位朋友时愤愤道:"他从不给我点赞,我已屏蔽他了。"是了,屏蔽,与点赞一样,亦为社交时代必杀技。记得以前读旧文献,民国时期各派势力政争,"通电"是大家都爱用的武器。时人讽曰:电报战。那么,点赞与屏蔽,掀起的也是网络时代的"社交战"吧。

我们真的如此迫切地需要点赞与被赞吗？我持怀疑态度。古人说，君子之交淡如水。又说，难得是诤友，当面敢批评。可见，友朋之间，贵在匡误纠谬。而人与人之间的交往，重在心心相印，行有默契。口头上的客套，反而是乡愿、庸俗之举。当然，这或许与古人的地理间隔大，交往不便，以及社交圈子相对封闭有很大关系。于是，人们只好把对朋友的思念放在心里，或诉诸诗文。我们读杜甫、李白，他们对朋友的"点赞"毫不吝惜，有些话读来肉麻。

如今，社交环境巨变，交流极方便。"点赞"像所有攻克了量产技术瓶颈的东西一样，走向廉价。有时还成累赘，不点吧，欠了人情；被点，又欠了人情。至于集"赞"，更是荒谬。叹世间尘网既密，何须再多加这么一道索子呢？这么说来，"不赞"是一种大恩德。

不少人爱谈"自律"，比如，坚持健身锻炼的，学习打卡的，都被誉为自律。要我说，不赞是强大的自律。对世界、他人，我们诚然应抱欣赏的姿态，对一切美行善举，也自应赞美褒扬。据说，爱就要说出口。但说出口的，必须真诚。送出的"赞"无论多少，出自真心才好。如是社交场里的应景虚情、完成任务，不如不赞。毕竟，人间最不该造的假是态度之假，因为它是对人的主体意志之伤害或自残。

51　咳嗽一声

好久没听见咳嗽声了,和空气质量无关,只是因为我用QQ越来越少了。这几年,不得不传个资料时,才会登录一下QQ。而好友名单里的图标大都是灰暗的。有的可能在线隐身,大部分则和我一样压根儿没有登录。早就有人说过,QQ现在成了小年轻的偏好,不,这话不够准确,应该说,QQ从出世起一直是年轻人的社交工具。企鹅很单纯,复杂的是人,QQ没有变,变的是我和我的同代人。

用咳嗽声作为好友上线的提示,我以为是很妙的设计。咳嗽,本是呼吸器官受到刺激后的自然生理反应,但有丰富的内涵。在古今文人的风雅范式中,咳嗽扮演着重要的角色。有位思想家说,世间有两样东西无法掩饰,一是咳嗽,二是爱。可见咳嗽地位之隆。记得以前还读过一篇散文,写到夜间巷子里的咳嗽声,勾起人心绪万千。而林黛玉和玛格丽特这两位名著里的名人,如少了咳嗽,文学性似乎也会减去不少。

日常生活里的咳嗽,用处也颇多。课堂里,老师看到开小差的学生,轻咳一声,是不动声色的提醒。街头前方,有个熟悉的背影,快走几步,大咳几声,唤起老友邂逅的喜悦。开会前,主持人咳嗽数响,示意众人收心凝神,竖耳静听。车上,发现有小偷在"作业",咳嗽几下,也算见义勇为。

咳嗽是信号,是暗号。咳者有意,听者有心。譬如,大街上并无熟人，也无小偷，你心血来潮，兀自大咳特咳，估计只能招来急救车。咳嗽营造场景，又必和场景营造相联。这是 QQ 的咳嗽声高明的原因所在。它看似简单，却把现实的场景带入虚拟之中。对于虚拟世界，人们一方面希望它与现实的差异大一些，另一方面又希望二者遵循某种相似的逻辑。就像我们希望结识新朋友，又希望新朋友的脾性是我们熟悉的。这种矛盾的心理，大概是人性的一部分，可能也是人们对虚拟的需求源源不断的原因之一吧。

52　聚谈之乐

以前，串门聊天是每天必做的功课。特别是夏天，左邻右舍端着饭碗，聚在大树下吃饭，自成一景。此时吃啥不重要，重要的是聊啥，找到有趣的谈资，这顿饭会分外香，就像现在的人吃饭要找"下饭剧"。饭后，邻居散去。时间又属于厂子里的同事，或相交多年的朋友。那时没有手机，更无微信，聊天都在现场，见面无需预约，定时定点，聚谈自动开始。

夜间聚谈的一律是男性，照例每人要泡一杯茶，茶叶不拘优劣，水管够，谈多久，以喝空多少个热水瓶为计量单位。有时谈兴太浓，月光满地了，没水续了还停不下嘴。不愿独守空房的女人来找自己男人，进门第一句：一猜就是在这儿。可见，男人出门并不说明去向，但镇上的聚谈点，大体是有数的；人际圈子，也是固定的。用我老家话来说，两根手指捏田螺——稳拿。

聚谈的人，千姿百态，有天生的段子手，有的见面就斗嘴，还有的是供销员或跑长途的司机，带着异地的新鲜事，一到场，大家精神一振。另有一些人，很少说话，参加进来，仿佛只为做听众。偶尔插上一两句，也是不关痛痒，仿佛专给说话者一个喘口气的机会罢了。

最近，我有些迷上播客。闲下来，听着谈话节目，似乎回到了几十年前聚谈的夜晚。那些妙语连珠、面红耳赤，以及天南地北，怪事奇谈，带给人快乐。而我就是当年那个不说只听的人，在别人的故事里消磨自己的时间，也获取一些以往不知道的知识。

最早的中文播客产生于2003年，去年迅速崛起，据说2020年中文播客的数量新增1万倍，相比2019年增速提高了五倍。这让我有点吃惊。不是说，我说你听这种单向传播早已过时、新人类更愿意参与和互动吗？播客的袭来，提醒我们要反思这个认识。或许，参与和旁观同样重要，就像诉说与倾听一样给人乐趣。安静地听，给了人更多有人陪伴的踏实感。

53　手机晒人脉

某次聚会，朋友说时下有一种人，喜欢参加各种"局"，更喜欢在"局"上晒朋友圈。而且，晒的不是自己的"圈"，是别人的"圈"。被展示的当然是有头有脸的人物。可叹我性格孤僻，喜好独处，极少入"局"，尚未有缘身逢此种场面。不过，还是脑补出了画面：某人打开手机，凑近邻座之人，手指与屏幕有仇似的猛力滑动，选出足以光耀自己的"好友"，叫人见识自己强大的人脉。

俗话说，一个好汉三个帮。又说，朋友多了路好走。没有人生活在真空里，人脉自然是要紧的。纵然抛开庸俗的功利念头，多几个可以清谈闲聊、打趣逗闷子的人，也是人间乐事。在交流闭塞的年代，在我居住的那个小镇，如果谁家常收到远方来信，就会让人高看一眼。2018年第七届鲁迅文学奖的获奖作品中有一部中篇小说《李海叔叔》。李海叔叔是"我"父亲的结拜兄弟，在匮乏年代里每年都要来"我家"打秋风，这段交往对"我"的影响持续了一生。评论者多谈及小说在精神批判上的意义。而我读时最受触动的，却是作者对"人脉"天机之洞悉。

当我们有了微信这样的联系方式，扫码加好友，成了社交礼仪，拥有"人脉"变得容易了，展示人脉也变得十分简单。1994年央视春晚上还有一个小品《打扑克》，两个旅客以名片当扑克，演绎了"人脉"大战。随身携带一盒名片毕竟不方便，微信一亮，容易多了。

然而，T台上的时装，靓则靓矣，生活中未必穿得上。晒给人看的朋友圈，大多抽空了社交的真义，虚浮、脆薄而无聊。写到这里，想起卞之琳的名句"你站在桥上看风景，看风景的人在楼上看你。明月装饰了你的窗子，你装饰了别人的梦"，不妨篡改一下权作结尾："你拿着手机看朋友圈，看朋友圈的人在饭局上看你。人脉装饰了你的样子，你装饰了别人的谈资。"

54　止损式社交

五一小长假，到湘西凤凰一游。上次到凤凰已是十年前，那时沱江两岸尚未"亮化"，姜糖和蜡染是街边最常见的纪念品。现在多的却是各地常见的"网红食品"。江边人山人海，转了一会儿，打道回宾馆看书，自嘲道：此乃及时"止损"，不在"来都来了"的心理盾牌下耗去更多无谓的时间。

及时止损是投资理财的术语，常被人扩大为生活哲学、处世智慧。据说钱锺书先生碰到别人向他借钱，他总折去一半，干脆直接送。比如，来者开口借3000元，他便说：我送你1500吧，不必还了。乍一看，这有点"迂"。细一想，却是止损的智慧。中国人好面子，文人尤甚。熟人借钱，不借吧不够意思，借了不好催还，诉诸法庭尤不合情面。不如直接送一半，既略解人之急，又避免自己遭更大的损失。网上还有个绝妙的比喻，发现坐错了车，那赶快就近下车，千万别因为已买了票而一直坐下去。否则，看似赚回票钱，实则离目的地更远。

今日生活中，需止损之智的，又不止旅游或借钱。五光十色的网络，太容易让人沉迷。刷微信、抖音时，常告诉自己结束滑动，却总停不下来。令人深陷的还有因社交媒体而生的"圈子"。在网络织成的世界里，我们人际关系的范围、结构发生了颠覆性变化。

以前谁敢想象成日家中坐却结识一位远在地球那端的"好友"。今天，慢说用同一种语言的人，即便双方语言不通，智能翻译也可轻易解决沟通的问题。以前我们也无法想象，一次萍水相逢就了解一种新鲜的生活，隔三岔五在朋友圈里分享对方的喜怒哀乐。技术进步让距离和语言不再是沟通的障碍，也让生活的互窥变得合情合理。"新"的人际关系丰富了我们的生活，也带来不少累赘的应酬。对此，我以为需要建立止损式社交，从无意义的客套虚情中摆脱出来，保持生活的清净和安宁。

55　平台即故乡

网络生活中，平台的意义实在太重要了。重要到有些像故乡。我们这代人接触网络，大多是从门户网站、电子邮箱、BBS

开始的。而 BBS 是当年重要的网络社交平台。那时节，常有"版聚"，就是在同一个版上交流的人"奔现"相聚；又有所谓"版衫"，即 BBS 的周边文创 T 恤。朋友间聊天，也常以某个版上"十大"热点之类为话题。

我在大学读书时，上 BBS 几乎是每日必修课。不同学校的 BBS 各有特色，上面多种多样的"版"，打破了旧世界，又组建了个新世界。BBS 成为我们最重要的信息来源，也是结交朋友的地方。有了问题，也喜欢在那里讨论请教。注册一个 BBS 上的"马甲"，如同有了一把进入新世界的钥匙。刚毕业那几年，我还是时不时地上一下 BBS。偶然遇到校友，也很愿意互相问一问 BBS 上的见闻，颇有几分"君自故乡来，应知故乡事"的味道。后来，网络世界不断扩充、变化，BBS 渐渐没落了。

北大史学专业的几位学者曾创办过一个网络论坛叫"往复"，聚集了不少文史学者和爱好者，在圈子里名气挺大，我也常去浏览，读到不少精彩的言论。前段时间，枯坐家中，忽然心血来潮，想起这个论坛，输入网址，却无法打开。用搜索引擎，发现网上谈论它的文章，最新的已是十年前。论坛可能早已关闭了。唏嘘之余，又想起以前常去的几个 BBS，打开网址，也大都萧条得紧。于是，又跑到母校 BBS 去，人气倒还可以，也不复昔日神采，也可能是我不登录太久，成了一个异乡人，而异乡人心里总会有戒备和恐慌，无法坦然欣赏。

哲人说，人是生而自由的。这话大体只是一种愿望。其实，人生而实有的除了父母，还有故乡。作为网民，平台是精神生活的聚落。网络原住民，则生而有平台。BBS大概可算我们网络社交意义上的故乡。平台的变化，伴随着网民群体的代际更替。一代有一代的平台，各如各的故乡。

56　网上"道旁儿"

这段时间，有两条关于网红的新闻，令人震惊、哀痛。一则是某网红因吸脂手术感染去世；另一则是某网红为拍一张美照，不慎坠崖身亡。为了吸引关注而伤亡的新闻，这几年时有所闻，并不止这两例。这是一种时代之痛，提示人们警示网络之负面影响。有网络评论说，网红冒险做吸脂手术缘于"容貌焦虑"。其实，泛而言之，还可归为"关注焦虑"。

焦虑，从根本上说，是一种心理状态，与个体心理素质有关，却也和传播环境脱不了干系。在互联网的时代，人们常爱说"内容为王"。这大半是一种愿望，真在现实的网络竞争中称王的，往往是注意力。得眼球者得天下，是网络规定的游戏法则。文字聊天盛行的那几年，渊博的知识、华丽的文采，容易引起关注。短视频社交盛行之后，视觉吸引力的威力变得明显。漂亮的容貌、极限的举动，成了网红的"标配"。

当然，渴望受到关注，乃人之常情。前网络时代的人，也不能例外。《庄子》里讲过东施效颦的故事。学西施的样子，皱起了眉头的东施，想来也是为引起关注。可惜效果不好，虽和西施一起"名垂千古"，却只是作为笑料存在。

触碰"极限"，大概也是人性的内容。而网络承担着加速器的职能。我们都有这样的经验，网上讨论比线下更容易催生极端观点。这很像一个被不停吹气的气球，只要球不破，就一直吹下去，直到涨大至崩裂方止。

古人讲过"杀君马者道旁儿"的故事。骑马出行官员，因为路边人夸他的马，就飘飘然地不停鞭马飞奔，终将其累死在掌声之下。"道旁儿"是舆论涡流的制造者。在古代，"道旁儿"数量是有限的。互联网把世界连成了一片。全球网民目前据说为46.6亿。理论上，一旦上网，就好比走上了这条"世界大道"，暴露在40多亿"道旁儿"眼前，杀伤力自然大得多了。

57 "文如其人"别解

文如其人，我们说这个词时，一般是指文章和人的品行、性格有相应之处。当然，二者不可能严丝合缝。性格孤僻、冷寂之人，或能写出奔放、欢快的文章。臭名昭著的坏蛋也不乏文采斐然。不过，很多年前有科学家发现，文字和心理、情感之间确实存在某种关联。

当然，文章暴露人的心理状态，也算不上什么新发现。看颜真卿的《祭侄文稿》，从文辞、字体和纸面涂抹勾画的状态，完全可以体会书写者当时的心境，正是古人所说的，"藏激愤于悲痛之中"，"使人动心骇目"。不过，新技术的妙处是把个体之间的隔空参悟变为群体心态的洞悉。分析网上的大量数据，可以探知一群人的内心世界。据说，抑郁症患者有一种独特的写作风格，他们更多地使用有消极影响的词语，还会提及更多与死亡相关的词语。

在美国佛蒙特大学，有一群科学家，日复一日地搜集着社交媒体上的海量数据，然后快速、粗略地解读，以此估测公众的情感状况。根据他们得出的数据，2020 年是自 2008 年开始记录以来最糟糕的一年。报道中没有说为什么 2020 年这么令人讨厌。但我想，大概率和至今仍未消停的新冠肺炎疫情有关。这场大疫情实在太闹心，而人们被禁足宅家，更会把一肚子怨气撒在社交媒体上。

在德国柏林，有一项研究更有意思。科学家通过分析 Facebook 上约 20 亿条推文和 Twitter 的 10 亿条推文，对天气和情绪之间的关系有了更深了解，得到的结论精准到令人咋舌：25 毫米的降雨使人们的幸福感降低了约 1%，零摄氏度以下的温度使其降低了大约 2% 的幸福感。我们自以为早就摆脱了靠天吃饭，但"天"的影响其实很大。面对"你幸福吗？"这个问题，作为凡人，我们仍不得不抬头看看天的脸色。

情感分析正在运用于商业。这比算法推荐更"高级"。或许某一天，手机会从情感层面更深地了解你。是好是坏，拭目以待。

58 数值化的肉身

10多年前，看港片《倚天屠龙记之魔教教主》，李连杰饰演的张无忌在光明顶力敌群雄，和少林龙爪手对决一场，最是精彩。只见两人过了数招，少林高僧心道："我的战斗力只有六千，这小子起码一万以上。"当时，网络游戏还没那么盛行。用战斗力数值比较武功高低，太过新鲜有趣，我一下子就记住了，一记就记了这么多年。

武林不是奥运赛场，武功高下很难量化。把高手武功精准地比出个斤两，难度高到几乎无法实现。拿《倚天屠龙记》来说，第一高手是谁，与第二高手又差几何，金庸老爷子也说不清楚。如果要做"跨文本"比较，郭靖和张无忌谁功夫高，黄药师和谢逊交手哪个会赢，更找不到答案。但如都换成数值，可方便多了。

这些年，用数字来表示个体体征，变得司空见惯。其实，不久的以前，我们只有走进医院时，才发现自己可以变成一堆数字。身高、体重、体温、视力、血压、血糖，等等，变成数字后,身体被简练粗暴地画出,不懂医的人也能方便地判断自己是否"正常"或"标准"。就像龙爪手和张无忌,武功差4000"战斗力",一目了然。

最近几年,日常生活中的身体以及体能,也开启了数值化模式。打开微信运动,看看步数,再换算成里程、卡路里,就知道了自己一天的运动量,还可以精准地和别人进行比较,看看谁比谁多走了多少步。戴上智能手环或手表,还能对心跳、呼吸、血流等各种生理数值进行监控。据说,有一种智能穿戴设备,通过数据监测,能分析人的情绪变化。又据说,人的情绪是有周期规律可循的,如日落月升、四季轮转那样,因此监控情绪让我们更了解自己,也能提高生活效能。我想,这或许是真的。但是,更应该被信任的,难道不是肉身的知觉吗?就像张无忌,敢于站在光明顶上,并不是因为知道自己的战斗力起码有一万。

59 你和谁相关

时下的搜索网站大都有个功能:搜索某个内容时,附带着为你列出被搜索对象"相关"的内容。搜某个人,就能看到和他相关的人。我在百度搜"孙悟空",网页右侧"相关角色"列表中有唐僧、菩提祖师,一个是孙悟空的授业恩师,一个是度他修成正果之人,当然是猴王生命中至关重要的相关者。却还有位网感满满的"孙悟饭",是《七龙珠》里的人物,有点无厘头,倒也是孙悟空文化影响力强劲之明证。

有意思的是,不同搜索网站对相关性的判定很不一样。比如,搜索一下"韦小宝",百度的相关前三名是苏荃、韦春花、建宁公主;360搜索的答案则是鳌拜、毛东珠、陈近南,一个重家庭,一个重事业。哪个更符合实际?以我对小宝先生的了解,我想,他在人前表态时必定站在后者一边,私底下却以前者为然。有句名言说道:一百个读者,便有一百个哈姆雷特。抄袭一下吧,一百个搜索引擎,就有一千个相关人物。

一时心血来潮,我搜了一下自己,竟然也有好几位相关人物,各行各业,身份各异,共同点是我一个也不认识。而那些与我打过交道,甚至对我重要的人,却一个也不在列表之中。这个发现让我玩心大起,鼓动朋友也去搜,结果也是一头雾水。不但相关人物和搜索者毫不相关,而且连可能相关的蛛丝马迹也无处可寻。有一位搜得的结果竟全是宋代名诗人,杨万里、范成大、李清照,等等,但此人既不研究宋代,也不写诗,真乃咄咄怪事也。

我想,或因我们这些人触网不深,留给网站分析的资料太少。本着反省心和求知欲,我又拿历史名人做实验,岳飞和韩世忠相关、杜甫和孟浩然相关,这还叫人踏实;李白的相关者包括烈士"小萝卜头",就好生费解。鲁迅倒是说过,"无穷的远方,无数的人们,都和我有关"。不过,如此无厘头的网络相关,实在令人啼笑皆非啊。

60　短信拜年

从阳历年到阴历年,是收发拜年贺春短信最热闹的时候,我说的"短信"当然也包括微信。短信拜年起于手机普及,满打满算也就 20 多年历史吧。记得刚兴起时,有人专门写文章讨论过。

新潮事物出现,总会引发一些议论,比如牛仔裤、蛤蟆镜、旅游鞋、吊带装,都享受过这"待遇",这些议论又多与传统、正统、学统等联系起来。短信拜年,也曾被以为不够庄重严肃,缺少拜年应有的体面。不过,一切关于新事物的非议,最后结果总是见怪不怪,没人再去理会什么"统""不统"的,也就安之若素了。

我想,这大概是社会心理调适的一般规律。好比小时候长牙,牙床上刚冒出一颗新牙,总会忍不住去舔弄,直到牙齿完全钻出,坐稳了自己的位子,我们便只顾每日用它大嚼特嚼,却忘了它的存在。如果忍受不了出牙的不适,就难以获得成长的营养。

因而对社会与生活里的"新牙"不妨包容。不过,最好的包容并非任其自处,而是发现事物转变中透出的新意。去年,我有幸旁听一次民俗学家刘魁立先生的访谈。刘先生聊起过年贴窗花的习俗,说到窗花本是贴给屋外人看的,如今住平房的少了,住高楼的多了,十几二十层的窗户上贴窗花,路人自然无法欣赏。但窗花的艺术价值仍在,只是实现方式发生了一些变化。

这例子虽小，含的道理却很深，可推及许多现象。比如邮票，在今天的实用功能越来越少了，但集邮者依可在方寸之间获得欣快之感。再如纸币，在日常生活的地位也岌岌可危，但不妨碍人们将其作为表达观念和情感的载体。前几年，几内亚把中国承建的凯乐塔水电站印在他们国家的钞票上，传递出命运与共的思想。

说回拜年，短信时代激发了不少"拜年体"小诗。而在微信里，表情包、短视频的加持，又让拜年祝福获得了更加丰富的可能。有时候，一句"新年好"引发一场"斗图"，更为年节增添了新的趣味。

61　头像敲门砖

进入一间房子，需要一把钥匙；进入一段关系，需要敲门砖，自古皆然，只是用来敲门之"砖"，随岁月流转而变化。唐代读书人拿着自己的诗文，奔走于大佬之门，称为"行卷"。据说，小朋友都会背的那首"离离原上草"，就曾被诗人拿来当过"敲门砖"。豹子头林冲投奔梁山泊落草，需要交纳"投名状"，可见即便当强盗也得手持一块"敲门砖"。这愁煞了前禁军教头，而梁山此后走向扭转，最初机缘实萌于此"砖"。

今天的网络生活中，社交账号的"头像"有时充当了社交关系的"敲门砖"。注册一个账号时，总会要求提交一张照片做头像，可以自拍，可以随便找一朵花、一片云，当然也可以拒绝。但有的软件会提示，用真人头像会获得更多权限。有人总结过"头像"与使用者之间的深刻联系，比如用山水风光的是什么特征的人，用卡通漫画的又是什么样的人。这大概和从笔迹推测性格差不多，或有几分道理，也不能完全当真。不过，图片确实已经成为我们进入网络世界的敲门砖或投名状。也就难怪网络图片的数据如此庞大：2016年微信朋友圈的日上传图片就已有10亿张。而主打图片的Instagram，已有超过500亿张照片上传。

记得20多年前，我读到有学者提出人类进入了"读图时代"，很觉新鲜，而当时所谓"读图"，大意是指对图片的阅读。如今，图不仅是阅读对象，还成了交流工具。"头像"的重要性自然是一例，网络聊天里的表情包，则是更明显的例子。放在二三十年前，我们大概很难想象，你来我去的几张图，便完成了一次聊天。不过且慢，如果把时段放到一千倍，也就是两三万年前，我们的祖先好像还就是靠图来交流的，当然他们也靠手势或体态，但我想，即便指手画脚，也是更接近于画图而不是写字。你看，听起来俗套的历史"螺旋式"上升，是有道理的。

62　蟹博士

再过些日子，就是吃螃蟹的时节了。因为疫情，我有大半年没出游了。最近一次是去上海，是在 2019 年的 10 月，那次住了四天，行程散漫，未设打卡目标。

彼时，尚在吃蟹时令内。某天，在网上找到家专卖阳澄湖大闸蟹的店，名气颇大，兴冲冲前往，发现店的门脸很小，开在路边，店内四壁全是大玻璃柜子，装着大闸蟹，以大小、性别之不同，标出高低价位。除了活蟹，也售店家自制的醉蟹。醉蟹分生醉、熟醉，按桶论价。店家见我们是外地人，善意提醒：肠胃好的，可以吃生的；肠胃不好的，就吃熟的。

店前店后的空地上，可设四张简易折叠桌，供我们这样的外地游客买了螃蟹后，现场蒸熟，就地解馋。我是南方人，自小吃蟹经验不算少，但这样的吃法，倒是人生头一遭。

吃完蟹后，就加了店主的微信。从此，螃蟹几乎每天出现在我的朋友圈里。和所有微商相似，店主发的图中，有原创的卖家秀，也有转发的买家秀，但比一般的微商专业含量高，常介绍盐焗蟹、螃蟹炒年糕、蟹粉拌饭等"螃蟹系"美食做法，有图有视频，引人涎水。偶然还发自创的"概念菜"。比如，螃蟹裹上生粉油炸，炸后捞出螃蟹，不换油，继续炸毛豆，最后毛豆与螃蟹一起翻炒。又常普及些保鲜、运输、食物相克等"螃蟹吃家须知"。

店里的螃蟹难免有走到蟹生最后关头的，而死蟹绝不能吃，哪怕死生只在一线，也划定了食之不可逾越之界限。这时弃之虽可惜，若再拿来卖，却有些不地道。为免浪费，店主往往趁蟹弥留之际，抓紧给自己蒸一份"下午茶"。此刻店主发的朋友圈，惋惜之情溢于图表，连图里已被掰成两半的螃蟹也露出很不甘的样子，不知是因为未能落入顾客肚中得其所哉，还是因为未完成为店家赚钱的任务。

微商删删加加，来来往往。虽然从上海回来后，再不曾联系过，但是这位店家一直在我的朋友圈，我备注其为：蟹博士。

乙辑　无缝生活记

- ◆ 耶稣劝世人要走窄门，大概也是不赞成捷径的。我们凡人有时盼望捷径，大半不是偷懒耍滑，而是遭了实在难耐的烦或苦。

- ◆ 现代社会带来了生理上的肥胖症，信息社会也在滋生着信息肥胖症。与身上的赘肉相比，过剩的信息有时候更令人烦躁不安。人总需要独处，或许"免于在线"的自由也应写入基本人权吧。

- ◆ 在线活动和长时间的多媒体任务，会导致人的记忆力减退和注意力跑偏。也就是说，让你记不住事的，可能并不是年龄增长，而是网龄的增加。和岁月一样，网络也没饶过谁。这可真给沉浸在数字时代里的我们提了个醒。

◆ 现代社会驱逐了神的主宰地位。然而，当我们日益离不开手机，灶王爷似乎又回来了，只是这一次他把神龛设在了手机里，告密的对象换成了APP。

◆ 几十年来，我们像寻找水草的牧人，在不同的媒介间游荡、停留，扩张或改变着社交的圈子。不同的媒介平台，好比不同的村落、市镇，收留我们的心灵得到歇息。

◆ "心远地自偏"，古人说得很在理。"隐者"本无需与深山为邻，要在坚持内观之念。如今，生活空间虚拟化了，隐于朝市又不如隐于网络。

01　给生活留一道缝

人生有没有捷径？哲学家斩钉截铁地说，没有。耶稣劝世人要走窄门，大概也是不赞成捷径的。我们凡人有时盼望捷径，大半不是偷懒耍滑，而是遭了实在难耐的烦或苦。

所谓捷径，大体是缩短与目的地间的时空感。智能技术的发展，似乎悄悄实现也助长着类似的愿望。

以前，出行常会走错路，现在，电子地图和智能导航，精准地将你带到目的地，而且根据路况调整路线，确保你以最经济的方式抵达。于是，你与目的地间的"缝隙"消失了。在这些"缝隙"中，可能隐藏着一些别样的风景。

有一年夏天，我们一家人雇了车，在青海甘肃闲游。茫茫草原之上，当地的司机或以为路已熟稔于心，便关了导航。不料，老马失途，转错了山包，到了一个路线外的小镇。

这是一个极洁净的镇子，夕阳下，老人在闲聊，孩子在打闹，生意冷清的小杂货店老板趴着打盹儿。我们这辆冒失闯入的车没有引起他们的注意。生活就这样以它本初的样子毫无防备地舒展在眼前。我一路追寻美景的心忽然放松下来，如沉入了山泉般地清爽。

司机发现走错了路，赶紧重开了导航，在"已为您重新规划路线""路线切换成功"的甜美女声中，我们转回既定的道路，向目的地加速驶去。

我至今不知这个镇的名字，只记得它在茶卡盐湖与祁连山之间。而每想起这趟旅行，首先想到的是这个小镇。

因为它是智能时代我邂逅的一道"缝隙"，就像一捧米中发现了一粒谷，虽平常，却罕遇。如把生活比作一间木瓦房，现代科技如一位泥水匠，东涂一下，西划一把，屋顶、壁墙上的坑坑洼洼、沟沟缝缝，全被妙手填上了，拉拢了，弥合了。

屋子坚固了，住起来当然更安全。不过，刮风了，风找不到缝隙，只好在屋外呼啸；下雨了，雨找不到缝隙，徒劳地在房顶摔跤；太阳出来了，光也找不到缝隙，只好在墙上折返跑。而我们这些前智能时代的移民，生活里总还贪图一些缝隙，用莱昂纳多·科恩的话说，那是光照进来的地方。

02 "免于在线"的自由

不知何时起，"在线"是常态，"秒回"才正常，"失联"变得不道德了。"微信怎么不回""电话怎么没接"，不但是客观的询问，有时还带有人格猜疑与道德谴责的意味。据说，有公司把24小时开机作为应聘者必备的"素质"之一。

我们或许忘了，就在20多年前，即便至亲至近之人，大多数时间也处于"失联"状态。电影《手机》里，山村少年"白石头"用自行车驮着嫂子"吕桂花"，骑几十里山路去给吕桂花在三矿工作的丈夫"牛三斤"打电话，问他过年是否回家。在电影中，这或许是闲笔，却生动地反映了"前手机时代"即时交流之难。莫说吕桂花，即便生活在城市中的一家人，早晨各自上班上学，就"失联"了，直到晚上才会相聚。其间若互相联系，必有大事发生，传来的多半还是坏消息。

在人类历史走过的漫长岁月中，"延时"更是信息沟通的主流。古代靠驿站传递信息。岑参诗有"一驿过一驿，驿骑如星流。平明发咸阳，暮及陇山头"之句，咸阳到陇山大概五六百里，大半天时间完成一次信息传递，已令诗人赞叹不已。近代，电报电话发明，《竹枝词》有"举头铁索路行空，电气能收夺化工。从此不愁鱼雁少，音书万里一时通"之句。"两地情怀一线通，有声无影妙邮筒"，不论电报还是电话，"有声无影"总是一种遗憾，面部表情、肢体动作里的丰富信息，被特定的信息传递渠道阻隔或过滤了。

移动互联网、智能手机普及后，这些问题都解决了，视频通话变得寻常。"面对面交流"重现江湖，带来了方便，也拷问着人际交往的规则。随着5G飞入寻常百姓家，"普天之下，莫非服务区"也会变成现实。到那时,"失联""掉线"将更遭白眼,语言、表情不清晰也愈发不可饶恕。但人总需要独处,或许"免于在线"的自由也应写入基本人权吧。

03 "错愕"何处寻

古人诗文中常流露"错愕"之情。贺知章《回乡偶书》,"儿童相见不相识,笑问客从何处来",诗人老年回归故里,却发现成了家乡的"陌生人",心绪复杂,难以名状。杜甫《赠卫八处士》,"焉知二十载,重上君子堂。昔别君未婚,儿女忽成行",绘景状情,宛在眼前,少时老友,鬓已苍苍,问及故旧,半竟成鬼,面对"怡然敬父执,问我来何方"的懂礼后生,诗人心中定然万分惆怅,故有"明日隔山岳,世事两茫茫"之叹。

贺、杜若生今日网络社会,便大不一样。贺某做过太子的家庭教师,在文坛又有名望,皇帝对他也高看一眼。这样的"老领导""大文豪",一言一动必早在网络传播,家乡也以其为荣,大打"名人牌",少不了供奉。他所"错愕"的,恐非"相见不相识",而是驱之不散的庞大"粉丝",以及不知从而冒出来的亲戚、门生和部属。

再说"卫八",如活在现在,微信是一定早就注册了。他的恋爱、婚姻、生儿育女,以及孩子的相貌秉性、上哪个幼儿园,学几门乐器，考多少证书，都将纤毫毕现地晒在朋友圈里，而卫八的昵称，或许就是"杜甫的发小"。杜甫和卫八重逢时，纵然百感丛生，却不太会因"错愕"而有"茫茫"之叹。

"错愕"多萌发于撞入陌生语境之际，是情境错置的一种心理感受。社交媒体无孔不入的当下，买菜购物、吃饭看戏、跑步健身，看个展览，打场桌球，甚至崴了脚、感了冒，人生中任何瞬间、生活中每一片段，都成了社交媒介，扁平的网络世界里没有什么新鲜事，"错愕"之情也变得无处可寻。

今人爱谈文化多样性，文化多样实源于情感多样。而情感，是心灵的秘史，要在内心偷偷酝酿。作为被"网"罗之人，我们不妨暂时"屏蔽"某些人与事，将其关进时间的"黑箱"，不经意间再次打开，世界会尽情地展露它的深邃与苍茫。

04 做个信息极简主义者

我曾读过一本研究游牧民族的书，里面说草原地广人稀，音讯传递不便，故而游牧者特别重视"消息"，见面时总爱互相打听，以便准确应变。日常生活经验告诉我们，城市人往往不如山野之民好客，按上述观点推论，山民除天性淳朴之外，热情接待陌生人，可能还流露出对外界信息的渴望，而这恐怕又是根植于基因的下意识行为。

人对信息的需求，大概出于动物的生存本能。动物界有抬起前爪，站岗放哨的獴，时刻关注着八方来风。家养的宠物犬按说脱离险象环生的处境早已几百代了，睡觉时还习惯支起一个耳朵。而人类，即便泰山崩于前而色不变，肩膀一旦被拍，还会不自觉地回头。

走过原始丛林和刀耕火种，我们终于来到了信息时代。信息，这个多少年来最渴求的东西如潮水般涌来。随便划开手机，从外国总统家的狗吃坏了肚子，到边远小山村杀了过年猪，一股脑儿全来到眼前，似乎我们每个人对于地球都如此重要，因而需要了解每一个角落发生了什么。个体产生的信息也时刻往外发送。不少人把生活变成了一筐筐的数据，从车票、登机牌到酒店的花洒、餐厅的桌巾，纤毫毕现地大晒特晒。这个时代，得朋友圈者未必得天下，失去朋友圈就失去天下的恐惧却常在心头。

不过，信息这东西和鸡鸭鱼肉一样，几千年来我们一直盼着吃它个管饱管够，当真的随手可取时，又发现吃得太多有时比没得吃还难受。现代社会带来了生理上的肥胖症，信息社会也在滋生着信息肥胖症。与身上的赘肉相比，过剩的信息有时候更令人烦躁不安。

作为从信息匮乏到信息丰富时代的"过渡的一群"，尤要警惕暴饮暴食。还是做个信息极简主义者吧，狠下心来，取关基本不看的公号，谢绝不看就转的微信，屏蔽无谓的"精准推送"，退出广告铺天的群聊，从头挖掘丰富的线下生活。

05　如果来次"断网游"

最近，去了沅江边一座古城，刘海和胡九妹恋爱的地方。办事之余，照例在网上做做"功课"，我之所谓"功课"，无非是寻找吃美食和淘旧书的线索。没想到，惯用的手段竟然失效。比如，查到一家打分不低的米粉店，徒步前往，遍寻不得，打电话一问，才知已关张。

发现网络失灵，心里不免有些恐慌，又有些警醒。生活是个经验包。获得和储存经验，是人类的生存技能或本能。网络时代的人们，对此似乎逐渐淡忘了。

或许因为生活变化太快，新东西层出不穷，经验如急流里的浮物，来不及沉底就被冲得无影无踪。也可能是有了网络这么个信息经验集散地，大家都把经验拿出来共享，即查即用、即用即查，实时更新，好比家里养了一群准时下蛋的母鸡，那还有必要囤鸡蛋吗？

网络蚕吃桑叶式地搜查着生活的角角落落，一点点地搬到网上。街角卖葱油饼的老爷叔，巷子里煮茶叶蛋的太阿婆，喜欢吃排骨的东北大爷，老宅子里的一面雕花墙，佛门清净地的几株银杏树，不都沦陷成"网红"了吗？

然而，与人的生活相比，网络世界毕竟是残缺的，至少目前如此。今后会不会变得"完整"，除了哲学家，估计没人敢回答。

不过，网络世界残缺的内容和方式，倒可能是生活完整的表

乙辑　无缝生活记

达。而且，这种残缺保存了一些新意的种子。文明或许会把这里作为暂歇的码头，也当作又一个起点。时光总在流逝，但步伐并非匀速，而是时快时慢，时停时歇，一段较长的旅程将要开启时，往往又会或多或少退回几步，好像为了取得一段助跑的距离。

这些年建特色旅游小镇的很多，但不少没有什么特色，游客也是寥寥。如果建个"断网小镇"，屏蔽网络信号，自我开除网籍，一任生活"复古"流淌，来一次"断网游"。没准这是笔好生意，当然更可能只是我的瞎想罢了。

06 你标注了谁的生活

某一次散步，进了陶然亭公园。陶然亭建于清康熙年间。公园地处北京南二环，寸土寸金，以前却属贫困的南城。我记得民国时期的传奇女子赛金花葬于此地，几次来却不曾见到墓址。

看看天色尚早，心中一动，打开手机"高德地图"，一搜，果然有"赛金花墓"，不由大叹网络时代之先进，连如此冷僻之地点也已收录。在"步行导航开始"的标准音中，我循着路线走去。"目的地在您右侧"，看来是到了。举目望去，没有墓园，也不见坟包。

怕高德搞错，我又祭出"百度地图"，标的位置几乎相同。绕着被标注的地方走了两圈，"您已偏离路线"的警告和"已为您重新规划路线"的殷勤，反复交替，最终我放弃了寻找。

回到家查书，才知早在陶然亭建园时，赛金花墓已迁至郊外，墓碑也另地收藏。从旧日资料地图看，电子地图所标位置大概不差。但这样的标注终究不够准确，且有误导游客之嫌。一时间，我不免好事之心发作，在电子地图上留言点评道：此处无"墓"可见。希望凭吊名媛者，勿庸白跑一趟。

当下，我们的生活既已日趋网络化，必然经常是被标注的。而我们也习惯了跟着别人的标注过日子。当然，我们也在时时标注着别人的生活。就这样互联网让本来互不相识之人的生活发生了奇妙的互补。有些人生经验，若在以前，该由家里长辈郑重其事地传授，现在，经由网络的帮忙，素昧平生者成了启蒙导师。

标注所提供的人工复检，则给了网络世界一种自洁能力。错误的信息被发现，老旧的信息已过时，都会被作上一个标记，慢慢也就失去了"信息"的价值。这让互联网如同大海与河流，在一定范围内进行着自我净化。而生活在网上的我们，随手做上几个标注，给自己也给别人的生活悄悄钉上几个补丁，也算数字时代的"日行一善"吧。

07　关节炎和大数据

近年来，城市里大量安装传感设备。哪怕一株路边的柳树，何时抽条,何时飞絮,生长发育尽在掌握。这让我想起一位中学同学来。他的一条腿可能有关节炎,每到雨天的前夜,会有异样的感觉。那时没有天气软件,要知来日阴晴风雨,除了靠"东南风,雨祖宗"等农谚之外,就是收听天气预报,不过,天气预报等级森严,只管到大城市,乡镇不在视野之内。我们"提前"知道的,其实是别人的天气。

那时的中学体育课,晴天在室外上,需穿运动鞋裤;碰到下雨,转移到室内,老师讲些竞赛规则、运动知识,就没有着装要求了。江南多雨,且雨水倏忽来去,捉摸不定。雨伞不妨常备,随身带两套衣裤却是不便。课表上有体育课时,头天晚上,我们必问卜于同学之腿,以备明日穿着。有时比天气预报还准,似乎有种神秘的力量。

自然是神秘的,但感知神秘原是人的本能,毕竟,人是自然的孩子。但自人类从丛林走出后,自然变得不可捉摸。好像一个离家多年的游子,再次回到家乡,觉得格格不入,无法理解。不过,正是人和自然、物候的隔阂,也孕育了艺术的奇思妙想。古人说,一叶落而知天下秋,这是诗心与物候之相通。"春江水暖鸭先知",则把四季流变之机交付于水鸭之蹼。

而技术发展让这种隔阂趋于消失。地理信息的数据化,改变了我们的空间感;生活过程的数据化,让时间感也发生变化,即便作为人类个体的我们,也变成了一堆数据。

从"人人上网"进入"万物互联",数据化的总体性特征愈发明显。树叶由黄而落,传递秋色几许?故都的秋,现在化作一组精确的数据。如果愿意,连上传感器,鸭掌在春水中的滋味儿,诗人也可感同身受,一偿"先知"之快。神秘感减弱的时代,我同学关节炎的"神腿"想来亦莫能外。从关节炎到大数据,改变的不止是生活,也是心灵。

08 "错失恐惧症"的疫苗

近日阅报,见有科学家提出"错失恐惧症"。科技进步让社交生活网络化了,而过度依赖网络又让人在感到孤立时产生焦虑,就产生了这种恐惧症。它让人觉得,在自己缺席的情况下,其他人获得了有益的经历。于是,一刻不想放过和社交媒体亲密接触的机会。

社交媒体上信息如"流",随时间推移而衰减,或者过期,更让人有时不我待之感。信息技术对人的诱惑,常以"早知道"为诱饵。新闻频道好多以"早知天下事"为口号,而微信里那些标题党,也总是挂上"老板们都在转……"的标题。

比别人先知道一点信息,商人感到能多做成一笔生意;政客觉得可抢先一步击败政敌,即便纯洁如学者,似也可占住一个领域,稳坐开山鼻祖的交椅。多年前,我听一位颇有成就的学者说,他喜欢的就是"放火烧山","精耕细作的工作让别人做去吧"。

一旦从社交媒体的信息之流中"OUT",差不多等于被开除"球籍",又怎能不焦虑呢。问题在于,社交媒体的信息太多太杂,越是担心抓之不住,越如白沙过手,尽数漏去。其实,有许多东西,本就不该得到。匹夫无罪,怀璧其罪。信息也如此。谋经天纬地之业,或应凡事早知道。平凡生活,顺其自然,倒是最好。"错失"没什么可焦虑的,有时反是一种减负。

这不是鸡汤,实为古朴的民间智慧,或可作"错失恐惧症"之疫苗。老家有句俗语,叫作"迟来的和尚吃厚粥"。细读起来,画面感很强:庙里斋板作响,群僧攒动。有个胖和尚舞着袖子,急急走来,却被挤在了后面。眼看一锅粥马上要舀完,灰心之极,一勺子下去,捞上来却都是干的,于是笑逐颜开,吃得有滋有味,也更耐饥。

社交媒体信息也一样,不妨等一等,让耀武扬威的浮尘飘落地上,空气便更加透亮,等落后的真相紧走两步,追上抢跑的谣言,好看清世界原本的模样。

09 "青铜"也有起居注

朋友圈里,常见晒出旧书旧物,或感慨时光流逝,或做点微公益,送给需要之人。前段时间,有位年轻朋友晒了一包旧纸,说是准备卖掉，处理一段岁月。我见其中有包信件，便厚脸皮要了来。他很慷慨，没几日就快递给了我。

这几年常在网上淘旧纸，买不起名家手迹，倒得些常人信件、日记，记录着若远若近的生活。高端一点说，可称民间文献。可惜一直穷忙，锁在柜中，没认真整理。偶释读一两篇，既是自娱，也博同好一笑。

生活无非两种状态：一是与己相守，二是与人相处。曰禅曰道，皆在其中。说来奇怪，网络时代似乎人人得了记录生活的机会，又似乎无时不刻不在抛弃自己的生活。朋友圈、微博，图文并茂记录着上班迟到的奔忙、买葱买蒜的趣事、晚餐吃了什么，看了哪部"下饭剧"，宴饮郊游、省亲访友、夫妻吵架、孩子胡闹，不一而足。又常见人清空微博、清空微信，似乎如此便清零了不愿再见的生活。

还有各种记事本软件，随时记下工作日程。去年有一次在长江边开会，晚间散步，谈起琐事繁多、不堪其扰，鄂省友人支了个招：记在手机上，不易忘记。一试，果然好用。完成一件，打勾删去，心头大爽。智能手机自带记录日常功能。比如，买了机票，不用刻意记录，手机自会忙不迭地提醒，一而再，再而三。一年终了，不待招呼，画出你的旅行轨迹图，还算出你在全国排到多少名。搁从前，网球明星才有全国排名，富豪才有榜单呢。甚至还会分析你的出账入账，暗戳戳地怂恿你把不多的几个钱拿去理财。

乙辑　无缝生活记 | 109

以前王者才配有"起居注",今日我等"青铜"竟也自做史官,信笔一注了。然而,几个月或一年下来,谁记得记下了些什么呢?倒还不如往日亲友联系靠写信,记录日常靠纸笔。多少年过去后,重新翻出来,十分亲切,生活也好像在旧日重来中丰厚起来。

10　没有美食的站台

这段时间出差,多错过饭点,只好在高铁上解决肚子问题。近年来,高铁开通了外卖服务,用手机便可下单沿途高铁站卖的面饭快餐,选择更多,着实方便不少,其中不乏烩面、米线、鸭脖、凤爪之类地方美食。而绿皮车时代,车站上热火朝天的叫卖,却已多年不见了。

有位朋友说,旅途嘛,就是吃不同的东西。这话我认同的很,在名家大咖那里也多少找到一些依据。鲁迅写到过在船里煮"偷"来的罗汉豆,用手撮起来吃。丰子恺的散文《塘栖》大谈怎么在船里吃枇杷,皮和核扔进河里,在河里洗手;又怎么上岸喝上一斤花雕,嚼几片嫩笋,这让我印象更深,因为塘栖是我的出生地。吾生也晚,丰子恺那种船没坐过,儿时去杭州或苏州,大半倒也坐船,沿途可以买到有名的"三家村"藕粉。

前高铁时代,火车不只是交通工具,还是美食地图。我外出求学那些年，从浙北一路向北，近 30 个小时才到目的地。沿途，车每到站，但凡夜还未深，热气腾腾的小车必然活动起来，苏北卤干、德州扒鸡，时令瓜果，隔着窗户的交易此起彼伏。两根天津麻花落肚，就该收拾行李准备下车了。有这样的经历，读《哦，香雪》时，心中就有些熟悉的感动。

有一年去湖南，车过常德，买了份"钵子饭"，橡皮筋绑住两个粗陶钵，上面的是萝卜干肉末剁椒合蒸，下面是一钵子白米饭，因为是蒸熟的，米粒长了骨头似的立着，晶莹可爱。每份售价 5 元，奉送筷子。吃尽饭菜后，我想当然地认为钵子将在下一站回收，岂料 5 块钱便已含了这特殊"饭盒"在内。

后来，站台变得干净又安静了，少了生动的气息。在高铁车厢里，打开塑料袋，吃着列车员送来的"特色美食"，看着贴在袋子上的网络订单，总感觉少了些什么。好比迎面走来少年时的朋友，正待大喊他的小名诨号，他却递上一张精致的名片，说：请多关照。

11　快递来敲门

我很少在某宝买东西，但我女儿三四岁时就知道看中了什么东西，要妈妈在网上买。"快递来了"是她听到敲门声后的第一反应。

岁月真如白驹过隙，一晃在这个北方城市生活20多年了，熟人有不少，微信好友数以千计。晚间不约而至过来敲门闲坐的，却几乎没有。敲门最多的，还是快递。

据说很多年前，东北出过一位预言大师，他说以后人们买东西不用出门，直接送到家，被嘲笑为异想天开，现在却成真了。当然，这不是说"大师"可信。每天都"预测"明天下雨的人，总有说准的时候。而哪吒的风火轮也并不是平衡车的雏形。

不过，如今的生活是快递员这样的陌生人支撑的。我们的亲人、好友活在电话、微信里，陌生人却每天出现在面前。他们是一种"新陌生人"。你认识他，知道他的长相、口音、电话号码，甚至还能听出他上楼的脚步声，但不知道他家住哪里，脾气秉性如何。你一周好几天都焦急地等待着他的到来，见了面却连和他多说一句话的兴致都没有。这是一种抽离了情感的人际关系，你与他互为意义单一的符号，就像快递员急促的敲门声，只是单纯的急促罢了。

每个人心里都有个收纳盒，不同的人和事被分门别类放入其中。在我心里，快递小哥和邮递员归在一类，女儿心里，恐怕不然。对她来说，邮递员太陌生了。而在我像她那么大的时候，远方的东西主要靠邮递员骑着"二八大杠"送来，一纸家书或一个包裹。他们对自己的辖区了如指掌，谁家女儿嫁到了外地，谁家儿子参军当兵，心里有一本账。水平高的能凭信件判断家庭状况，犹如《长安十二时辰》里的"大案牍术"。快递小哥大概无此神通。因为,快递多为陌生人间交易的中介,而邮递员大半是熟人联络感情的手段。

然而,人终究是情感的动物,于是,我有些怀念骑着绿色"二八大杠"的邮递员。

12　一根有感情的苇草

有一次去徐州,参加朋友的婚礼。酒店大堂"站"着个智能机器人,女儿一眼就看见了。为试试它的本领,到房间后,她忙不迭地打电话要一双拖鞋。一会儿,机器人把拖鞋送上了门。女儿大感神奇:机器人没有手,怎么按电梯的呢?于是,我们特意下楼,在大堂等着,看机器人完成下一次任务。原来,它身上有感应装置,"走"到电梯前站定后,电梯自动开门,到了要去的楼层,电梯自动停下。

女儿的新鲜劲儿没维持多久,几个月后去成都,在酒店又看到类似机器人,她像见到熟人一样:看,这儿也有。但失去了要拖鞋的兴趣。

孩子眼中的神奇物件,不过机器人的低级产品。而机器人与我们的纠葛正越来越深。有人提出这样的问题:当机器人泪水涟涟,跪求不要拔掉插头时,你下得去手吗?这真戳中了要害:人类和机器人之间会滋生人与人那样的感情吗?

一般认为，这取决于机器人能否产生人类情感，换言之，情感能否数据化。其实，并非"同情"才能相惜。宠物，甚至无生命之物，照样让人依恋不舍。古有爱石成痴者。白居易诗曰："回头问双石，能伴老夫否？石虽不能言，许我为三友"，不就是顶好的例子吗。

看来，关键还在于人自身的情感结构和投射方式。我们需要重新思考人类文明史。相当长的时间里，情感被视为比理性"低级"的东西。人之为人，因为会思考，比动物更会算计。现在，却到了这样一个阶段：人之为人，需要情感来定义。中国古人对此是有发言权的，他们不把算计作为区别人和禽兽的标准，精于算计的，反被看作近于禽兽。古人的洞见不等于今天的预言。不过，机器人给我们带来的，除了新奇，还有反观自我的冲动。

那么，篡改帕斯卡的一句话来结束吧：人只不过是一根苇草，是最脆弱的东西，但他是一根有感情的苇草。

13　TOP150

女儿三四岁的时候，我问她，你现在认识多少人啦？她掰指头算来算去，家里多少人，幼儿园几位老师、班上多少个小朋友，最后把常在小区里遛弯、乘凉的老奶奶都加上，五六十人。算完，她气鼓鼓地问，"你认识的有100吗？"我说，"那肯定不止呀。"

除非性格特孤僻，一般人读到中学就会有100人以上的社交圈子。随阅历加深，认识的人也更多，兜兜转转，呼朋唤友，交往圈越来越广。而在网络时代，社交媒体发达，QQ、微信……打开手机，谁还没几百"好友"呢？

有一种理论叫"邓巴数字"，说的是人类拥有稳定社交网络的人数上限是148人，四舍五入的话，大数150人。因此，当我们和新结识的朋友密切互动，就意味着正在淡忘往日的熟人。得知这一点后，吟诵"乐莫乐兮新相知"或哼起"多少新朋友，变成老朋友"，没来由地多了些伤感。

网络条件下，人的交往范围是扩大了。但研究表明，新的"好友"中大部分只偶然联系，甚至点赞之交。真正密切互动的人，并没增加多少。于是，又有"核心网络"之说。

更令人丧气的是，150这个数字与人类认知能力有关。既然是一种生理意味的限制，只能交给进化去解决了。作为还没有进化好的当代人，我们除了承受，别无他法。

然而，生理限制也意味着平等。就像死亡，来得或早或晚，却从不会因俗世身份而给谁人间的治外法权。那么，剩下的问题就成了谁是你的TOP150，你又是谁的TOP150？也就难怪，有时收到"好友清理，打扰莫怪"的群发消息，这或许正是在筛选自己的150，又在防止被别人踢出了150。社交是门技术活，远非清理软件可以搞定。与人交往，借用一句经典台词：最重要的

乙辑 无缝生活记 | 115

是开心嘛。

或许互联网构成人类进化的"环境",某次基因突变,被网络环境所"选择",超越150之限者,获得了种族繁衍的机会。其他人,只好留作后世考古学家写论文的资料。

14　娱乐须知

娱乐,也是有规矩的。1942年,老舍先生写过一篇杂文《话剧观众须知二十则》,以他独有的幽默笔法,讽刺了剧场中的不文明行为。第一条"在观剧之前,务须伤风,以便在剧院内高声咳嗽,且随地吐痰",就令人忍俊不禁。

说来惭愧,读大学之,我未看过话剧。不过,在镇上的电影院看过电影,也在戏院看过本乡的越剧,知道看时不可大声说话,也不可随意走动。又从书上知道,洋娱乐如看歌剧,迟到不可入场,要在外面等候;鼓掌不可随意,需按节点进行。又听人说,听戏得会叫好,才显出内行。而"好"又有一定腔调,还需拿捏节奏。规矩可真不少。

剧院一般谢绝儿童入内,也出于规矩考虑,有时确有必要。有一年在赣南,看当地的采茶戏。台上正演到老妈妈一边纺线,一边思念在外从军的儿子。台下一个三四岁的娃娃,不知怎么逃脱了大人看管,摇摇晃晃走了上去,伸手去夺纺车。悲戚氛围一时全消。

其实，凡带表演性的场合，总有类似规矩。譬如开大会，纵使台上演讲令人热血沸腾，台下也不可随意鼓掌，不然有带乱节奏之嫌。再如听老师讲课，即便讲者天花乱坠，听者也不宜拍案叫绝。

若是独自观书，则不然，吟之诵之，手舞足蹈皆无妨。据说当年哲学家熊十力读某书，看得心头火起，就在书上打叉，打完还不解气，干脆把书扔在地上，边踏边骂，反而是一种名士派头。

手机时代，又有新问题，剧院中若铃声此起彼伏，总是一种干扰。于是，剧场一般要求关机，霸道的直接屏蔽信号。那么，网络赏艺又如何呢？面对屏幕，看似个体行为，但弹幕飞飞，如置身群体之中。欣赏者与创作者，以及欣赏者之间趣味差异，视角不同，难免有分歧，该如何互动，是今日一大问题。无规矩处，便生丛林。见诸报道的网民群体对立，明星粉丝对殴以至于举报，便属此类。娱乐规矩之更新，实为网络文明一大难题。

15　天地一逆旅

掐指算来，我已经在这个社区住了 14 个年头了。女儿比我住的时间短，但对楼下告示牌，看得比我认真。这和她刚会识文断字，对文字有股新鲜劲儿有关。更可能是她出生于此，是社区

"原住民",潜意识里便多了一份关照。

与"原住民"相对的,有"移民",还有"拆迁户"。"拆迁户"在中国的大量出现,好像是 90 年代。那时我已离家求学,错过了在家乡成为"拆迁户"的机缘。不过,在现居城市辗转迁居的经验告诉我,拆迁户的多少对社区样貌影响颇大。

有的社区,住户都是新的,平日里急匆匆来去,真是"天地一逆旅",遇到事儿,也是亲兄弟明算账。有的地方,拆迁安置的居民多,虽然楼是新楼,树是新苗,墙上的宣传海报似乎散发着油墨味儿,一切都在催促新的开始,却总弥漫着一股不急不缓的气息。夏日的晚间,就很热闹,三五扎堆地乘凉,大声聊天,忽然响起阵阵大笑,老远的打招呼、互相问候,就连被牵着的狗,好像也活泛一些。

也是在 90 年代,网络世界逐渐成型,我说的不是互联网技术的成熟,而是人们开始迁移到这个"新世界"中生活。一开始,好似城里有了游乐场,想放松一下了,才会过去;慢慢地,又开了百货商店,从家用电器、珠宝首饰到油盐酱醋,应有尽有;再后来,这里竟还可以上学、找工作、交友;最后,连婚丧嫁娶、生儿育女、生老病死,似乎都无法离开它了。我们成了"新世界"的居民。

如果把网络比作一个大社区,从最早入驻"新世界"的那一代到今天,这小半个世纪里的几代人,其实都可是"拆迁户"。拆迁户当然是新居民,但也是一群老家伙,一边享受着新生活的乐趣，一边总想循着旧日子的过法。细品起来，网络生活那些不痛快，以及小青年让人无法理解的作派，大半或来自于此。想通此节，心态会平和许多。毕竟，新世界属于它的"原住民"。

16　云里飞

云里飞，是常见的江湖诨号。当年的天桥八大怪就包括了父子两代"云里飞"。武侠小说中那些轻功盖世的高手，不是叫"水上飘"，便号称"云里飞"。我说的"云里飞"，却与他们都无关。

由于新冠肺炎疫情的缘故，近来不少会议改为"云"召开。有的地方借此过"会瘾"，有事没事，打开摄像头，开起会来。与会者疲于奔命，成了名副其实的"云里飞"。

云开会，与现实会议颇有些不同。比如，人数有限制。有一次，我旁听一次学术研讨会。刚入"云""落座"，就听主持人焦急地喊话："请旁听的人员暂时退出，以便作主题发言的老师可以进来。"或许这次"云会"主题太过诱人，竟无人主动让位。眼看会议即将开始，主持人一而再、再而三地催促。我忽然想起早高峰时挤公交，司机师傅大声地喊：门口的乘客把门让一让、让一让，让下车的人先下去……

于是，我默默地下线，为这次会议顺利召开作出了唯一而重要的贡献。虽错失了一个会，却引发了我的思考。开会是人类一大发明。夜间，有时看到猫在草坪围坐成圈；清晨，也常见麻雀在树枝站立成列，它们一本正经地聚在一起，却不是开会。人若一本正经地聚拢来，八成是开会或等开会。

人类开了几千年的会，不管是为商量事情，解决问题，还是只为履行程序，完成某种仪式，都已成一定之规。一旦转入"云"中，事情发生了微妙的变化。如上文的例子。现实的会议中，与会者再是满坑满谷，塞进一两人总不成问题，就像早高峰的地铁，看似挤满了人，一到站，又挤进了好几个人。再者，现实的会场空间是被等级秩序划分的，发言人的席位不会被旁听者挤占。

"云"对会的改变不止于此，也不会停于此。技术改变之作用于社会，好比给铁皮青蛙上发条，慢慢地上着劲儿，一松手就快速蹦跶起来。这是技术的刚性，也是惯性。今天的"云里飞"，正是拧发条的人吧。

17　你算老几

古代小说家喜欢搞排行榜。《隋唐演义》有"十八条好汉"，严格按照武艺高低安排，声望不亚于及时雨宋江的秦叔宝，也只排了个倒数第三。《水浒传》里108将，名义上以天罡地煞为序，暗中却另有一本账，武艺、曾经的官阶、入伙的先后，或者江湖声望，任何单一标准都难以适用到所有人，取决于综合实力。《红楼梦》里的"十二金钗"，也是如此，依据的并不是颜值或出身这样的单一标准。在曹雪芹、施耐庵心中，应该有个复杂的计算公式，经过周密推算，得出一个榜单，而在我辈读者昏昏然看来，却如全凭心情一般。

说到心情，当下网络上的一些排行榜，真的全凭心情。拉个旗号，找个名目，就搞出份排行榜。而且举一反三能力极强，大学有了排行，小学也要有；通俗读物有了，学术著作也要有；财富有了，学问也要有；层出不穷，如草履虫之分裂繁殖。

最近，我看到一张人文社科学者影响力排行榜，挑比较熟悉的学科看了看。学界几位扛把子确居前列，但也有不少陌生的名字，不知是我涉猎不够广，还是榜单存在问题。于是，便在几个微信群试着转发了一下，果不其然，好几位评论者的观感与我相同。我想，这榜单的制定者，或许便是一台电脑、一个手机，从网上搜些资料，打个印象分，排行榜就出笼了。

排行榜解决的是"你算老几"的问题，谁当"老大"至关重要，但排榜之难却不在"老大"。一个行业里最优秀的，总容易被发现也容易受检验，往后就难起来。好比水泊梁山，宋江坐头把交椅，没什么争议，毕竟资历、声望、人缘在这放着呢，虽然武艺完全不在线，但本来就不纯以武艺论，这反成加分项。第二把交椅就费思量了，卢俊义坐了上去，聚义厅内恐是暗潮涌动。

好在当年没网络，如是现在，这份 108 人的榜单公布出来，恐怕要引起一番舆论大战吧。

18　没有调料的故事

女儿从小喜欢听故事，又喜欢听"真人"的故事。所谓"真人"，就是我小时候，或我的父辈她的祖辈，以及她称为"祖先"的我的祖辈。折磨不过，我只好一点点从记忆里挖矿。这一下才发现往事随风而逝，大部分竟然都忘却了，能记住的只是一些片段场景，毫无故事性可言。

再说出生在普通人家，非富非贵，上溯三代，还能知个大概，再往上数，姓名都无法详考，遑论其他。于是，只好捕风捉影，添油加醋，演义一番。好在当年没有视频，连照片都极少，万事皆靠口传，"真相"无从验证，当故事讲，当故事听，倒也有趣。

以后恐怕不然，再普通的人，也留下了许多确凿的证据。100 多年前，梁启超等人呼唤，历史不要变成帝王将相的家谱，而要记录普通人的生活。后来，也有中西史家试图从经济社会数据勾勒普通人生，不过，那多半是群像描绘，要复原普通个体的生活，非有极大机缘，无法实现。

现在，大部分人的活动轨迹留在网上，出生在哪里、上哪所学校、做什么工作，去过哪些地方，喜欢吃些什么，都刻印在网络某个隐秘角落。而且，这种记录的势头越来越猛、形式越来越多，从数据、文字到图像、视频。仿佛上帝真拿了个录像机，把人的一生录制下来，连潜意识的活动，隐而未彰的念头，也留下了不少蛛丝马迹。设若以后有孩子要我的女儿讲述我的"故事"，那时有图有真相，她断难像我这样添油加醋地编造。

记得有本书里讲过，人从动物中出走，是从编故事开始的。故事，给了人另一双眼睛和耳朵，看见听见那些看不见听不见的东西，还传达着一些无法用道理表达的道理。不管时代怎么变，故事总是人类的刚需。故事有现实的影子，却也依赖想象的编织。以我的经验，最动人的部分往往是编出来的。当记录不再残缺，"真相"忠实呈现，不论油还是醋，都无法轻易加入，生活又是什么滋味呢？

19　想起了老井

天气一天比一天闷热，让我愈发怀念老家的井。那时住平房，矮墙以里是个院子，院子里种了一棵大泡桐树，树下是一口井。树和井的年纪都长于我。井水比河水更凉，夏天走热了，用吊桶打上半桶水，冲一下腿脚，一下子就舒服了。井的好处当然不止于此。买了西瓜、香瓜或绿蜜瓜，用网兜子装好，系牢，绑上长绳子,放到井里浸泡着。晚上乘凉时再吃,冰爽无比。再有,煮了绿豆汤、银耳汤,用塑料瓶装好,同样沉到井下去,泡上半天,味道绝佳。

有时,井里也会有虫,大半是蚊子的幼虫,学名叫作孑孓,一伸一曲,在吊桶里扭捏作态,老家人只唤它作"翻跟头虫",只要扔几条泥鳅到井里去,一物降一物,用不了几日,自然清洁如常。我当时读的小人书里,常有某人掉落一口井中,发现别有天地,最后竟走到了龙宫寻得许多宝贝的奇遇。这让我对井又多了一分遐思,但从不敢尝试。

后来,有了自来水,井水就用得少了。再后来,买了冰箱,井也用得少了。从水井到冰箱,从凉风到风扇、空调,科技越是发展,外界给人的刺激好像越强,比如吃食,各种人工调料存在的意义在于强化味觉,甜的更甜,香的更香。走在路上,碰到糕点铺子开烤箱,几米甚至十几米外,蛋糕的甜香就扑鼻而来。舆论和文化也越发宣扬极端的故事和情感。好几年前,和一位电视编导聊到节目策划,她说,一要有故事,二要有极端的故事。不论善良还是邪恶,是贫穷还是富裕,极端的就容易有收视。这应是经验之谈吧。这几年,网络成为刺激感的主要来源。而网络上传播的东西更趋极端,看看那些夺人目光的标题党便知道了。

然而,我们真的需要生活在强刺激的环境里吗?水果放进冰箱,比井里冷得更快,也更冰,却不如井水冰镇过的爽口;就像关在空调冷风的房间里,总不如大树底下摇着扇子享受凉风习习来得舒坦。

20　学给别人看

以前做学生的时候，总听老师教训：你们学习是给自己学的，不是学给别人看的！每次这样说时，教室里弥漫了"恨铁不成钢"的严肃空气。现在，我有了督促女儿学习的任务，这句话忽然也成了我的口头禅。

这话没错。学习确实是为自己学的。孔子说"古之学者为己，今之学者为人"。这句话有多种解释。经典总是歧义百出。只有一种解释的，可能是真理，但不易成为经典。我想，孔子这句话最直白的意思是，学习是为了给自己长本事，不是在别人面前装样子。记得老辈人总说：一屋子的金银财宝，强盗抢得走、小偷偷得走；学到身上的本事，没人拿得走。这话虽然粗糙，但和孔子的意思差不多，只是转了个角度。

这几年直播大热，渐而至于一切可"播"。最多的大概是"吃播"，民以食为天嘛，看别人狼吞虎咽，自己也会觉得香；又有"旅播"，直播自己外出旅游的情况，与人共享大好河山。

有意思的是，竟还有"学播"，主播把自己学习的情况，乃至于读过的书，做的笔记、习题，都放在视频里，分享给粉丝。有的"学播"也非"学霸"，反是自制力较差的人，播的目的大概是为给自己立个 flag，请网友们来督促。

学习自古需要同伴。古人说过"独学而无友，则孤陋而寡闻"。学习也需要环境。老师有时让学霸站到讲台上，给大家谈谈学习经验，或者把优秀的作文、满分的试卷、字迹工整的笔记，在同学间传阅，让大家学习和仿效。有时还让同学们组成学习小组，放了学一起做作业，这些老派的做法与新潮的"学播"有几分相似，但也有本质区别。

说到底，直播平台是个表演空间。表演总会对生活做一些装饰，否则，表演就失去了它的意义，也无法引来足够多的关注，而关注正是直播的命门所在。这样一想，"学播"多少带了些学给别人看的意思，与古人的教诲相去甚远。

21　契约化的时间

某外卖小哥因路况或天气原因，未能按时送达，导致买家拒收，甚至恶语相向、大打出手，饭菜撒了一地。类似的新闻时有所见，引起我一些思考。

中国人有句餐桌口头语："趁热吃。"大部分中餐确实刚出锅时味道更好。主食也是如此。面条放久了，坨作一团，影响口感；烤馍凉了，也不那么香脆。可见，"趁热吃"是经验之谈。现在吃外卖的人很多，不论外卖小哥接单多么敏捷、行动多么迅速，送来的饭菜总不如现做现吃的滋味好。当然，以后的外卖或许会出现"保烫"技术。前些年，为了食物的保鲜运输，不是发明了"冷链"吗？谁敢说不会出现"烫链"呢？到那时，外卖小哥在你家门口蒸炸煮炖，仿佛昔日街头巷尾的馄饨摊。

不过，因为外卖小哥晚到几分钟而大发雷霆者，恐怕大半不是因为食物口感有异。真在口感方面如此考究之人，恐怕也就不会以外卖果腹。真正的原因是时间的契约化。现代城市生活如一条无形的鞭子，不断催人赶路。试看职场芸芸众生，谁敢说自己不忙。忙，是自我价值的象征；时间不够用，成了现代人共同的感受。而凡是稀缺的东西，总可以卖个好价钱。

记不起从什么时候起，到饭店点餐后，服务员就会在桌上放个沙漏，信誓旦旦地告诉你，若沙子漏尽而菜未上齐，可以免单或有别的补偿。此时，时间已被写入了口头的契约。网购订单更是包含着作为隐形货品的时间。准时发货、快速专达，是许多电商的口号。

外卖更是如此，下单之后，平台给出预计送达的时间，有的还承诺迟到赔付；一旦被接单，顾客能随时查看外卖小哥实时位置。随着电子地图上摩托车的图标分秒必争地向自己移动，心里的期待不断累积，如果超过预定时间才收到货，好像收到了一件残次品，被欺骗感油然而生。其实，破损的不是货品，而是契约化了的时间。

22　电脑写信

我的阅读癖好之一是翻看名人或非名人的书信。新近淘得一本《书信里的辛丰年》，收录了乐评家辛丰年和《音乐爱好者》编辑李章的来往信札，里面有段"对话"很有意思：

——1997 年 1 月 19 日，李章在给辛丰年的信中说："您不介意我用电脑写信吧，有人说这不礼貌。可我写字潦乱同样不恭敬，还看不清，用电脑起码别人能看清了。"

——1 月 24 日，辛丰年回信说："电脑写信更清楚，有何不好！"

写信之时，辛 75 岁，李小他 30 岁。两人这段"对话"，虽去今未远，但当代社会变化太快，现在看来已是一份有价值的史料了。

我们大部分人使用家庭电脑的最早记忆，大概和 windows95 联系在一起。1997 年的中国已接入了互联网，但还不普及。李章所说的"电脑写信"，其实是把信稿从手写改成打印，并非向辛丰年发送电子邮件。当时大部分人还习惯于纸笔写信，李章改用电脑可谓得风气之先。而任何改变，不论大小，都可能给人带来不适，也就有可能被视为一种冒犯。从这段话我们知道，电脑被使用的最初年份里，打印信稿被有些人认为"不礼貌"，所以李章才会试探地询问。

这寥寥数十字，直观地记录了新技术在微观领域造成的变化。在宏大的叙事中,技术给社会的冲击被描述为排山倒海,一往无前,具有天然的合理性。然而,即便在编辑向作者写封信这样的小事上,新技术介入生活带来的审美偏好和习惯改变,也有着百折千回的姿态。改变常规时,专门告知,是对人的尊重。李章的"询问",当是考虑到打印稿或不符辛丰年的阅读习惯,体现出"礼数"的考量;年逾七旬的辛丰年看到了电脑的长处,报之以开明的态度,一来一往,善意满满,着实令人感佩。

由此想到近来屡有报道,一些老人因不会用智能手机遭遇诸种不便,以我浅见,这些问题的解决之道或许就藏在辛李二人的"对话"之中吧。

23　脑机接口随想

小时候看过一部日本动画片《忍者神龟》,片中有个大反派"朗格",本体是块粉色的大脑,控制作为身体的机械外壳。这几天,脑机接口取得新进展的新闻刷屏,我忽然又想起这位"朗格"来。或许,技术再发达一些,"朗格"就现身了。

这是好事还是坏事?以我的"朋友圈"调查法来看,意见不统一,有人欢呼,有人恐惧。支持者大多出于治疗疾病的考虑,据说这项技术可以改善诸多神经性的病症,比如失忆、失明、失聪、瘫痪、抑郁、失眠、上瘾、癫痫。恐惧者则持人文立场,毕竟这项技术涉及人的思想意识，而反对意识被操纵，是近代以来人类取得最大共识，一切进步的思想流派无不建基于此。

我的祖辈中有"阿尔茨海默症"病人。只是那时我们不知道这个病有如此拗口的洋名儿，甚至不认为它是一种病。此种症状在我老家称之为"寿癫"，也就是说人到了高寿自然会出现的疯痴状态。这给它抹上了一层暖意的粉色，但丝毫不能缓解病人和家属的烦恼。试想一个人活到 80 多岁，忽然发现身边全是"陌生人"，心境之痛苦，可想而知。因此，脑机接口哪怕只能有效治疗或改善"寿癫"，也是莫大的好事。

当然，任何技术进步都会带来伦理拷问。如果意念真可直接被感知和交流，语言成为累赘，那么，人类历史将进入全新的阶段。想想直销模式给商业和生活带来的改变，就能明白"没有中间商"是一场多么大的革命。当人际交流不再需要"语言"以及所有其他符号作为"中间商"，现行文化的逻辑可能都会失效。

既然一切人对一切人敞开了心扉，社会行为的交易成本几乎降为零，以往那些用来降低交易成本的道德诫命、行业规则，或都难逃历史遗迹的命运。不过，连"确认眼神"也变得多余的文明，不见得文运亨通。科幻小说里用思维交流的"三体人"不正提供了预示吗？

24　漏网的板蓝根

临近开学，和女儿一起赶写暑假作业。作业里有道题，让写出处暑前后食用的蔬果。我便拿过台历，把处暑的日子指给她看，启发道：你想想什么水果是在这个时间吃的？她想了想，发现几乎所有水果都可以在处暑前后吃到。我不禁哑然。出题人的思维停留在几十年前。在当年，蔬果与时令关系密切，冬天吃西瓜是无法想象的，椰子、榴莲这样的热带水果更闻所未闻。但今天，大棚种植技术加上发达的物流，编成了一张生活的大网，让大部分蔬果四季得食。

我们常说，网络把世界变平了。遥远的世界，与我等草民或许并无多大关系，真让人有些失落的是生活也被抹平了。现代文明中残存的一点儿自然气息，正在慢慢抽走。

这些年，不少与时令有关的民俗得到保护、研究和解读，有的地方还搞起诸多文化活动，但圈养式的保护无法阻挡其在生活中的消失。更何况，有许多民俗只在小地方流传，尚无资格进入保护之列。

比如，在我老家，重阳节照例要做栗糕来吃，糕里除了嵌入板栗碎肉外，还要插三角彩旗若干，这旗增添了吃糕的乐趣，也是孩子的好玩具。到了立夏则塑面狗，白面捏的是白狗，把老南瓜和在面里就有了黄狗，如改用野菜，便可捏黑狗或花狗，或坐或卧，拿小赤豆点上眼睛，十分生动，上笼蒸熟，是玩具也是零食，据说小把戏吃了"立夏狗"便不会疰夏。

现代物流网遍布的今天，偶得网外之物，总给人欣喜。几年前的夏天，我们一家人从西宁到张掖旅游，行经民乐县，此地是板蓝根种植基地，公路边农民卖烤玉米的摊子上，兼卖晒干了的板蓝根，寸许长，拇指粗。我买了一些。每逢咽干上火，折断一节，泡水服用，效果奇佳。余光中先生曾说自己是网络时代的"漏网之鱼"，语带双关，启人实多。民乐公路边的板蓝根，本该被药商收去制药，却被我买走，大概也属"漏网之鱼"吧。

25　送啥都快？

前几天，感于外卖骑手之难，写了篇《契约化的时间》。最近刷屏的《外卖骑手，困在系统里》，做了十分深入和生动的分析，读了让人心情沉重。外卖骑手风驰电掣的背后，竟是严苛的算法。

这让我想起读中学时的一幕，其时推行填图卡答卷未久，班主任考前动员时反复强调，一定要填涂清楚，因为判卷的"不是人"，不会设身处地为考生着想。"不是人"，本是句骂人的话，用在这里，虽是陈述客观事实，却也颇有喜感。

按道理，算法应该是为人着想的，但算法"不是人"，在给生活带便利的同时，也造成了破坏。对于骑手来说，算法像个囚笼，不但关住了他们的血肉之躯，稍不合意，还把他们碾得血肉横飞。有位西方哲学家说：天下最悲惨的事，莫过于活在活的上帝手里。我想，或许还可以加上半句：如果还有更悲惨的，那就是活在算法手里。

无疑，万物互联的社会给我们带来了便利，而所谓"便利"，有时又被置换为"快捷"。这是一个人人对所谓"车马慢"的鸡汤大抛媚眼的时代，又是一个人人对"送啥都快"的许诺暗送秋波的时代。沉浸在"速度消费"中的我们，似对"催单"习以为常。然而，骑手的遭遇，却让人猛然警醒，在订单上的读秒图标背后，消耗的是人类的筋肉。

当然，抵制或取消外卖既不可取，也不可能。这一套物流体系已深嵌入我们的生活，无法遽然逆转。说到底，在这世上，能困顿人的只有人，就像能解放人的也只有人一样。而算法"不是人"，它最终为人间之法所决定。外卖骑手之困，根本上是困于人间之法。

我以为，大部分骑手搞不懂驱使、监督他们的算法的复杂原理，虽然他们每天从中得到奖励或惩罚。我相信，所有骑手都对算法给予他们的便利或麻烦、欢欣或无奈，有细致的体验，精准度远胜算法。我更期待，哪怕一个骑手的体验，也能影响算法的测算。

26　绿皮车式聊天

快到"十一"长假了,说起去旅游。女儿忽然提出:好想坐绿皮火车。这让我觉得有些奇怪,从她记事起,除了一两次京郊游坐过绿皮车,几乎都是高铁出行。不过,离我家不远,有个火车站。有时一家人散步,会见到绿皮车从铁路桥驶过。车将到站,速度更是迟缓,与飞驰而过的高铁判若云泥。

除了速度,绿皮车独特的乘坐感受来自车内格局。高铁座位同一朝向,绿皮车是两排座位面对面。我从家乡到北京读书那会儿,京杭之间只有绿皮车,行程将近30个小时。当时年轻力壮,也为省钱,总是买硬座票。上得车来,放了行李,就和几个完全陌生的人,对面相守一天多。这是种颇为有趣的感受。坐定之后,大家互相搭讪,试探着话题,老乡、专业、职业或车厢内泡不开面的"温吞水",都是开启聊天的好由头。

有人到了站下车,也有新人补上来,聊伴换了,天继续聊着。一直到终点站,大家忙不迭地取行李各奔东西,剩了空荡荡的车厢迎接一群新的乘客。这样的聊天,纯为打发时间,对此,大家心知肚明,虽然聊过就忘,却也聊得掏心掏肺。好比嚼口香糖,嘴唇齿舌一起上,几乎把咀嚼肌累垮,最后只是一吐了之。

这些年,绿皮车坐得少了,"绿皮车式"聊天却延续了下来。有时被拉入个微信群,略作观察,就兴高采烈地加入到某个话题。其实,大部分"与谈人"素昧平生,甚至连"加个微信"的愿望都没有，或许也永不会认识。当然，再陌生的微信群里至少也有一个熟人，不然就不会进群。而有些社交软件更绝，无需注册，戴着系统分配的昵称和头像，就可以加入喜欢的话题，聊友只不过是一种声音，聊天时间可设定，到时自动解散，像极了绿皮车到站。

这个世界确实变化快，新东西层出不穷，但人类最硬核的行为方式、行为场景其实十分顽固。想到这里，我也想再坐一次绿皮车。

27　拿猫鱼

前几天在《文史天地》杂志的一篇文章中读到民国时期养猫趣事。比如，当时有一种谋生之道为"拿猫鱼"，从业者大多为贫苦之人，一大早入河湖捕捞小鱼，趁着鲜活，送往养猫的大户人家，充作猫食，换几个小钱糊口。这些人兜售小鱼时的吆喝便是"拿猫鱼喽"。以前在书上读到过专给大户人家送时令蔬果、古董文玩的商贩，送猫鱼却是第一次读到。

在家人也似的动物中，猫大概是网上出镜率最高的了。猫比狗更通人情世故。与狗的爱憎分明相比，猫有些暧昧，撩人技巧却更娴熟，这种若即若离的风格更适合现代都市人的口味。在许多地方，博物馆的猫、公园的猫、校园里的猫，成了某种标志，也是文创的宠儿。我有枚冰箱贴,几年前在南方一所大学的书店买的,上印被称作"店主"的猫,侧脸,两眼眯缝,睥睨众生,英气逼人。

如今在网上,关于猫的知识、话题,随手可搜。铲屎官们还创造出"撸猫""吸猫"等术语,俨然已成一套猫语体系。不过,事有例外。我写此文时,专到几大搜索网站,键入"拿猫鱼"三字,几乎无所获。看来,这又是遗漏在网络外的知识。

生活中来自异域的东西,也常让人眼前一亮。其实,"异域"无非空间或时间差别。时空虽无法穿越,但以欣赏言,却可置换,前代正如异国。喜好新奇之物,乃人之常情。不少艺术大家,谈从艺经验皆推崇"生",唱戏须有三分生,作画讲究由熟返生,都是制造陌生感之意。

不过,网络改造过的世界里,时间、空间却被压平了。无论何物,但凡上网,很快就"混个脸熟",新鲜劲儿一下子就过去了。知识也是如此。年来网上谈民国,总是那几个名媛狂士,所谓"轶事"也早成老生常谈。读到"拿猫鱼"这样的故事就更令人印象深刻。这样的细节如用到文学影视作品中,想来也会令其增色不少吧。

28　大数据杀熟

"十一"长假到了,虽然新冠肺炎疫情阴影还未散尽,旅游已开始升温了。前不久,有关部门发布了一条"大数据杀熟"的禁令。

"杀熟"在生活中并不少见。传统的中国乡土社会,最看重熟门熟路。"朋友多了路好走",说的就是这个道理。进入现代,社会结构和文化发生巨大变化,人口长距离、大规模流动,在陌生人包围下生活和工作,成了一种常态。对于熟人,戒备心理总会相对少一些。心歹之人便钻这个空子,一样的东西,对熟人、熟客反而卖高价。

或有人说,坐地起价,就地还价,乃商家天道,无可厚非。"杀熟"的可恶不在价格高低,而在价格歧视。不过,话又说回来,"杀熟"多半是"一锤子买卖"。熟人之间,碍于面子,明知被杀,也不好意思撕破脸,自认倒霉作罢。不过,每一次哑巴亏的背后,都会滋生一份断交的决心。

从"杀熟"到"大数据杀熟",并非只是"杀法"不同,而是牵涉到商业和科技伦理。有的网站,一旦发现你有定期往返某地的"刚需",会给你报出更高的机票价格,仿佛已"吃定你了"。还有的网站更可怕,多刷几次某个航班,页面上机票价格也会悄悄上涨,好比一条尾随行人的饿狼,磨爪龇牙,择机扑食。目前,"大数据杀熟"的曝光案例以旅游行业为多,但如这充满恶意的技术手段不被限制,任其肆意蔓延,相当于捏住了我们日常生活需求的命门，结果是灾难性的。

比如，你经常查询某种身体症状，网站就"热情"地向你推荐价高而不靠谱的医院；你常购买童装童书，就千方百计把你推入育儿产业的大坑。当然，只要保持足够警惕，就不太容易被骗。但若连吃饭、出行这样的事，都要小心翼翼，那除了生活成本将无意义的变高，仅累积的心理焦虑恐也足令人崩溃。因此，禁止"大数据杀熟"，值得叫一声好！

29　大隐隐于网

前几年，有人写了一本书，大谈隐士文化，又找出许多现代隐士来。"隐"在中国文化中历史悠久，意味深长。"隐士"而能让人找到，恐失了"隐"的意义，但若找不到，又怎知隐者之存在。这真是道难题。

"隐"看似首先是空间上的，找一座山或一间庙，避居于内，不与外界打交道。但在山或庙里的不见得真隐。多年前，我在京郊参加一个活动。散场后，有人说附近山中有一古庙，早年破败了，最近来了新的当家和尚，极有作为，是个奇僧，勾起了大伙儿兴趣，相约往访。一行人在他带领下，缓步上山。快到头道山门时，忽听身后车响，转眼一辆大路虎超过我们在路边停下，司机探出光脑袋，与领头者打招呼，正是那位奇僧。

车比人快，我们进庙时，奇僧已在院中等候。他40开外，胆鼻阔口，双目炯炯，带着我们参观新修的三大殿、卧龙古松，又指着后山道：二期即将开工，在坡上修两栋僧舍，招更多僧人。大手挥起又落下，开疆辟土之势，令人叹服。稍停，大家在客堂落座，奇僧亲任知客，唤小僧捧出清茶、新烘的花生板栗，边吃边谈。他的口才极好，或真或假的京中政商秘辛，无所不晓。数小僧侍立一侧，或续水，或帮腔，不敢坐，虽为山中佛堂，只与朝市无异。

有此一番见闻，我愈发心服大隐隐于朝市之论。真正有效的隔断，是感情隔断。"心远地自偏"，古人说得很在理。"隐者"本无需与深山为邻，要在坚持内观之念。如今，生活空间虚拟化了，隐于朝市又不如隐于网络。大隐隐于网，不一定是与网络永久或间歇隔绝。比如，资深潜水者，冷眼旁观网上唇枪舌剑，狗血八卦，爆梗热搜，只如见山中雨来，风吹云散，湿地自干。

隐于网不容易。我也多次尝试，比如定点下线，只看不说，只赞不评，可惜坚持不了多久，又老方一帖，故态重萌，甚至变本加利，就像放弃节食者总会胡吃海塞一样。奈何奈何！

30 网约车

我不会开车，出门主要依赖公交、地铁与的士。这几年，网约车逐渐发展规范，打车软件也慢慢成熟，带给人许多方便。记得网约车还没时兴的时候，常因打不到车而误事；有时，因怕打不到车，又动身过早，白白浪费时间。网上约车，减少了不确定因素，让出行变得更可规划了。

网约车还省却了许多口舌之争。以前打车，常为目的地的精准位置、行车路线和司机讨论许久。遇上狡猾的司机，故意装傻充愣，舍近取远，乘客也无可奈何。现在好了，按软件规划之路线前往便是，无需饶舌。对我这样怕是非的人，真是再好不过。我猜，有了网约车，因为走错路或多走了路而引起的纠纷应该少了许多，倒不是因为道德修养有了多么大的进步，而是科技进步解决或取消了原先靠道德来调节的问题。其实，扯远一点，人性变得很慢，人类文明的进步史上一些困扰人的问题后来没人提起了，并不是被克服了，而是情境变化后自动消失了。

当然，网约车也带来了一些新问题。举个简单的例子吧。刚用网约车那几年，我最拿不准的是该怎么称呼司机。如是打的，无论男女，一概称为"师傅"。这话虽显老套，但准确实用，充满工业化时代的车间气息。而网约车的司机，特别是前几年，好多只是偶然为之，从职业上说并非"司机师傅"。约莫6年前，我在西安出差，晚上逛到有名的回民街吃网红小吃，然后叫了网约车准备回宾馆。车开到我面前，竟是辆大宝马，豪华贵气，拉开车门，开车的衣着华丽，一看而知是高级白领，一句"师傅"冲口而出后，气氛有些尴尬。

称呼虽为小节，却反映了网络化人际关系新变化，尤其是网络联结起了更多陌生人，造就了许多"即时关系"，我们却还没有做好准备，便措手不及。就单次而言，"即时关系"方聚方散，整体来看，却已成为构筑日常生活之钢筋水泥，不可不察。

31 即时关系

人是什么？这大概是有人以来最复杂的问题。"两足无毛"还是"仁义之心"，是"生而为人"还是"学以成人"，人言人殊。我最信服的还是"社会关系之总和"的说法。它最大的好处是给人提供了思考的入手处。以此而言，今人与前人有大不同，因为今天的社会关系中包含着大量而重要的"即时关系"。

"即时关系"形成的前提是即时接触。人与人的即时接触由来已久。比如，去菜场买一根黄瓜，与菜农便有一次即时的接触。再如，出门打车，与的士司机也就有了一次虽然时间更长一些，但也可算是即时的接触。然而，因为生活的网络化，这些"即时"的接触，如今演变为一种"关系"。而在此前，只是"接触"而已。

我在上一篇中写到了网约车。本篇仍以此为例。以前打车，下车之后，与司机钱银两讫，拜拜告辞；现在用约车软件叫了车，下车后看似也与司机就此别过，实则整个行程已被记录在软件后台,在这可追溯的行驶痕迹中暗含着一段关系,一旦有激活的契机,便会浮现出来。

细想我们今天的生活,正是被这大量的"即时关系"所支持着的。每天都在主动开启新的即时关系,也总是被卷入新的即时关系之中。而所有人际关系,都应受伦理准则之调节。否则,就和生活于丛林之中无异。而在没有规则的比赛中,恶永远比善强。

新生的"即时关系"的独特之处在于:处于关系中之人,既非熟人也非生人。因为不是生人,故而互相掌握着对方的一些信息,而这些信息以往是熟人才会掌握的;又因为不是熟人,似乎就没有必要为对方承担熟人间才有的责任。时有所闻的快递员出卖顾客的手机甚至住址等私人信息,便为例证。客观地说,调节"即时关系"的准则,目前远未完善。对个体而言,维护好自己的"即时关系",也是人生中一门新的必修课吧。

32 附近的人

国庆期间,微信的青少年模式上线了。在这一模式下,有5项功能默认"不可访问",包括游戏、购物,还有"摇一摇"和"附近的人"。购物和游戏受限制,应该有防止青少年沉迷和误导消费的用意;"摇一摇"和"附近的人"不可访问,则应出于社交安全的考虑。

今天，建立或维护与别人的联系，大多依靠网络。其实，社交是人天生的欲望。人总是渴望拥有更多的朋友。社交软件里的"附近的人"，其实是欲望变现的工具。然而，软件里附近的"人"离我们再"近"，也是陌生人。

在以前，"近"和"亲"有着天然的关联。俗话说，"远亲不如近邻"。交通和通讯不方便的时代，远方的亲戚，有时仿佛是个传说；附近的邻居却天天见面，是名副其实的"家人"。邻居自古有守望相助之义，家里有了急事，总是邻居第一时间前来帮忙。邻居也承担礼俗监督之责。有时孩子淘气，家大人连打带骂，动静稍大一些，邻居听不下去了，便夺门而入，把孩子带走"保护"起来。邻居是我们与外部世界之间的一片缓冲带，也是一条警戒线。所谓"家丑不可外扬"，邻居是第一道防线，这道防线一旦失守，丑事很快会在熟人社会传个遍。

随着城市的扩张，居住格局被打破，邻里观念慢慢单薄。现在，邻居的意义大概止于帮忙收个快递了。如今，打开手机，连上网络，纵相隔千山万水，却号称近在咫尺。可叹的是，人就在"附近"，却没了邻居的亲近，能"搜"到的他，隐藏的是不可预测的风险。自古以来，陌生人一直在我们周围，但直到最近，陌生人之间才可以如此轻易地建立联系。限制青少年使用"附近的人"正是对陌生人社交的某种防卫。而不以进取为目的的防卫，并无意义。陌生人组成的世界仿佛成了"三体"里的黑暗森林，点开"附近的人"，犹如发出一个信号，比"要不要回答"更急迫的是"如何回答"。

33　找 WIFI

大约七八年前，我曾参与过一次"北漂"生存状况的社会调查。走访时，发现"北漂"青年租房时第一个问题是能不能上网。那时，上网已成青年生活的"刚需"，而 wifi 还算件新鲜的事。而这些年，到了一个陌生的地方，比如外出开会、旅行，或只是到馆子里去吃一顿饭，坐定之后第一件事，就是找 wifi。

现在大部分地方都有了 wifi，也有的地方因各种限制，或仅因信息化建设"落后"，没有 wifi 或者虽然有但信号不好，这就让人很头疼，一下子手足无措。有一次参加一个会议，整个宾馆只有前台大厅的信号好，于是，会议间隙，一大群人挤在大厅发邮件，成了一道风景。

"免费 wifi"前几年是咖啡馆招揽客人的"法宝"，好比再早些时候的"空调开放"。现在成了理所当然，如谁家没有，反让人不可思议。看一个社会的发展状况，最好的办法是看这个社会里哪些东西是"理所当然"的。比如，我们这代人觉得吃饱饭、有学上，是理所当然的；新的一代会把联网视为生活常态。有句话叫"百姓日用而不知"。"不知"的清单里正面的东西越多，社会就越文明。而我所谓的"正面",简单说就是符合人性。

"百姓日用而不知"这句话,南怀瑾先生认为是孔子说的。孔子因梦不见周公内心栖遑,今天以舞文弄墨为生的孔子之徒,则因找不到 wifi 内心焦躁。wifi 和周公,真有些相似的地方。孔子心里的周公,不仅是个人,还是种理想,以及去往理想的道路。行周公之道,便能到美妙世界。对于当代人而言,wifi 也不只是一束信号,而是联通更加丰富、令人愉快的世界的道路。这个世界离孔子的"大同"虽然还有很远,但把人性的抒发,以及人与人的平等推进了一步,至少在传播和交流的意义上是如此。

不过,大多 wifi 加了密,一个小锁图标,让人望网兴叹。幸好据说全球无缝覆盖的 wifi 正在建设,但愿这一天早日到来。

34　关机睡觉

前几天,看到刚发布的《2019 年中国熬夜晚睡年轻人白皮书》。这大概是我看过的标题最为生动的白皮书了,但白皮书里的数据却令人心情沉重。在 1500 余人(15 岁至 35 岁)的调查中,竟然有超过 82.3% 的当代年轻人睡眠不足 8 小时。再一算,大部分夜晚,我的睡眠时间也不足 8 小时。虽然就调查的年龄段而言,我已大大超龄,不过,即便用"年纪越大觉越少"来给自己打个马虎眼,也难以掩盖睡眠的问题。

我们总是强调做人要清醒，其实睡眠的重要性一点儿不比清醒低。睡眠不够的人，往往不清醒，反之亦然。据分析，当代人睡眠不足，和生活工作节奏变快有关，还和电子产品使用过度有关。这应该不是虚言。没有智能手机的时代，忙完活计就上床睡觉了。手机一旦在手，睡觉前总会下意识地刷微信、微博或抖音，不知不觉，占用了本该入睡的时间。朋友圈里又总会有半夜发美食"放毒"的吃货，于是勾起馋虫；若再有观点偏激者，调动人思虑迭起、情绪不宁，就更浮想联翩、夜不能寐了。

手机时间的管理，说是当代人的世界难题，也不夸张。有人倡议下班就关机。在我看来，这大概只是美好的理想。就像"熄灯一小时"活动值得肯定，也只具某种仪式价值，表明一种姿态，倡导环保节能意识。在夜晚已和夜生活划上约等号的今天，如果每天都要熄灯一小时，除非社会秩序重塑，不然会天下大乱。东方文化本就鼓励勤勉劳作，在"即时互联"已成常态的当下，若真下班就关机，恐怕只能放弃上班，但既然班都不上了，自然也没有下班了。

因此，可欲又可行的或许是"家庭纪念日关机"，家庭成员的生日以及结婚纪念等日子，不妨关掉手机，把自己暂时隔绝在家庭亲情范围之内。当然，睡前定点关机时间也是个好主意，给生活一条分割线，名利在那边，自我在这边。

35　网龄与记性

你是否感到注意力难以集中，记性也不如以前了？我近年来常有此感受。有时，自嘲一句"老了""岁月饶过谁？"。不过，一项针对青壮年健忘的研究给出了更切实的答案。实验发现，在线活动和长时间的多媒体任务，会导致人的记忆力减退和注意力跑偏。也就是说，让你记不住事的，可能并不是年龄增长，而是网龄的增加。和岁月一样，网络也没饶过谁。这可真给沉浸在数字时代里的我们提了个醒。

我曾见到一位教授的签名档："因为联络方式太多，以至于联系不上我。"当时即叹为表达社交媒体生存境况之金句。我们经常一边回着邮件，一边写着报告，同时可能还在刷微信。这就是所谓多媒体任务。今天，每个人周遭的信息来源渠道之多，可谓前所未有。更何况，其中大量的信息需要作出回应。这大概是互联网对我们生存环境极根本的改变。作为具有文明意义的变革，互联网所带来的一切改变，最终可能会呈现为人的变化。网龄是对这种变化的记录。

以前，我们谈论网龄时，总是抱有调侃或自得的心态，似乎没有把它真正当作具有生理意义的概念。当代社会不像传统社会那样以老为尊。"老"既然和"落伍"沾边，也就成了烦心之事，年龄增长，自然让不少人哀叹韶华逝去，鲜嫩的面容、轻盈的体态，渐渐从身上抽离，更要命的是，步入中年之后，时间开始以加速度飞快地奔走，几乎能感受到上帝之手在自己肉体上抽丝剥茧，却无能为力。

然而，网龄的增加，却被视为一种优势，表明一直追随着先进科技的步伐，没有变"老"。现在，可能该有些新的看法了。原来，网龄和年龄一样，在增长人的阅历或许还有智慧的同时，也在驱使人变老，而且可能超越年龄对躯体的"自然损耗"，加速其毁坏乃至于崩塌。这样想来，像每年过生日一样，关注一下自己的网龄，调适身心，确为必要啊。

36　不被推荐的生活

周末在家闲坐，翻出一本王小波的《白银时代》，读中学时买的，我书柜中为数不多的"元老"之一。于是想起与王小波的首次相遇，那是在我读高中的县城，当时书店很少，大都放满了教辅，文史书不多。有一次不知怎么翻到了王小波的《黄金时代》，一下子被他的文字震撼了。后来有机会读到"时代三部曲"，以及他那些名气更大的杂文。

于我而言，王小波最大的意义在于他不是被推荐的，没有人告诉我，你要去读王小波。当年，他的名声也远没有辐射到我们那儿。然而就那么巧地相遇了。鲁迅我爱读，那是课本推荐的，周作人我也爱读，那是读鲁迅的副产品。《红楼梦》、高尔基是语文老师推荐的。金庸、古龙是从哥姐们那拿来读上瘾的。别的大都也是如此，总有个中间商，似乎唯有王小波，不是出于"推荐"。

之所以说这些，是因为现在的生活，被推荐的实在太多。吃饭、购物、旅游，乃至交友恋爱，各种各样的推荐。网站或带货的主播想尽办法，告诉你他有多懂你，然后说服你需要什么以及如何得到它。还有各色"打卡榜""推荐榜""种草榜"，让人目不暇接，暗示你如果不照做，就 out 了。

生活中当然需要推荐，这是经验的分享，也是一种省力的活法。就像现代社会少不了中介一样。不过，和中间商必然要赚差价一样，被推荐的世界，毕竟是二手的。以我之见，中间商在物质生活的意义大于精神世界。精神生活，大都和趣味有关，应尽量少付些差价。

趣味最重要是源于本性。但凡到了趣味的层面，恐怕这世上找不到完全一样的人。见样学样，已是勉强；强行仿效，更背离了趣味之真谛。马齿渐长，偶有年轻人问我要书单，总是十分小心。记得有人说过，所谓必读书，不过是推荐者的"爱读书目"罢了。各种榜单，可以类推。趣味的满足，本为人生锦上添花之举，倒不如给自己留一片不被推荐的世界。

37 "闲"在网上

近来,每有社会调查报告里的"平均数"公布,譬如平均工资、平均住房面积,等等,必有一大波人感叹自己又拖了"后腿"。12月9日,"中国国民休闲状况调查(2020)"发布了。据说,国民平均每日在线休闲时长已达4.9小时。看到这个数字,我心里咯噔一下:闲之不休,正在吾辈。没想到在休闲这件看来不起眼的小事上也拖了后腿。真成网友口中的习惯性拖后腿了。转念一想,如果把漫漫通勤路上刷手机的时间算上,或许也能勉强及格。

"闲"以前不是啥好词。游手好闲、聊闲天、操闲心、赋闲、闲人一个,我们对"闲"充满了反感和不屑。后来才觉悟"闲"是社会文明的度量衡。一阴一阳之谓道,休闲与工作其实同样重要。这世上多的是"闲不住"的人。然而,忙碌的日子大多娱人,闲着才是娱己。

前几年读北京电台刘思伽女士的散文集《闲着》。她说愿做生活的"观众"而不是"选手"。我大有同感。平时看她朋友圈,猫猫狗狗,花花草草,平湖日落,草长莺飞,小区里黄鼠狼来了,门前柿子挂上枝头,都是满满的感悟。闲着,是一门修为,也是一种本事。

休闲状况调查中的休闲加了"在线"的修饰语。近年所见多种社会调查报告,都有互联网公司参与,足见互联网数据已成当下社会分析不可缺少的内容。无网络，不分析，几成今日社会学定律。社会观察如只以互联网数据为据，当然不够圆满，却可反映社会大概面貌，更要紧的是，它是一种趋势。报告中说，越年轻，在线休闲时间越长。60后、70后、80后每日平均在线休闲时间为1—3小时，而00后人群中5—8小时的最多，即为证据。

今日工作或学习的时间，大都也花在网上。很多时候，离了网络根本无法工作。相较而言，休闲反不必须在网上进行。纵如此，在线休闲时长仍如此之长，正可看到社会网络化趋深之又一侧面。

38　关流量与动耳肌

我和女儿说起以前装电话的故事，她简直无法相信，电话还用"装"，毕竟，固定电话从没出现在她记忆里。然而是的，电话曾经要"装"，而且装电话本身便是能让人"装"一把的事。当年，装电话手续烦琐，价格高昂，而且必须提交一个过得去的申请"理由"。故乡小镇河多，桥也多。邮电局在安装费之外又想出一笔"过桥费"，多少抑住了平头百姓对电话的欲望。

我的大学时代，电话已普及，但也是"高消费"，花费以分为单位计算，所以每次插卡通话，精确卡着讲到55秒挂断。后来有了手机，充了话费还是精打细算，不时查查，还有多长时间市内、多长时间长途、多少条短信。移动互联兴起后，小账本里又多了流量。四处搜免费 WiFi 是当时的习惯动作。记得有个同学去了趟韩国回来感叹，人家那 WiFi，下了飞机就有，到哪都有，真方便。

这几年，我们用 WiFi 也方便了，流量也比以前便宜多了。不过，同辈人中如我一样把简朴节约的好习惯保留下来的还是不少。有 WiFi 就舍不得用流量。开着流量看剧，更觉奢如犯罪。照我悲观的推想，哪怕"流量自由"完全成了现实，心理扭转恐也不易。

我有个朋友，说起吃桃酥，就一脸幸福，仿佛参加了王母娘娘的蟠桃会，吃了镇元大仙的人参果。其实，在今日的糕点零食中，一块桃酥绝非奢求。他的幸福来自儿时对桃酥的渴望。流量于我，大概是我朋友心中那块桃酥，藏着交流不便年代对联络、资讯与社交的渴求。

人是一种奇怪的生物，保留着些没用的零件，比如动耳肌，是动物时代的"遗老"，绝大部分人无法使用，即便能扇动双耳，除了给达尔文站台，也没啥实在用途。不过，穿着再时髦，妆容再精致，举止再洋气，我们也无法否认动耳肌的存在。随手关流量也像动耳肌，是过去的遗存，却顽固的存在。

39　媒介村落

每到北京杨絮满天的时节，女儿就要求养蚕。蚕的一生很短，要经历几次蜕皮。人也一样，社交圈就是我们的皮。从小到大，社交的圈子一点点变化，不停结识新人，旧友虽有一直热络的，却大多渐渐疏了联系。现代社会中，同窗之谊可能是最普通也最普遍的情感纽带。但是，人过了中年，不用说幼儿园，小学的朋友还记得几个？中学又有多少？可能都不会太多。

有科学家研究表明，所谓多任务同时进行的模式，可能只不过是一厢情愿。人一旦被多任务所系，注意力无法高度集中，最后只能完成那些浮表的任务而已，高级一点的活计就难以胜任了。社交与此类似。情感是需要经营的。号称朋友遍天下的人，究竟知心有几人，怕是很难说。鲁迅先生赠瞿秋白的对联："人生得一知己足矣，斯世当以同怀视之。"这话说得真是再对不过了。

地理的迁移会带来新的社交圈，大到族群，小到个体，都是如此。而在媒介技术发达之下，社交已经媒介化了。于是，"蜕皮"的过程成了在不同社交媒介间的迁移。比如，从早期的人人网的朋友，BBS上一起灌水的朋友，到QQ好友、微信好友，再到同一个豆瓣小组、抖音上的互相关注……几十年来，我们像寻找水草的牧人，在不同的媒介间游荡、停留，扩张或改变着社交的圈子。不同的媒介平台，好比不同的村落、市镇，收留我们的心灵得到歇息。

媒介的迭代让我们在生命的旅途之外，又多了一条社交变迁的线索。有时，登录多时不用的 QQ，仿佛穿越回生命的某段时光，往昔猛地撞将过来，叫人心头百味杂陈。登录需要密码，而登录本身也是一副密码，记录了心情、感情，也记录了人情。这些密码，变成进入自己的无数入口。我们如远游的旅人，回到曾经到过的地方，但回来的还是自己吗？西哲云：人不能两次进入同一条河流。如把心情视为河流，这话可能更耐人咀嚼吧。

40　留点垃圾时间

　　体育比赛时，双方胜负已定，领先一方有绝对优势，落后的无力回天，但赛时尚未完结，只好打发式地赛完剩余的时间。这段时间就是"垃圾时间"。有经验的教练，会换上些替补队员，权当练手。生活中有不少"垃圾时间"。比如，等车、候机。再如，两次会议之间。大体而言，凡与结果既定之"等"相关的时间，几乎都可戴上"垃圾"帽子。

　　"垃圾时间"真的垃圾吗？却也未必。音乐家阎肃说他常趁等车的间隙，琢磨歌词，有的佳作就诞生于此时。实际上，即便我们不对垃圾时间废物利用，只是发呆、放空，垃圾时间也有存在之理由。一张一弛，是谓道也。张与弛的目的明确，都不能算作"垃圾"。张弛之间的转换，哪怕电光火石，为时极短，或许也有点"垃圾"。不过，若没有这垃圾，张便一直张下去，弛便一直弛下去，直至终了，断无变化多端、生发多样之态。

时间是世上最无穷尽之物。然而，绝大多数文化都主张尽最大可能利用时间。古人说，"一寸光阴一寸金"。这话直白地近乎市侩，又冷酷地叫人不能不信。道理很简单，人类的总体时间虽取之不竭，个体时间却如飞矢，离弦莫归。金银财宝可以慷慨赠送。而时间，纵然在你是"垃圾"，在人是珍宝，却也无法互相调剂啊。

不过，现在人的"垃圾时间"正在变少。一来我们生活的"缝隙"越来越窄，几近于无；二来可填充垃圾时间的东西太多了。哪怕几十秒，也可刷个短视频，又或随时随地与人聊几句闲天。

前几日，坐飞机去上海开会。空姐告知可连上卫星技术支持的wifi，众乘客闻之欣然，如无期囚徒忽蒙大赦，纷纷掏出手机，划亮屏幕。我也不甘落后，行动起来。兴奋之余又有些悲哀：我们确已受不了"垃圾时间"了吗？

想起古人还有一句话，水至清则无鱼。都说人生如流水，那么，还是给自己留点垃圾时间吧。

41　遥远的相似性

有一次，霍金被问到什么最让他感动。他的回答是：遥远的相似性。当我看到这几个字时，忽然也有些感动。这位伟大的物理学家说的"遥远"当然以浩瀚宇宙为范围，而"相似性"指的估计也是天体，及其自然运行之状。不过，这句话的意义又不止于物理。

同类相怜，大概是人性的内涵之一。当我们身处异地，却发现民俗风情类似于故乡时，常会心生欢喜。我至今记得，10多年前在陕北发现一种果干，与老家的做法十分相似，那时物流尚不如今日发达，竟能在几千里外的异乡尝到家乡的味道，着实令我兴奋了一阵。

类似的情况很多，并不限于吃食。比如，以前常从图书馆借书看，借来的书上有时写着批注，这些"注家"做好事不留名，破坏公共图书中的整洁，自不值得提倡，却也偶有妙语，恰恰击中我读时的感受，如同心里有一面锣，被敲得哐当一响。现在，下载安装一款读书软件，便可以随时在线阅读，标识的段落、写下的感受，不复有破坏书本之虞，也能让更多的人读到观书心得。

网络化的生活下，人人在线，于是，我们很容易就能和遥远的陌生人搭上话了，在浩瀚的人海中碰到相似的思想、观念和趣味的几率也增加了不少。博客刚兴起那会儿，我也开过一个，闲下来就在上面涂涂抹抹，有的时候，也四处闲逛，发现有共鸣的话题，就忍不住回应上一段。有时被博主发现了，顺藤摸瓜地找过来，一来二去，谈得更加深入，大有相见恨晚之感，实则从不曾谋面。这是一种精神上的相似性，虽遥远，也互给了对方不少鼓励。因为只是精神上的相投，从未有奔现的愿望。仿佛古人外出游历，在寺墙上见了旁人题下的诗句，有所感触，便也留上几句，神交足矣，无需面遇。

遥远的相似令人期待，大概也因符合距离产生美的定律。如应和者就在身旁，如说相声的捧哏之于逗哏，滋味就会大不一样了吧。

42　手机里的灶王爷

现在，谁的手机上没几个 APP 呢？即便是同一类型的，也不会只有一个。这些 APP 看起来老死不相往来，有些功能和内容极为相似，简直就是"竞争对手"。然而，它们似乎又有着统一的攻守同盟。如果把你的注意力算作一方，那么，所有的 APP 就构成了另外一方，齐心协力在你的信息和时间领域里攻城略地，不全部瓜分、占领，誓不罢休。

我发现这一点，极为偶然。我供职的单位每年组织一次例行体检，人过中年，人体各零件磨损老化，因而对此员工福利，格外认真对待。去年体检时，发现血糖严重超标，大吃一惊，心下担忧，一面严控糖之摄入，一面在网上查找阅读了一些血糖方面的知识。没两天，我打开抖音时，竟常收到降糖药和无糖食品的广告。而且，此类视频极尽渲染之能事，把高血糖之恐怖表现得淋漓尽致。

起初，我以为这是自己在抖音刷到有关高血糖的视频时停留过久，被算法捕捉，才作此推荐，决定反其道而行之，一碰到此类视频就迅速划走。后来却发现此计不售。原来，我用手机上网时的一切操作，都会被手机上的各个APP窥知，并"密报"给其后台，自作聪明地改变推送的内容。

明了此节，忽然想到了灶王爷。乡居岁月里，厨房里除了有灶台，大多还给灶王爷设了神龛。中国人比较实用，神祇总要在生活里派上点用场，这位灶王爷却似乎不负责什么具体的业务，只管定期把家长里短汇报给天上的玉帝，大概相当于上天安装在凡人厨房里的一枚摄像头。许多地方祭灶的风俗里都会供奉几块糖饼，贿赂一下灶王爷，叫他吃了嘴甜，上天多说好话。而我老家的习俗是干脆喂灶王爷吃极纯的麦芽糖，为的是他吃后黏住齿舌，无法张嘴，这几乎是恩威并施的办法了。

现代社会驱逐了神的主宰地位。然而，当我们日益离不开手机，灶王爷似乎又回来了，只是这一次他把神龛设在了手机里，告密的对象换成了APP。

43　呈堂证供

生而为人，自然有社会交往。我想，即便是最原始的人类，也少不了每日交谈，至少要交换一下对于猎物的看法，又或者哪里有无毒而更方便采摘的野果嫩叶。只不过，在我们没有"入网"之前，绝大多数人的日常交流没有被保留下来，它们在完成了信息传递或者情绪抒发的任务之后，就随风而逝，湮没无闻了。现在的情况却大不一样，几乎所有事都会留存。

有时候，某件事忽然想不起来了，我就习惯性地打开微信，搜索聊天记录，别说近期甚至几年前和人谈了些什么，也都历历在目。而几年前买的东西，哪怕只是一根挖耳勺，只要是网购，也都有据可查。

留在网上的痕迹当然不止于聊天，购物、娱乐乃至于生活、工作中的一切，都变成了数据，存在一个我们看不见又确实存在的地方。我们经常把从小接触网络的这一代称为网络原住民。其实，真正意义上的网络原住民，是那些自打落草就在网上留下了痕迹的人。微信朋友圈里，常有人晒孩子出生的图片，给孩子记网络日志，"炫娃"之路走得坚定无比。随着网络的发展，网上数据在人一生中的比重或许将远远超过现实，在网上拥有完整数字轨迹的人也会越来越多。而且，这些数据很难修改。就这样，人生真的成了面对世界的一次呈堂证供。

为此，一切以人为对象的学问和思考都将受到冲击。在数据缺乏的年代，我们可以理所当然地凭借几个人的思想或行为，就勾勒出所谓"历史"的面貌；我们也可以阅读一些人留下的记录，细致入微地描摹出一个所谓"时代"。从现在开始，这样的做法都不太有底气了。即便是允许虚构的文学，也因为每个个体都开始自我叙说，不得不变得拘谨和小心起来。

当个体不仅是历史事件的主体，也是历史记录的主体，整个文化的改变可想而知。而这场改变才刚刚开始，必将愈发走向深远。

44　皇帝与算法

当下的网络世界里，算法推荐大行其道。偶尔牙疼，在手机上查了查牙科诊所，从此和牙有关的信息开始刷屏，补牙、种牙、假牙、电动牙刷、洗牙器。全然不顾你的牙病早已痊愈。

网民苦算法久矣，却无有效良方。忽然想起，末代皇帝溥仪的回忆录《我的前半生》里，记载了皇帝吃饭的规矩：不论菜有多么可口，皇帝"吃菜不许过三匙"，是祖宗家法，不能违背。当皇帝吃够三口，一边伺候带监督的太监，就会传令：撤。连带着想起 90 年代的热播电视剧《宰相刘罗锅》中，好像有乾隆用膳，某道菜刚吃三口，再要下筷子，已被太监撤下的片段，或许就化用自溥仪的回忆。

之所以作出这一规定，有说是教育皇帝不可贪得无厌，要节制自己的欲望，另说防止皇帝饮食偏好泄露，给刺客下毒提供可乘之机。我以为，后者更加可信。毕竟，在帝权时代，普天之下莫非王土，多吃几口少吃几口，皇帝都心安理得。保命这根弦，却必须时刻绷紧。我在野史笔记中似也看到过，清代封疆大吏也仿效宫中做法，与幕僚一起用餐时，不露食物偏好，除了安全考虑或效仿皇帝外，也是为堵住拍马者投其所好之门。

"算法"和"算计"，只一字之差。现下的算法惹人厌烦，正是因为透露了网络平台的算计心。皇帝吃菜不过三匙，避免的就是形成"大数据"，防范的也是被算计。这些小故事可谓包含着抵御"算法"的粗粝智慧。有网民提出了"不注册、不登录、不评论、不点赞"的"四不"上网原则，这种做法，和皇帝的"三口原则"异曲同工。不过，这像《倚天屠龙记》里崆峒派的七伤拳，攻击别人的同时也伤害自己，避免了暴露偏好而被算法俘获，却也放弃了算法带来的便利。道高一尺魔高一丈，超越算法，必有更好的办法，也必将把我们带入更加舒适的科技之境。

45　我的"团长"我的"团"

热闹一时的"社区团购"，最近有偃旗息鼓的迹象。我加入的群，也渐渐冷清起来。回想群刚建时，一大早，打开手机，群

乙辑　无缝生活记 ｜ 161

内已有了几十上百条发言,简直是"早安"表情包的博览会。一天的生活正常开始,群里开始发布各种"促销"链接,这些信息的发布者永远是一个人:团长。其他人如发广告,会遭到黄牌警告。

"团长"者,团购之长也。我所在的这个"团"的团长,在小区开了一家便利店。这家店,也是他的"团部"所在。这些年,我习惯了网上购物,很少光顾实体小店。有一天晚上,孩子忽然发现第二天上课还缺一个练习本。网购虽快,也来不及下单了。从窗户望见便利店还有灯光,赶紧跑去,一问,果然有卖,救了燃眉之急。付款时,被"团长"顺便招入麾下。

有了那次经历,我发现,"团长"的小店是真正的"按需定制"。小区居民生活所需,几乎都可买到。最绝的是,周边小学需要学生准备的什物,比如,指定阅读的课外书、各学科的作业本,包括孩子们过生日流行的互赠小礼,"团长"均了如指掌,货物充足而齐全。一开学,只要报出哪个学校几年级,他在货柜前游走片刻,麻利地把本子、书皮、三角尺等物,放入袋子,一袋子装满,价钱同时算好了。神情、动作之熟练,像极了中药店掌柜抓药。

社区里的这些小店,烟火气十足,让人感受到生活里的陪伴。"团长"的便利店,是我们厨房、客厅、书房的"外挂",好比给每家多建了一个储物间。"团长"在群里出售的东西,和店里的不一样,大多是各地生鲜果品,也有真假莫辨的所谓"滞

162 | 镜像与世相——从互联网拯救生活

销"农产品。相比而言,商业气息太浓。据我观察,生意日趋下滑。好在"团长"有自己的小店,谅来生计无虞。看看新闻,社区团购正处于存亡之秋,原因众说纷纭,我以为,或是因少了些真实的陪伴感。

丙辑　网络艺文志

◆ "洪水猛兽"记录了人们的成长记忆。它很善变,十年前还是洪水猛兽,十年后就成了文化经典。它是人们心里一道文化鸿沟,造成的原因,或为代际之隔,或为阶层之别,或许只因审美趣味之异。

◆ "屏幕赏艺"时代将创造属于自己的艺术经验。这种新的经验又将诱导着创作者发明出新的技巧。对此,不妨拭目以待。

◆ 在"人类情感抒发器"演化之路上,智能手机也不过是中途驿站,肯定还会有新事物出现。游戏或许会是下一站。20年或更短时间之后的人,很可能会制作一个小游戏来表达爱恨情仇。别以为这事儿很高端。就在20年前,很多人一辈子也就拍几次照呢。

◆ 我们似乎进入了一个文化过剩的时代。面对喷涌而来的"文化食粮",有时只能一口吞下,却发现其中可供反刍的极少,大部分"酒肉穿肠过"罢了。于是,便有些怀念单曲循环的岁月,如一头老牛,最舒心的时光,兴许是夜卧棚下,默默反刍。

◆ "更"是一种新的文艺生产机制,也是新审美习惯的互相培养。它如一把双刃剑,有的作家,在被"逼更"中写出了足以代表时代的好作品,也有的作家,在"更"的压力下,榨干了才华,或在"追更"者的牵引下,迷失了创作的立场和主张。

01　网络时代的"选学"

夏曾佑曾对陈寅恪说的,"你能读外国书,很好;我只能读中国书,都读完了,没得读了"。书真有可能读完吗?答案是"不一定"。

按老辈学者说法,宋以前的书,读完是可能的。传世的就那么多,只要有天分又足够勤奋,理论上可以读完。宋以后就不一样了,今人整理的《全宋文》就有1亿字,读完相当费劲。近代以来,大众传媒发达、教育普及,识文断字、写文著书的人,各类出版机构数量都在疯长,没人敢夸口说把书读完了。

互联网一来,又生大变。网络写作取消了发表门槛,开个博客、建个微博、设个公众号,就可以堂而皇之地发表"作品"。没了编辑这个"中间商",写的和读的获得了更多选择与自由。据中国作协数据,我国网络文学注册作者总数竟然已有1400多万,还有人预计,到2020年网络文学作品将达到2240万部。

书已注定读不完的时代,"选本"就格外重要。"选本"古已有之,网络时代的"置顶""推荐",是其新的形式。昔日"选本"体现选者的趣味和眼力,是以趣味多样性重写过的文学史。所以鲁迅先生说,一个时代的文学状况可从当时的"选本"看出。现在,网上阅读的经验、轨迹与体验被自动记录下来,数据化后储存在后台,网站以此为依据,"精准"地向读者推送适合其口味的作品。这种由读者决定的"选本",实际上成了一门生意,很容易就变味儿了。

我有个朋友从事网络文学评读工作,平视阅读量很大,而且对色情暴力的"擦边球"更会多浏览一会儿,以便作出客观评价。岂料这个"习惯"竟然被一些网站忠实地记录了下来,常自作多情地把"擦边球"网文推送给他,让他啼笑皆非,懊恼无比。

网络时代"选本"的选者其实就是你自己。既然如此,生活在网络时代的我们,最重要的任务就是努力读透自己。

02 "洪水猛兽"伴成长

女儿生日,请小朋友到家里玩。有的带着iPad,待了一会儿就迫不及待划开屏幕,兴高采烈玩起游戏来。有个小男孩说,要是能跟"吃鸡"的画师学画画就好了。我随口问了句为什么。他一本正经地说,画得多逼真啊,"吃鸡"所有装备都是真的哦。我忽然意识到,游戏是这代孩子认识世界的窗口。

说实话，我不支持女儿玩游戏，主要是为保护视力。而在很多家长眼中，网络游戏的危害远不止于视力，简直是迷乱少年心智、败坏品性的"洪水猛兽"。我像女儿这么大的时候，没见过网游，"洪水猛兽"倒是见过的，那就是金庸和古龙。他俩的小说那时风靡大陆，郭靖、楚留香如今日之《王者荣耀》，是我这一辈人的家长必欲去之而后快的。再看远一些，当我这一辈人的家长还没成为家长的时候，金庸、古龙闻所未闻，"洪水猛兽"的帽子却也没闲着，戴过它的人如邓丽君。

"洪水猛兽"记录了人们的成长记忆。它很善变，十年前还是洪水猛兽，十年后就成了文化经典，当年它又很顽固，就像黄河里的铁牛，任你流行文化斗转星移，我自岿然不动。说到底，它是人们心里一道文化鸿沟，造成的原因，或为代际之隔，或为阶层之别，或许只因审美趣味之异。

据说，中国有近 5 亿网游用户，每三个人中就有一个玩游戏。又据说，现在的网游还是"有限游戏"，发展趋势是"无限游戏"，即游戏化的世界。那是什么样的世界，我想象不出来。互联网时代就是这样，不但与日创新，而且新的让人不敢想象，挖下的沟也更深且陡。站在沟两侧的人，更是"你之蜜糖，我之砒霜"。

岁月如持锹的劳工，终将把鸿沟填平，但"洪水猛兽"还是留在心中。金庸早已"平反"，且获封经典。父亲看到我书柜里的金庸仍问："你还在看这些书？"多年后，已在游戏化世界中的

丙辑　网络艺文志　｜　169

我或许也还会对女儿说："你少玩点游戏啊。"

03　世上哪得"两坦"法

20年前，我就听说有位老师辈的教授十分"新潮"，全球访学讲学，一台笔记本，一块硬盘是全部装备，教学写作需用的资料尽数装入。鉴于这位教授以经济史为业，你必须佩服他在电脑上阅读竖排古籍的能力。

我至今没掌握在电子设备上阅读学术书的技能。这多半是由于读书好点画勾折的毛病。"不动笔墨不读书"，当年是个沾沾自喜的好习惯，现在成了落伍的恶习。

也有阅读软件提供记笔记、划线等功能，不过用起来总有这样那样的不便。想想也怪，电脑技术一日千里，仿佛没什么不能攻克。有些在我等文科生看起来很简单的技术却无法突破。电子书上做笔记是一例。再举一例，抓取一个文件夹中所有文档题目生成目录，似也无计可施。就好比医学不断碾压那些我们连名字都念不顺的疑难杂症，对鼻炎这样的常见病却束手无策。

说回电子书，大体分两类，一种与实体书无异，只是变成了pdf或图片版，另一种以软件重新编排。前者准确，但读着费劲，后者读来流畅，却常有错漏，且原书页码消失，检索不便。

或曰：排完再校对，添上页码。真若如此，善莫大焉。网上确有"精排精校"版，大都出自好心人之手，可遇不可求。天下熙熙攘攘，无非利来利往。对看书这事儿挑了又挑的，大概率是穷酸之徒，每日如仓鼠藏食般搜罗免费电子书以为乐事，买个视频会员都思之再三，咬碎槽牙，又哪有"金主"的实力与担当。

行文至此，忽想起《笑林广记》里有个故事。有一女择配，适两家并求。东家郎丑而富，西家郎美而贫。父母问其欲适谁家。女曰："两坦。"问其故，答曰："我爱在东家吃饭，西家去睡。"

"两坦"只能是美好的理想，某女如是，你我亦然。执意"两坦"者，大都失望。吾乡有谚：阿龙阿龙，两头落空。此之谓也。如此说来，不管什么样的电子书，不管三七二十一，载来读了再说罢。

04　吾未见好书如好剁手者

国庆长假，到上海旅游。专程去了福州路，这是老牌的书店聚集地，艺术书店、外文书店等一一逛遍，末了在上海旧书店买了《张骏祥电影剧本选集》。这几年逛书店越来越少，在书店买书更少，偶尔买一两本，多为出版已久的旧书或未正式出版的资料集，概言之，网上买不到的书，才在书店买。书店已成网购"备胎"了。

业书店者也有觉悟，早已搞起多种经营，兼卖文创乃至文具，甚或以文具为主，书反成了副业。有的直接改称"书吧"，买一杯咖啡，就可读上半天。在以前，进了书店不买只看，好像听"戤壁书"，纵不被驱逐，总自觉低人一等。现在端杯咖啡护体，却可堂而皇之把书店当阅览室了。书店不以售书为最要紧之事，直观地体现了网购的冲击。

我的图书网购史约有 20 年了。当年盛极一时的"旌旗网上书店"早已被淡忘。2003 年闹"非典"时，"旌旗"图书大清仓。我趁机买了一大批，客服说无法配送，只能自提。于是，我戴了厚厚的口罩，在空落落的街上骑车十几里，驮回一捆书，这笔"国难财"几次搬家中已变卖不少，一套《先知三部曲》留存至今，偶有翻看。

后来买书几乎都网购了。一来价格便宜，二来快递到家。不过，也少了许多在书店翻阅的乐趣。实际上，很多感悟正是在书柜间东翻西找时突然冒出来的。而把书从书店背回家，多少也有些仪式感。

写到这里，想起多年前拜访一位乡前辈。进门时，他不在家。夫人说他一早就出去了。候了个把小时，他推门进来，扬了扬手里用塑料袋包着的一本书：听说今天到货，终于买到了。那是余秋雨的《霜冷长河》。

我与这本书的交情至今止于隔着乡前辈手中塑料袋的一面之缘。乡前辈满脸的兴奋却常在眼前。现在到了各种购物节，剁手觉熬夜下单的劲头也很足。不过,吾未见好书如好剁手者。

05 "屏幕赏艺"时代的艺术经验

几年前,出差赣南,当地一位书法家对我说,如今练书法条件好多了,有时间了就"打飞的"到北京欣赏名家真迹。北京博物馆多,藏的宝贝也多。前不久,故宫博物院推出了"数字文物库",在电脑屏幕上就能欣赏数千件"法书""碑帖"。移动鼠标,局部还能放大,笔势所趋,或许也可揣摩得更加清晰。我想,赣南的书法家可以省去一些"打飞的"的钞票和时间了。

今后一切艺术都将在屏幕上被欣赏。"屏幕赏艺"的时代终于来临,其影响绝不止于为习字者提供方便。与艺术创作相比较,欣赏看似被动,实则不然。欣赏的方式和习惯,常常起重要反作用于创作,形成具有时代特色的艺术经验。

比如《清明上河图》,近年来已被符号化,凡有展出,朝圣者如云,莫不赞叹其人物繁多、景物逼真。美术史家巫鸿却指出,《清明上河图》最杰出之处乃"手卷"所创造的"移动的绘画"带来的独特视觉经验。而当它被一览无遗地平铺在展台上供人膜拜,人们无法用手缓缓打开做历时性观察,这幅画内在的视觉经验也就打了折扣。

又如敦煌佛窟壁画,杨公骥先生曾提出,有些乃用化学颜料以三叠押色法绘就，在风化作用下，人物相貌会在短时期内变化，产生独特的视觉体验，故称"变相"或"变"，"变文"则是对这种故事性图像的解说，是依附观看方式的。若真如此，今天我们欣赏佛教壁画或品读变文，都已离创作者意图有些远了。

现代社会，文明普及，艺术欣赏主要在公共空间完成，"书斋赏艺"时期的艺术品内在的创作意图自然无法完全表达。而当书画欣赏从文人书斋转移至公共展厅，创作者自然要考虑壁挂之需，随行就市。同样，"屏幕赏艺"时代也将创造属于自己的艺术经验。这种新的经验又将诱导着创作者发明出新的技巧。对此，不妨拭目以待。

06　也说"下饭剧"

转眼 2020 年已经来了，时光好似细沙，怎么用力都抓不住。留住时光滋味的，大概是在岁月中萌生，又在岁月中消逝的新名词。

在网络时代，或许因为传播便利，新名词层出不穷。不知从何而起，"你有什么下饭剧"成了闲谈话题。所谓"下饭剧"，顾名思义是吃饭时看的剧集。然而，像有些人食路很宽一样，对"下饭剧"的选择也多种多样，有的喜欢轻松搞笑，有的就喜欢血腥暴力。

从养生的角度看，把胃交给"下饭剧"，不太科学。吃饭时看书，据说胃部会血流不足，影响消化，如果真如此，视觉刺激更强烈的剧集，危害自然也更大。不过，我想说的是，从文化角度来看，"下饭剧"十分正常。杨万里诗曰："不是老夫朝不食，半山绝句当朝餐。"老杨读了唐诗读半山，诗歌都可当饭吃。现在的青年找几部剧集"下饭"，也无可非议吧。

80年代初，电视机还是稀罕物。谁家有一台，相当于在方圆几里开了家私人影院。2019年热映的电影《我和我的祖国》里有一个故事，生动再现了这个场景。影片里是上海的里弄。我的老家在杭嘉湖平原，离上海不算很远。当年，《上海滩》《再向虎山行》《霍元甲》《射雕英雄传》，这些港片是老百姓最喜欢的"下饭剧"。"浪奔浪流"的音乐一起，左邻右舍端着饭碗，准时拥坐在一起，其乐融融地欣赏起来。随着小小的黑白屏幕，欢笑或哀伤、唏嘘或振奋。那些满是民族风格和百姓情怀的形象，是如此地深入人心，以至于后来凡有黄日华出演的角色，外婆总要告诉我：看，"郭靖"又上电视了。

远古遗存中，有打磨过的红色小石头，据说反映了人类求美的天性。其实，娱乐也是人类天性。娱乐至死的社会，是没有希望的；没有娱乐的社会，前途也未必光明。这就好比，平常人家吃饭，一桌子菜，没主食，总觉得没填饱，若全是主食没有菜，就更难下咽了。

07　作为"文体"的网络

在一次学术活动中,我讲到现在"网络文艺"很热闹,甚至成了一种标签。不过,这个概念值得认真推敲,有的文艺作品的题材和网络密切相关,并不被认为是"网络文艺",还有的作品内容和网络毫无关系,只因为在网上传播,就戴上了"网络文艺"的帽子。互联网继续发展,网络文艺总会取得独立的形态。讲完后,一个年轻的与会者告诉我,有一种软件生成的"对话小说",不妨一读。

我下载软件一看,果然很有意思。"对话小说"有点像剧本,情节和故事由对话完成。不过,"对话小说"模仿的是社交媒体的场景,基础的文本形式是对话框,这让阅读者有了一种强烈的代入感,仿佛自己成了小说中的对话者之一。当然,代入感本身并不新鲜,读《红楼梦》把自己假想成贾宝玉、林黛玉的代不乏人。新鲜的是对话小说给人的代入感来自网络经验。

为此,"对话小说"可算是网络文艺独立形态之一种。一来,它有非此不可的创作网络创作工具,就好像摄影的工具是照相机,电影的工具是摄像机。二来,它的创作和接受的经验都源于网络生活体验。

近来,机器人写诗作文很受关注。其实,不论视为写作的主体还是工具,机器人写作目前仍是人类传统写作的复刻。而在"对话小说"里,网络经验与网络形式实现了结合,内容因为形式化而变得与众不同，形式则因承载内容而拥有了独立地位。我以为，这样的结局才能让网络文艺真正成为一种"文体"。也正是"文体"上的突破，才让我们得以确认网络文艺之新具有文艺史的意义。

事实上，又何止文艺，网络对人类思想和情感的影响，都在催生着独立的形式。或许也只有独立形式产生时，网络文明的新形态才能真正诞生吧。推荐我阅读"对话小说"的网生代，是这种已露头的新文明的主人，必须报以理解和敬意。

08 数据库的温度

近来，有一种恐惧攫住了我。在"脱网"的情况下，我好像不会写作了，至少写起来不那么顺畅。一旦打开"数据库"网页，心里就踏实多了。记不太清准确的时间、事件，引述某段名言，搜索、查核很方便。

以前，博闻强识是种本事。读大学时，教"中国哲学史"的老师据说可把《韩非子》倒背如流。"倒背"没有见识过，但讲课时任性地背诵或在黑板上默写大段的诸子语录，是常见的。字龙飞凤舞，竖行直下，边念边写，音落笔停，一气呵成。有时语势太急，粉笔为之三折。我们深表叹服，老师谦虚地晃晃脑袋：讲了几十年了，吃饭的手艺。翻翻学林轶事，写文章不用查书的故事更是不胜枚举。

如今讲课听说都用PPT了，引述的材料以百般妖艳的字体，呈现在电脑屏上，板书逐渐消失或成为屏幕的"备胎"。在线检索丰富异常，能查到的文献越来越多。对于写作者而言，得数据库者得天下，绝非一句虚言。有数据库站台，似乎只要记住几个关键词，就可以轻而易举地躲避几十年的苦读。那么，我们还需要记诵吗？把原本该装入脑袋的东西，放到所谓"云端"，是好事还是坏事？或者，既非好事也非坏事，只是时代变了，我们随其波逐其流罢了。

没有网络的时代，也有类似数据库的东西，准确地说是"数据库"的目录，"引得""提要""总目"等工具书，给人以查考的线索。编制这些工具书的人，大多成了专家，他们编写过程中所见所想之心得，也成了某领域必读的专书，比如洪业先生的《杜诗引得序》。每读前人留下的这类"工具书"，除了享受"工具"的便利，还能感到"书"的温度。有意思的是，现在的数据库做得越来越庞大，技术越来越精良，却很少见建库者成了专家，更很少见到因此而写的专书。当然，也就很难感到那种"温度"。

09　莫把爱好当技能

我有一个感觉，一种漫不经心的文化正在蔓延。有的网络剧情节很精彩，演员很卖力，字幕却错字连篇。几个月前，我追过一部古董行业题材的网剧，剧情很吸引人，演员台词和字幕却出现了清华国学院四大导师之"张国维"。看这样的剧好似嗑瓜子正起劲时，突然嚼到一粒烂的，连连啐吐不及，已是心情大坏，兴味索然。有一次，女儿听一门火爆的少儿网络节目，老师竟将"鬻"字念成了"粥"，更令人惊讶而着急。

印象中以前的文化产品颇为精细。一个编辑，一年可能只做一本书。拍一部电视剧，可以筹备好几年，从培养演员欣赏古诗开始。现在大大提速了。原因或许很多，网络发展是其中之一。互联网好像降低了专业的门槛。话痨成了"评论员"，写手成了"作家"，"愤青"成了公知。时间一长，"爱好"与"特长"就不太分得清了，有时候也可能是不愿分清。

爱好、特长，还有技能，就像汽、水和冰，可以互相转化，但不是一种东西。一个爱好，在时间与精力的滋养下，可能变成特长，继而转化为技能。有位书法家对我说，他每天要临帖，一个书法家如果不临帖，就好像学者放弃了读书，农民放弃了种田。看来，技能需要时常操练，长久不用，一退而特长，再退就成了爱好。

如此说来，技能是深度发展的特长，而特长是被鉴定过的爱好。承担鉴定功能的是专业的人士或机构。鉴定者是专业领域的把关人。网络世界里所缺少的，大概就是这样的专业鉴定机构。

凡事总有两面。互联网发展早期，打破了信息的封锁，释放了无数被压抑的才华。当网络世界与现实世界日渐重叠融合，网络生活与现实生活几乎合二为一，"去专业化"的后果就显露出来了，网络世界成了一个没有质监局的国度。

文明的发展，总是从粗鄙走向精致，即便有时表现出对粗鄙的宽容甚至欣赏，也是源于更高文明的气魄及其自身进步的需要。克服漫不经心，增强免疫力，把我们带入一种真正的新文明，或应成为对网络力量的最大期待。

10　发表欲和搜索狂

知之为知之，不知"百度"之，当然，也可以"谷歌"之。现在，搜索引擎不但是信息来源，而且成了知识验证方式。较之前者，后者更加可怕。不管哪种搜索引擎，都没有覆盖人类完整的知识体系。用搜索引擎学知识，好似用残缺的字典查生字。

我大概可算"搜索癌"，每次搜东西，总把结果一页一页地看下去。像喝茶，一泡又一泡，完全没了茶味才算完。前几天，突发奇想，键入父辈及祖父辈多个人名，搜索结果为0。这首先证明我的平民血统十分纯正，纵上查三代，也毫不畏惧。若就信息数据而言，以网络载体与纸载体之间，大概有条分界线。一边，是可被搜索的世界；另一边，是沉没于数字体系之外的世界，好比不见了的大西国，那个传说中全世界文明的中心。

沉没的世界里，藏着宝贝。可搜索的世界里，有时浮沫遍地。这多半是因为，网络极大地激发了人的发表欲。咳嗽两声，打个喷嚏，也可以敷衍成文，发表出来。

多年前，朱自清先生批评当时的风气说，从前人对著述看得很重，一辈子的学问不敢写成书，最多写点"札记"。印刷发达后，写书变得太方便了。大纲、小史之类的东西被视为学问宝库，一书在手，纵横天下，这让他忧心忡忡。朱先生如活在当下，看到动辄日更数万字的小说，几个月写出上百万字的"专著"，恐怕更吓得不敢说话了，当然也许是气得不愿说话罢了。

量的增长，确乎为质的提升作了准备。不过，也止于准备。"发表欲"和"搜索狂"碰到一起，知识生产就会变得过于快速。在剪切、粘贴、转载中，似是而非的东西得到点击率的加持，猴子穿了人衣服那样耀武扬威起来。即便是真知识，也像大米装进了爆米花的铁炉子，一声"响喽"的大喝之后，"嘭"得倒出来，喷香白胖，变大了数倍，热气腾腾，吃着也不赖，只是不经饿。

11　风雅的网民

风雅,是一种文化修养。而文化,似乎又总和古旧联在一起。摆一方古砚,拿一支毛笔,当然被视为风雅。铺开几页信笺,钢笔写上几行,在今日也差不多可算风雅了。与电脑有关的一切,则不然,键盘加屏幕,没人会想到"风雅"二字。

因此,每逢年节,需向尊长致意时,递上纸质"信笺",总觉得比电子邮件雅致一些;若是毛笔墨字,规格便又高了一层,不过,书写工具与礼节关系之史的追溯,到毛笔为止。别说刻画龟甲牛骨,书于竹帛也极罕见。养龟与种竹早成产业,材料并非难得。为何如此,只因我们文明的大部分时间和内容,是以纸笔为载体之故吧。

互联网也非文明载体的终结者,电脑更不是。语音技术不断发达,不远的将来,键盘恐也进入博物馆了。到那时,请出多宝阁上清供之键盘,拂去微尘,敲击几下,"见屏如面"云云,或也获赞一时"雅士"矣。

人们崇尚的"雅",与天性中对过去之物总有留恋、不舍,并由此而生怀思、敬意有关。"与古为徒",是一种深刻的文化心理。但触发文化变革又推动其滚滚前行者,大半却是"俗"。朱自清先生于此有极精彩之论说,不妨转述如下:"起初成群俗士蜂拥而上,固然逼得原来的雅士不得不理会到甚至迁就他们的趣味,可是这些俗士需要摆脱的更多。他们在学习,在享受,也在蜕变,这样渐渐适应那雅化的传统,于是乎新旧打成一片,传统多多少少变了质的继续下去。"

网民今日之兴起,正如朱先生所说蜂拥而至之"俗士"。普罗大众话语权兴盛,促使原先文化体系作出调适和改变。长时段来看,"网盲"之减少,对于文明形态之意义丝毫不亚于"文盲"之扫除。而网民"学习""享受""蜕变"的同时,以前的文化也"变了质的继续下去"。举一个简单的例子,电脑中各式各样的手写字体,不正延续着文字的某种传统吗?

12 标题要长?

有段时间,流行把写文章称作"爬格子"。那时文章多半写在稿纸上,而稿纸是带格子的。练吉他,有时候也称"爬格子"。足见一词可以多用。有个词叫"字匠",贬称水平不高的书法家,同理,也可以指写文章吧。

"匠"和技术相关,写文章确为技术活。网络发文兴起后,起标题更成了技术活。据说,网文标题要长,才能让人爽,才能一下子抓住人的眼睛,才能做个合格的标题党。想想也是。短的标题,须有琢磨的耐心,通观全文再加咀嚼,方能悟其妙处。少读金庸,《笑傲江湖》的回目给我印象最深,每章皆两字,从第一章"灭门"至第四十章"曲谐",一曲琴音,贯通文脉。又如

第六章"洗手",直白到底,非高手不敢出此险招。

有研究者说,网文是视觉性的。视觉感推动着阅读条,拒绝慢条斯理地想。一目十行,已嫌太慢;一目十屏,方才过瘾。标题若抓不住眼神,满盘尽输。阅读量没有了,流量也就没有了,"10万+"更没有了。而"10万+"是多少写作者寝不安席、起早贪黑的追求啊。其实,把人在睡中叫醒的,可能是追求,也可能是噩梦。"10万+"也不妨如是观。

汪曾祺散文,标题不长,且为平常话。今日网站转发时,多将"汪曾祺"三字做入标题,恐也是流量思维,以名人之名补标题不够爽之憾吧。要说长标题不是新发明。苏轼有不少诗的标题也不短。有一首题为《圆通禅院,先君旧游也。四月二十四日晚,至,宿焉。明日,先君忌日也。乃手写宝积献盖颂佛一偈,以赠长老仙公。仙公抚掌笑曰:"昨夜梦宝盖飞下,着处辄出火,岂此祥乎!"乃作是诗。院有蜀僧宣,逮事讷长老,识先君云》。整整101字,而诗的正文只有56字,"题文比"之倒挂,网文亦难望项背。这恰似打开一条"最新发布!因为某某,假期延长一周"的微信,内文只有"做梦"二字。一笑。

13　磁带里的"网课"

新冠肺炎疫情爆发,网课趁势而起。随之,又出现了许多调侃的段子。以我古板的脑筋想来，网课不算新鲜事。几年前，就有慕课兴起，网络上"名家讲座"之类又更早一些；再往前推，电大、函授，也可算作网课之远祖吧。

一次偶然的机会，我听一位评剧名家讲述学艺往事。她说，80年代拜师学艺，因与老师住在两个城市，无法亲炙。就用录音机将习唱录在磁带A面，寄给老师。老师听后，在B面录下改进意见，以及示范演唱，再寄给她。她拿到后，仔细听了，抹去A面习唱，再录一遍，又寄给老师。如此AB往复，持续了多年。她讲得很平淡，最后说，可惜那时磁带贵，没把老师所唱都保存下来。谈者沉浸往事，听者无不动容。一盘磁带，造就了一代名家，也留下一段艺坛佳话。

这可算带引号的"网课"吧。自打人与人之间有了隔空交流的方式，而这种方式又不停地演变，出现今天的网课大概也是进化之必然。不过，我想，网课应是偏正结构名词。其本在课，寓形于网，课为本，网为末。不过，摄影头和屏幕，总会给人暗示：演出开始了！

上课本就带表演性。讲课者声音悦耳，舞之蹈之，摆首摇肩，如有助于课之内容，自然是好的。写到这里，想起读书时，上过一门课叫"古代科技史"，老师虽为工科毕业，却钻研文字学，课上讲了不少他研究甲骨文之心得。讲到与"人"相关之字时，必亲身示范动作形态，或蜷手上探，或金鸡独立。其形其神，我至今不能忘记。若他出山开授"网课"，成"网红"如探囊取物耳。

不过,网课如戏,全凭演戏,不是什么好事。"课"总以传道授业解惑为主,不必刻意追求演技。这么说,不是认为网课为疫情权宜之计。相反,网课或是时之所趋。以后的学生,一块屏幕足以解决学习之需。若真对科技抱定信心,更应去减少演技,显出"课"的本色。

14 微博里的钟声

几年前,出差杭州,在西湖边,碰见一群以拍摄翠鸟为乐的人。行话叫"打鸟人"。听起来有些暴力。据说鸟来时,相机齐按快门,声如多枪并发,是有此谓。其实,打鸟之人大多安静、温和。有的为得一幅与翠鸟对视之相片,头戴斗笠、身套皮裤、手持木杖,站于湖边水浅处长达半日,终得鸟主子巡幸,落于杖首,与之对视,又降临头顶,践之履之,幸何如哉。

有一位拍鸟老者告知,他写博客,时有所作,并曝光鸟之美照。不过,他从不以照片参赛,纯为自娱,记录人生罢了。我想,这是真把博客当日记写的人。

写博客是要一些毅力的。十多年前,我曾在陕西耀县工作了一年多。那是药王孙思邈隐居之地,山野碑刻散落,乡人多善书者。又有幸作全陕之游,寻访革命者转战陕北之路线;观陕南风土人情，知其更似川鄂之地。这些风貌与我南方的老家及谋食之北皆不相同，让我常有新鲜之感。工作之余，就写了不少笔记。择自以为佳者，公布于博客。

不过，写着写着，就懒了，先是越写越短，继而无心排版，慢慢丧失了坚持的兴趣。离开陕西后，数次发下续写之愿，终未能坚持。反思原因，总是虚荣心作怪。开博之时，或打定主意写给自己看，权作日记。既写之后，便盼有人来看，进而希望人留言、评论，甚至斤斤于阅读量。凡一动此念，便生了"执"，写出来就不是日记了。更何况，博客本是公共空间，社交媒体应信息交流之运而生，要想我行我素，真是难上加难。

我曾见过一个微博，好像叫"钟楼"。每日定点报时，几点钟便发几个"铛"字，除此之外，再无一言。有人留言，任赞任踩，绝不回应，似乎真的只是一座网上"钟楼"。奇的是，阅读量也颇高。开此博者，若非哗众取宠，真有度人之大慈悲。人生之事，无非按时敲钟，不早不晚，准点准数，持之以恒，便为大德。

15　随便翻翻也挺难

女儿刚上小学的时候，某天抄写生字，不一会儿大喊手快断了。我问抄了多少，她说50个。我说，等你长大了，要写500

个都不止呢。她不以为然说,"你们大人那叫写字吗?不过是敲电脑!"说完,轻蔑地走了。

其实,在我们大人的世界里,电脑早已摆脱娱乐的标签,变成学习和工作的工具了。今天的阅读越来越网络化。一份权威机构的报告说,截至2019年6月,我国网络新闻用户规模6.96亿,占网民整体80.3%,网络文学的用户规模也有4.55亿,占53.2%。加上在网上阅读其他内容的,人数当然更多。

阅读上网带来读书法的改变。文人好为人师者多,喜欢教人读书的也多。40年代,商务印书馆出过一本《古今名人读书法》,名人们有的说泛读好,有的说要精读。以我的体验而论,读书没什么法门。若非要说诀窍,那么,多读比少读强。有时间,只管读就是了。候机、等车,找个书店,随便翻翻,也是好的。记得鲁迅写过《随便翻翻》,汪曾祺则《谈读杂书》,看来先生们也主张不要管书的分类,各类书都要读一点的好。

说到分类,从古代的四部到近代的七科,再到当下通行的中图分类法,以及一些书店标新立异的分类法,反映了一个时代人们知识的总体框架。图书馆和书店,也有受推荐而放在显赫位置的书,却不构成对其他图书的信息遮蔽。所有的书,依然按其类别,摆在自己的位置上,静候挑选。随便翻翻之妙,就在于有规则地游走于不同类别之间,又不为一家一派所囿。

在网上想"随便翻翻",可非易事。且不说有些新闻和阅读网站自以为是的定点推送,提供给你筛选过的信息,诱导你集中和夸大自己的兴趣点,即便是搜索引擎,也总是暗搓搓地努力成为你信息轨道的扳道工。

其实,又何止读书,我一度想在网上写点东西。敲完之后,网站总要我给文章选个"标签",结果引发选择恐惧症,遂放弃了随便写写的打算。

16　等待约等于期待

这几年,闲时作一些影评剧评。近来电视剧越拍越长,有时竟达五六十集。当然,长不一定品质低。日本电视剧《阿信》将近300集,追着看,一年才能看完,但也风行一时。这和当年文娱节目少有关,但纵以今天眼光来看,也堪称精品。

古人嘲笑啰唆文字曰:"一个孤僧独自归,关门闭户掩柴扉。半夜三更子时分,杜鹃谢豹啼子规。"此诗虽同义反复,读来却朗朗上口,多少还有点形式美。当下一些电视剧则不然,注水催肥,如观懒驴拉磨。

有时,约稿人好意相劝:你挑着看几集,不用看完。奈何我习性已成,未览全貌,不愿动笔。为何如此?或受"小猫钓鱼"故事之影响,更主要的大概是文化贫乏烙下的印记。

少年时,喜读小说,大都从镇上小图书馆借来。馆里规定每次只可借两本,一周只可借一次。电视剧更是如此,每天一集或两集,定点定量,重播可遇不可求,赶上某日全镇停电,失望而惨痛,亦无可挽回。后来,有了家用录像机,看剧松快多了。快进、倒播、暂停,丰俭由人,收放自如。现在网络观剧,更不待说。

艺中老饕看戏讲究戏核。梨园轶事有载,真戏迷听戏只为角儿最经典那句唱,买了票在戏园子外候着,心里算着快到某句了,进去,听,叫好,回府。这等气派,赏艺已成人生仪式,今日狂热的粉丝难以望其项背。不过,老饕之炼成,需花精力、交学费,非一日一时之功。

观看技术的改进,让普通人得以轻易攫取最可口的片段。不过,没有老饕的戏龄,最可口的未必是最精彩的。纵然是最精彩的,断片式欣赏也不是最好的选择。好比游览一座园林,穿堂过屋,直奔导游图上那几个红点,远不如信步回廊,细品进退明暗之妙。朱光潜先生说,阿尔卑斯山谷中有一条景物极美之路,插着劝人慢走欣赏的标语牌。

人生是一场等待。等待约等于期待。而期待,是生活的本领。

17 惊雷与驴叫

有首"歌"叫《惊雷》,先是大火,后遭痛斥,还"撕裂"

了朋友圈。现在的朋友圈也真脆弱,动不动被撕且裂之。《惊雷》是不是"歌",不妨存疑。不过,到底什么是歌,大概和什么是诗一样,找不到万口一辞、永恒不变的答案。

要我说,《惊雷》是一种有意味的声音,虽然"歌词"是网络名词语汇碎片组成的大"折箩",但节奏快、好玩、爽,心情烦闷的时候听一听,有发泄舒缓之功效。

刺激心情的声音,本不一定是"歌"。魏晋文人王粲好听驴叫。他病逝后,曹丕参加葬礼,别出心裁地带动文学圈,"我们一起学驴叫",为王粲送行。

其实,打动人心的声音,又何止驴叫。有心者,万籁皆可入心。天地间诸种声音均能和某种心境相应和。狂风吹动树叶,大雨打在水面,小鸟枝头私语,蟋蟀草中弹琴,无不让人心意萌动。这也正是人之常情。

抖音上常有山寺或村野雨声的短视频,或强或弱,十分减压。中国人历来有听雨的传统。枯荷听雨,被视为风雅之事。南宋词人蒋捷有一首《虞美人·听雨》,词曰:"少年听雨歌楼上,红烛昏罗帐。壮年听雨客舟中,江阔云低,断雁叫西风。而今听雨僧庐下,鬓已星星也。悲欢离合总无情,一任阶前,点滴到天明。"人生路上百般况味,尽在其中。

雨,无非是自由落体的水。听雨,听的是往事和内心。当代有位艺术家李剑鸿,从山雨中得到灵感,雨声即兴,创作了多首曲子,也颇可一听。

我上大学时，宿舍楼前有两排高大的白杨。入学不久的某天中午，忽听窗外沙沙作响，下意识地以为是下雨了，推窗一看，原来是风吹白杨。叶子被风拂动的声音，和南方老家的细密的雨声，还真有几分相似。从此，看到白杨，总会涌起莫名其妙的思乡之情，虽然这种植物在我南方老家极为罕见。

声音是沟通世界的密钥，不论雨声、《惊雷》，还是驴叫。

18　云端藏书楼

藏书自古便是风雅之事。而藏书家非有累世之积，难得大成。近代以来，公共图书馆、博物馆兴起，私人藏书趋于凋敝。翻看近世书林轶事，只见私家藏书楼之倒掉，很少见有新的崛起。

我平时也喜搜罗书籍，称不上藏书，也没什么珍本秘籍。上学时没钱买书，工作之后手头稍宽，又愁无处放书。于是，转而在网上寻找电子书。可惜，真正的电子书兴起年头还不长，种类也不多，学术方面的书就更少。一些印行年代稍早的书，并没有电子版，如果有，多半是私下翻拍制作，类于盗版。我见过专事出售旧版书、绝版书电子版之网站，所藏之丰，叹为观止。需要某一本书时，在线交款，不需多时，便自动生成下载链接。

就古籍而言，这也算是好事。但新书电子版在网上流传，甚至出售，必对作者造成伤害，若是小说或其他畅销书，更是如此。曾看到一则消息，有个图书馆的员工利用馆中库藏，拍摄制作了不少电子书牟利，客观上或有利于书籍传播，但监守自盗，实在大不应该。

就我个人体验而论，电子书实为无奈之举，屏幕上读书，总觉得隔了一层，到底隔了什么，却又说不出来，说到底恐怕还是个人阅读积习。不过，电子阅读实乃大势所趋。就像现在仍有人偏爱手工缝制的衣裳，但对于普通人而言，机器成衣才是日常穿着的主流。

既然如此，建设云端的藏书楼，专事收藏电子资料，尤其是前电子时代资料之数据化，实有必要。当然，除了版权带来的法律和道德问题，这里也还有技术问题。科技昌明之今日，很多道德问题或法律问题，也可通过技术手段解决。

比如，以我有限的"脑洞"，也想到可设计一种专门的阅读软件，用户实名注册，"借走"之书，只可凭借阅读软件读之，无法复制，也无法转移，且设定阅读时限，过期便无法打开。如此，读书人坐拥书城，幸莫大焉。

19　单曲循环

前些天，一位年轻人在我朋友圈里留言说，她一度用手机听歌,现在又用回磁带机了。手机可以随时搜到任何一首想听的歌,但反复换歌,有时甚至听不完一首歌,令人浮躁。相反,外出时带一两盘磁带反复听,倒让人内心平静。

她的话让我想起那些听磁带的日子。那时,去哪儿都带个随身听,就像后来有些人去星巴克必带笔记本电脑一样。15年前,我在陕西的耀县工作,有一次去山西沁源。从地图上看,关中到晋中,两地并不远,然而交通十分不便。当时没有电子地图规划路线,我先到了西安,在那问明并无直达沁源之车,必须在太原或临汾倒车,于是坐了7个多小时长途汽车到山西临汾,在临汾住了一宿,一早起来,又坐了7个多小时大巴,下午才算到了沁源。

一路上,经过风陵渡、运城、侯马、闻喜、古县等地,这都是在史书上读到过的,知道或为关二爷、蔺相如等名人的故乡,或是古代兵家必争之地,可惜一驰而过,未得细看。进入山西后,有一段长路极难走,客车穿越煤矿,与运煤大车抢道,尘土飞扬,又常堵塞,无聊的旅途,1盘磁带反复听,竟也度了过去,听了些什么,却全不记得了。

现在旅途中可做的事很多了。即便听歌,也有无尽的选择,还能看剧、打游戏、刷抖音,等等。网络文化最大的特点是"海量"。文化产品似乎无限充足,又好像样样唾手可得,也就容易随用随弃。不知不觉中,"清零""重启"从电脑的技术术语,变成了生活习惯,又给人的心理造成巨大影响。

我们似乎进入了一个文化过剩的时代。然而，文化的质量有时不与数量成正比。面对喷涌而来的"文化食粮"，有时只能一口吞下，却发现其中可供反刍的极少，大部分"酒肉穿肠过"罢了。于是，便有些怀念单曲循环的岁月，如一头老牛，最舒心的时光，兴许是夜卧棚下，默默反刍。

20 网上"杂吧地儿"

黄昏时分，和女儿散步，不知不觉走到了天桥文化广场。天桥，是北京南城的地标，旧时称为"杂吧地儿"，乃三教九流、说唱杂耍汇聚之所。史载，1930年时天桥有62个"杂耍场子"。翻读曲艺掌故，可见不少大师级艺术家有天桥"撂地"经历。

不过，昔日景象只能从故纸堆翻找了。现在唯一的痕迹是广场上立着的"天桥八大怪"铜像，白沙撒字"穷不怕"、"赛活驴"关德俊、拉洋片的"大金牙"、顶碗的"程傻子"等，肢体夸张而富于动态，引起女儿的兴趣，走到近处，边看边笑。

雕像尚如此传神，当年真人表演一定更是了得。据民俗学者研究，"天桥八大怪"实为一群身怀绝技的民间艺人之统称，很难确指是哪八人。那么，这八座铜像，可能是公认度较高的八位吧。

站在广场，我脑补了一会儿当年场景，忽发奇想，当下视频平台兴盛，开直播的人越来越多，有些也可算网络时代"杂吧地儿"。而"天桥八大怪"正仿佛当年的"网红"。

亲眼见过"杂吧地儿"的人回忆说，天桥是狂欢式的市民娱乐场所，来这儿闲逛之人，多半是为寻求一种短暂而快速的精神放松。与剧院、影院不同，"杂吧地儿"的演员和观众都不固定，"演员也谈不上演员，观众也谈不上观众"，"就一块儿混"吧。

"狂欢"和"一块儿混"，这些词用来描述视频或直播空间其实也挺合适。在这里，现实的秩序被打碎，人得以放松地游荡，恣意地笑浪。我想，无论经济贫穷与富裕，地位高贵与低下，只要还没修成仙，都会有精神紧张、烦闷的时候。看直播也好、短视频也罢，就是希望获得精神放松。审"美"当然很好，审丑、审怪，有时也能收到这一功效，只要不越公序良俗的底线。

随着网络世界在扩张中变得庞大，虚拟文化空间也在膨胀。而我们的精神活动越是迁到网上，留一片"杂吧地儿"，也就越重要吧。

21　黑化和黑话

吃过晚饭，看看天还没暗透，和女儿出门散步。我说，"前几天咱们在天桥广场散步，我写到'作文'里了。"女儿问，"那你写我了吗？"我说，"当然。"她又说："你不会把我'黑化'了吧？"听她这么说，我忽然有些懵，刚十岁的孩子，不知从哪儿学来"黑化"这个词。

女儿所说的"黑化"，应该是"丑化"的意思。而在网络文化中，"黑化"是ACGN（Animation、Comic、Game、Novel 的缩写）亚文化圈的术语，意思大概是人格崩坏。不过，这个词早已"破壁"而出，在大众媒体上时有所见，泛指文艺作品中的角色，或现实生活中的人精神和品格等方面趋于阴暗和消极的变化，和"丑化"并不完全一样。

我没有追问女儿从哪儿"学"到这个词，这毕竟不是什么脏言秽语，顶多算二次元的某种"黑话"。而随着她日渐长大，肯定还会学到更多，有些想必是今后的我完全无法懂得的。

语词是文化的外衣。识别文化差异的最方便的办法，大概就是听人说话，尤其是"黑话"。"我和他没话说"，多半是缺少共享的文化圈层。"没话找话"，则代表了"出圈"的努力。互联网技术在勾连万物的同时，也制造着文化落差和阻隔。

前几天，有一个名为《后浪》的视频很火。其实，"后浪"的袭来，本是人间常态。演讲者何冰在视频里热忱地告诉"后浪们"："不用活成我们想象的样子。"这当然是勉励和祝愿。不过，并不是什么新话。"五四"以来，让后一代按照其自己的想法生长，纵未完全实现，也是代际问题上最有道义感的看法。鲁迅在《故乡》中早就说过，"他们应该有新的生活，为我们所未经生活过的"。

事实上,从来也没哪个"后浪"活成过"前浪"想象的样子。文化更迭未必汹涌澎湃。某句"黑话"悄然流行,透露着"浪奔浪流"的消息。宽容彼此的"黑话",而不是互相"黑化",或许是"前浪"与"后浪"一起奔涌的基本守则吧。

22 说"更"

世风变化,往往在语词中得到真实表现。每一次技术和文化的变迁,总会带来语词和遣词造句的变化。而文化的变化一旦改变语词,说明真的落地生根了。

有些新词,很难追寻演变之轨迹,不知不觉间,已百姓日用而不觉。就像节气到了,花木一下子郁郁葱葱,谁是第一片吐绿的叶子,客观上应可查考,但无多大意义。

譬如"更"这个字,本有"改换"之意。《庄子》里那个提刀四顾、志得意满的丁大厨说过"良庖岁更刀","更"就是"换"。"更"也指"更加","欲穷千里目,更上一层楼",此之谓也。

网络文化给"更"增加了新的意思,就是新的网络文艺作品的刊布。由此有了一系列新词,如"追更""催更",也就有了"追更群""追更榜"。于是,当有人对你说"今夜三更",你就要注意说话之情境,有可能是邀君密会的时间暗示,也可能是某个网文作家灵感大作,或为挽救掉粉,要在今夜放个大招,连续发布三段妙文。

网文之"更"有些像连载,但又不一样。"更"体现了作者与读者关系之紧密无间,又说明网络化的文艺创作中,这对基本关系所发生的重构:从单向传播和延时反馈变成了对话式传播与即时反馈。

有的网络小说,读起来拖沓支离,实在没什么意思,但不可断为低劣,因为很有可能是因为,你在全文完结后才开始读,缺乏了"追更"的乐趣,也就没有参与创作的乐趣。网络文艺给人的愉悦,有时过程大于结果,就像我们欣赏高明的书法,神游于线条之奥妙,文辞内容倒在其次。

"更"是一种新的文艺生产机制,也是新审美习惯的互相培养。它如一把双刃剑,有的作家,在被"逼更"中写出了足以代表时代的好作品,也有的作家,在"更"的压力下,榨干了才华,或在"追更"者的牵引下,迷失了创作的立场和主张。职是之故,更者与追更者,得无慎乎!

23　小屏一代

女儿看电视时,喜欢独霸客厅,一个人看得不亦乐乎。而在我的记忆里,电视天生是一伙人围在一起看的。我像她那么大的时候,电视机早已诞生,但普通人家有电视机的还不多,即便有,也是小小的黑白电视机。

夏天的傍晚,这不多的人家会把电视机搬到露天处,邻居们搬着板凳或竹椅,在一起看《霍元甲》《陈真》。去年热映的电影《我和我的祖国》里,上海里弄居民收看女排夺冠直播,还原了当年的场面。后来,有电视机的人家渐渐多了,大家不再露天看电视了。不过,在家看电视,也依然是家人聚在客厅的"集体娱乐活动"。

再后来,看电视的人越来越少,看手机的人越来越多。"小屏"慢慢挤进了我们的生活,"大屏"渐渐退了出去。新的人群,是在"小屏"的时代产生的,女儿就是这"小屏一代"的成员。

记得有人说过,艺术真正打动人的,其实是它的形式。塑造我们欣赏艺术的习惯的,大概也是如此。譬如"小屏"吧,因为其小,对画面、画质乃至情节、桥段等都有新要求;又因为其"小",便很难与人分享,纵是最亲密的人,也很少头碰头在一起看手机。"小屏"用惯之后,会养成"独享"的习惯,即便转到"大屏",也是如此。

当年,几十人围着电视,既为看节目,也为了聊天。在那时的底层社会,白天的水井、晚上的电视,是生活里的情报所,有多少流言蜚语从这里滋长,也有许多私密的感情在这里发酵。而在当下的"小屏"时代,交流大半是隔屏的。看剧时的点赞或吐槽,也以"弹幕"来完成,只是交流的对象,从熟人变成了生人。于是，同伴在身边的意义，变得小而又小。

不过，在小屏时代，因为共同喜欢一部剧，或因喜欢剧里的一个人，乃至一件物品，却能结识一大批同好，甚至进入一个趣味相黏连的社区。这么说来，屏幕变小的同时，天地或许更宽了。

24　互动剧与续书

近来，有一种新的剧集品种，叫作互动剧。大意是一部剧的主线之外又有支线，由此引到多个结局，观看者可根据自己喜好选择剧情的发展。好比登山看景，以前只有一条道，现在有了多条岔道，站在岔路口，不同的选择，带来不一样的景观。

我试着看了几种，或因这是个新品种，制作不算精致，却让人感到一种新鲜的生长性。假以时日，这种新的剧集样式，应会有好的表现。因为它增加了看剧的趣味，又调动了观者的"创造性"。虽然这种创造性必须打上引号，因为说到底，这并非观者成了作者，只是提供了多一点选择而已。

当然，也有人不以为意，理由是优秀的剧集，必有一种最合理的线索，以及一个最恰当的结局。其余的路，不过是歧路，并无实际的价值。对此，我不敢苟同。因为说到底，艺术也并无实际价值，只是提供一种过程的愉悦。艺术最大的律令，无非是承认每个人定义美的权利;而其最深沉的追求,又无非是扩大美之塑造与呈现的可能。

读过《雪山飞狐》的人,都忘不了结尾那个悬念。胡斐发现了苗人凤剑法的破绽,这一刀是砍还是不砍?金庸在此戛然止笔,卖了个关子。在后记中,他说,"曾有好几位朋友和许多不相识的读者希望我写个肯定的结尾。仔细想过之后,觉得还是保留原状的好,让读者们多一些想象的余地。有余不尽和适当的含蓄,也是一种趣味。在我自己心中,曾想过七八种不同的结局,有时想想各种不同结局,那也是一项享受。"我想,如重拍这部电视剧,不妨把它变成互动剧。

于是,想起古代名著多有续书,《红楼》尤多,《西游》也不少。童恩正先生的《西游新记》里,悟空带着两位师弟到美国留学,写尽世态人情,令人不忍释卷。而《金瓶梅》仿佛也可看作《水浒传》之支线。若有人把这些续书、支线糅在一起,拍成一部互动剧,岂非妙哉?

25 名著会过时吗

1948年,诗人、考古学家陈梦家先生有一次西北之行。当地的报纸以"记兰州文艺工作者座谈会"为题作了报道。其中写道,"对于好的文艺电影片子会不会代替了名著,诗人认为只会代替一部分，好的文艺著作还是有其恒久生命的"。这则轶事，是我最近才读到的，觉得颇有意思，就抄录了下来。

如果从1905年的《定军山》算起，陈梦家说此话时，中国电影已入不惑之年。电影究竟该如何发展的困惑，虽然至今还在，但当年确已拍了不少文艺片，时人有此一忧自在情理之中，陈梦家的回答也十分妥当。

70多年过去了，名著"无人问津"的哀叹时有所闻。这些年，不管论者是否挑明，捡此话头者多指向网络文艺勃兴之冲击。我一直坐地铁通勤。发现在地铁里拿着书看的人确实逐年减少，看杂志报纸的更少；举手机的却越来越多。手机上当然也可读文学名著，不过，让大部分"低头族"低头的恐并非文学名著。

不过，这也不值得大惊小怪。从文艺发展史来看，媒介变化的意义，从来不比内容小。如果说名著里有滋养人的精神和思想，因而构成了一道文化彼岸，那么，媒介正是前往彼岸的交通工具。小木船或大飞机，舱位有宽窄，速度有快慢，若从乘坐体验而言，却各有各的好处，也各有各的风景。

媒介的发展，构不成线性取代。其实，岂止电影，新艺术种类的出现，几乎都为名著创造了新的存在形态，也会抢走一部分"用户"，但这正说明名著生命之恒久。拿老少咸宜的《西游记》来说吧，戏曲电视电影连环画，版本众多，连主题网游也已有了好几款。一部"名著变形记"，大概也就是其接受史。

真正值得忧心的是名著"变形记"成了某些人或机构非法获利的"变形计"。前段时间，听说有的阅读网站竟把《西游记》的版权也收入囊中，起吴承恩老先生于地下，真要哭笑不得了。

26　用身体阅读

今年的北京书市在朝阳公园举办。周末的上午，我拎着袋子，前去淘货。可能因为疫情没有完全结束，书市规模比往年缩水不少，买书人也少。北京书市始于90年代，最早设在劳动人民文化宫，也就是太庙。我上大学时赶上了最后几次。那时卖书的多，买书的人也多，挤来挤去，足可逛上一天。2002年开始，书市转移到地坛公园。2014年，又搬到了朝阳公园。

现在的书市不如以前热闹，主要因为网购发达了，即便淘旧书，也有专门的旧书网站。以我而言，近来从实体书店买的书，十无其一。

我有一种感觉，这些年，"阅读"被反复炒作，几乎成了受人膜拜的象征，书店也像泥雕木塑的菩萨，为了阅读膜拜而摆摆样子，而书市，仿佛进香祈福的庙会。但一年一度的书市，我总会抽时间逛上一圈，不为进香，只如访旧。

和前几年一样，今年书市专设古旧书区，这正是我的重点所在。书市最早打的是"特价牌"，后来又打"文化牌"。不管怎么宣传，书市都不过是平民的乐园而非收藏家的拍卖会，并无什么珍稀版本，所谓古旧书，不过是出版年代稍早一些的书罢了。偶然有些民国时期的书刊，即便价值不高，也被锁入柜中，视若珍宝。好比《藤野先生》里写的，把白菜"用红头绳系住菜根，倒挂在水果店头"。

  不过，快乐并不总和珍稀画等号。淘书，尤其淘旧书的乐趣在于随意翻检，从发黄的纸页中读旧如新。还有就是纸张带给指尖的感受。我以为，除了思维的认知，阅读还意味着某种身体感知，手指与纸张的接触、翻动的速度和频率，以及书的厚薄、开本，包括纸张的粗细、色泽，都影响着阅读本身，带给人的感受丝毫不亚于书的内容。对于我们这些从纸质书年代过来的人而言，尤其如此。而这是网购无法提供的。为此，书店也好，书市也罢，重要的事或是维持和提高阅读的身体感知吧。

27 从软盘到云盘

  一张关于 3.5 寸软盘的淘宝问答截图，让很多人唏嘘不已，起因是有人看到图后问"这不是保存的图标吗？这东西也有手办？"看到这个段子，我下意识地点开"我的电脑"，这才发现"3.3 寸软盘（A：）"这个提示不知什么已经不存在了。

  时间过得真快啊！不久前，我似乎还在用软盘存文档。一眨眼，它已悄悄离场，"后浪"们都不认识它了。这真是：软盘归来人不识，惊问手办你是谁？不过，软盘虽已谢幕，空位依然留了下来，今天电脑磁盘的序列还是从"C"开始，仿佛是对岁月的纪念，也像人的那块尾椎骨。

软盘诞生于20世纪60年代，在没有U盘的年代，谁家没几个软盘呢。软盘容量是小，但话说回来，在它称雄的那会儿，需要拷贝的文件也不大。U盘肚量可就大多了。后来的移动硬盘，存储空间更是大得吓人。我有时心中犯嘀咕，一个人有那么多需要保存的东西吗？不过，大容量毕竟更受欢迎。我们谁都知道卧眠七尺的道理，但谁又不羡慕豪宅呢？此乃人之常情。

等到"云盘"出现，存储更加方便，而且有了空前的稳定性。随着时光的冲刷，纸片会发黄、变脆、破损，软盘、U盘、磁盘哪个也无法规避不能读取的担忧，然而，岁月损折的魔咒，对"云盘"却似乎失效了。不过，各家都有难念的经。"云盘"的问题在于，它不在使用者手里。拿存钱打个比方，软盘、U盘或磁盘，类似于把钞票锁进自家抽屉，而"云盘"是存进了银行。我们需要付出另一种信任。

对银行的信任，本质上是对现代金融体系的信任；对"云盘"的信任，骨子里是对网络时代的信任。而信任，对个体而言，或是道德自律，对社会来讲，则需各方深度互嵌，如同榫和卯咬合在一起，谁也别松口，否则一拍两散，屋倒楼塌。从"软盘"到"云盘"，留下了我们深度卷入网络时代的印迹，也告诉人们当好榫卯的道理。

28　收藏夹与收藏家

打开网页或微信，最让人犯怵的选项是什么？好像是"收藏夹"。每次上网浏览发现了有意思的文章或视频，总会赶紧"收藏"起来。如此做法，有时确为当时无法细读，有时却是不知该不该细读，不管三七二十一，先收起来再说罢。

慢慢地，我的"藏品"越来越丰富，但真正仔细读过看过的很少。每一次点"收藏"，仿佛都在与自己签一份合同：在不远的某天，预定下赏阅藏品的时间。可悲的是，这份合同的履行很成问题，几乎次次都爽约。

真鼓起勇气打开"收藏夹"时，就像打开了一个陈年累月缺乏整理的储物柜，腐朽之气扑面而来。琳琅满目的"藏品"，横陈于目前，却记不清当初是为何而藏，也提不起当下认真翻阅之兴趣，只好草草了事，任其继续堆积下去。

网页"收藏夹"造就的网络"收藏家"，我想或许为数不少。缘由何在？板子当然不能打在网页设计者的身上。说到底，是因为我们对网络时代信息处理的方式还不够适应。

譬如，当我走进图书馆"随便翻翻"时，逡巡于书架之间，找到想细读的书刊，便拿在手里，攒得多了再抱起一摞，心满意足地回到座位上享用，目力和体力，包括闭馆的时间，乃至于管理员冷冷的目光扫过，无形中要求我克制贪欲，并提醒自己不要做出眼大肚小的丑恶行径。

但是，网络阅读的环境下，不论是可获取的文章的数量，还是存储的空间，似乎都无穷无尽，至少网络作出了这样的许诺，让我得以乐此不疲地收藏。有的网页特意标明此文已被多少人"收藏"，诱导读者一起加入"收藏家"的行列，好比看到有人抢购，不去排个队，就没法过心里这道关。

我想，人类迄今为止的一切文化、伦理以及心理建设，大体都建立在有限的基础上，世界是有限的，人也是有限的。当这个世界呈现出无限的样貌，即便只是假象，也让我们面临考验。收藏还是不收藏，便在这场考验之中。

29 "干货"崇拜

打开手机，经常会看到"满满的干货"这样的标题，有时，"干货"也被用作赞语，指内容重要、实用性强，用西南方言来说便是"扎（za）实（si）"。

"干货"的这个新意思是近几年才兴起的。这两个字以前常在货栈看到，前面多冠"南北"二字。南北干货，涵盖了一切海鲜和山珍，各式各样摆在一起，是交通不便年代里的一幅美食地图。烹制干货先要泡发。和刀工一样,泡发是一个好厨子必备的手艺。

天之道,损有余以补不足。反过来,心中渴望的是现实缺少的,也是至理一条。如今人们喜欢"干货",大概和"水货"太多有关。

吹牛不上税,自古如是。说好听点,胜在气势、美在气质。《三国演义》里,曹操对战孙刘联盟,号称率军八十万,史学家考证实际人数不足三分之一。流行在网上的东西,水分就更多了,听者不仅无需"泡发",反而要绞透沥干,才能得其实质。

不过,渴望"干货"太甚,也会生出一种"干货"崇拜来。这几年,"划重点"也不过瘾了。"十分钟讲完一部电影","半小时听完一本书",甚至"六十秒看完一部剧",诸如此种,遍网皆是。

看架势,似乎几千年的文明可以捏巴成几块压缩饼干,三口两口吞落肚中,万事大吉。然而,文明毕竟是无法压缩的。真正的好书、好戏或者优秀的电影电视剧,好就好在囫囵一个,没什么"重点"可划。

说大一点,文明也是囫囵一个。评判"货"是否"干",有时还取决于评判者的立场。譬如,有人觉得六朝骈文是文学史里的水分,应该挤掉。但是,你读"风萧萧而异响,云漫漫而奇色。舟凝滞于水滨,车逶迟于山侧",或,"天与水兮相逼,山与云兮共色。山则苍苍入汉,水则涓涓不测",这些文字在人脑中勾勒的画面，以及诵读时带起的节奏，难道不香吗？因此，与其搜罗"干货"，不如囫囵拿来，让自己的肠胃去选择吸收。

30　创意与融梗

　　有时候，读一本书只能记得一两句话。前几天，读到江苏衡正安先生文章中一个有趣的比方："即便两块相同的冰，不融化也碰不到一起。"文章是讲书法史的，我完全外行，但深被这个比方所打动，因此它灵动地讲出了文化交流的规律。

　　由此想到别出心裁的创意之可贵。有个网络词汇叫作"梗"，大体是指网络上流行的某些片段或元素。而大凡能成"梗"者，多少是有些创意的。于是，又有"玩梗"之说，即对有趣的"梗"之把玩。套用一下这话，前文提到的比方，可名之曰"融冰梗"。

　　互联网的时代，网络构建了一个庞大的观念集市。思想观念如水流动，传播很快。古往今来，互联网可能是最能激发创意的媒介手段和信息空间。然而，天使的一半是魔鬼，互联网可能也给剽窃创意提供了最大的方便。因此，除了赤裸裸的抄袭、复制之外，又有了所谓"融梗"，也就是创意的袭用。去年颇受好评的青春电影《少年的你》，就被有些人指为融了《白夜行》之梗。而在一些人看来，"融梗"实为抄袭的近亲，或者一种更具机心的剽窃；因而也就更加可恨，就像骗子带给人的痛苦经常远大于小偷。

其实，古人似乎也有类似说法。比如，论诗向有"夺胎换骨"之说。所谓"不易其意而造其语，谓之换骨法，窥入其意而形容之，谓之夺胎法"。"换骨"有些像"洗稿"，而"夺胎"则有"融梗"之嫌。按照现代版权保护的观念，夺胎、换骨都是不可取的。

思想确实需要交流，创意也是在彼此借鉴、启迪中才更能迸发。"一个作家写了太阳之后，所有的作家都为了规避抄袭而不敢再写太阳"，并不是好事。但是，借鉴也好，玩梗也罢，还须正大光明，说明出处，好比古人作山水画，常说明取自某人诗意。毕竟，即便两块火石，不碰撞也无法出现火花。行文至此，忽然发现我也好像融了衡先生的"融冰梗"。

31　主播的底线

中午昏沉沉之际，忽刷到个小视频，不由睡意全消。视频里，一个极度肥胖的小孩在认真地吃饭，面前小桌上，一碗米饭、一碗凉皮，还有一碗菜汤样的东西。孩子脸上全是肉，嘴被挤作个小 O，一勺接一勺，吃得目不暇顾、津津有味。

发视频者说，这是转自某位带货主播。又说，这位主播天天发孩子吃饭视频，以此赚流量，然后卖货。孩子显然已是病态，如视频确为主播原创来吸流量，实在跌破了道德底线。如拍摄者真是孩子妈妈，更让人既悲且愤。

许多年前，我老家小镇上常有"怪物展"。办展者找块空地，搭起帐篷，支起的广告板上画着稀奇古怪的生物，大喇叭声嘶力竭地叫着，大意是百年难遇、千年一逢，招徕人们买票去看。票也不贵，一块半块的。有时候，还打上"科学奇观""自然之谜"的高级幌子。乡间没有动物园、植物园，日子乏味，"看稀奇"就有了独特的诱惑力。

我小时候也曾挡不住诱惑，缠了大人买票去看。进到帐篷里，地上散落着一些笼子，里面或三足鸡或两头蛇，都木木呆呆的，不知是真是假，也不敢走近去看。也有叫声如娃娃哭的鱼，后来知道就是大鲵。此外，还有些大玻璃瓶子，泡着各色标本，标签上写着"怪胎"，隔着玻璃，夸张变形，望之可怖。有一次，竟然见到了大头的死娃娃和长了大瘤子如双头怪的活小孩，吓得我此后再不敢"观摩"此等展览。后来，竟隐约听说，这些生了病的孩子，是办展者的孩子或亲属，愈发留下了心理阴影。

本以为，这些儿时所见早就忘了，午间看到这个视频，忽又让我想了起来。在我想来，当年办展之人，纵是穷困潦倒，孩子得病无力救治，也不该反拿来展览挣钱。同样，今天的网络主播更不该发布此类视频，即便面临流量乃至生存的压力。人类良知的表达方式，可能因科技革新而变化，然其底线，却应始终如

一、与人类这个物种共存亡。

32　一句歌王

我的读书年代,没有智能手机,也没有丰富的网络生活。熄灯后的卧谈便是极好的消遣。记得有位同学夸口对流行歌曲无所不晓,大家就要他尽数唱来。为节约时间、降低难度,凡能唱出一句,就算他通晓一首。于是,他款款开唱,果是行家,句句不绝,连绵不断,听者无不佩服,公议上"歌王"之号,异议者云,毕竟只是一句,需在歌王前加一限定才好,最终贺号"一句歌王"。此举后来被其他宿舍仿效,"一句诗王""一句词王"纷纷加冕。或许因为有此经历,后来我看唱歌、背诗的综艺节目,总会有似曾相识之感。

当然,现在的综艺节目藏龙卧虎,明争暗斗,可不是"一句"能蒙混过关的。真以"一句"取胜的,是各类短视频。打开抖音或别的短视频软件,秀才艺的不少,不管是唱一段、跳一段,还是扭一段,武一段,短的只有十几秒,长的大多几分钟。抖音神曲多,容易被洗脑,但盘旋在脑中的,几乎没有完整的旋律、歌词或故事,往往只有"一句",如"00后的同学,不会说方言"或者"来根华子",伴随着一两个手势或身段。

我想,这是一种随着短视频兴盛而来的"碎片化"文艺样态。"碎片化"这个词似乎自带贬义，让人想到残缺、破裂。而我们的文化偏好推崇的是完整、团圆，不自觉地抵触残缺、破碎。即便奇石要"瘦皱透漏"，古树讲究虬曲盘结，也很少与残、碎挂钩。偶有文人能参悟碎片之意趣，也难推广到众生之中。说到当下好些"碎片化"文艺，确是把完整的作品打碎而不是浓缩后捡出的某一片，这当然有问题，比如缺乏完整叙事，无法表达复杂的艺术结构，难以承载隽永、深沉的思想。不过，"碎"意味着短，也就意味着易学易演，多少降低了文艺的门槛，让有才艺的人有了自己的舞台。如此想来，不妨给"一句歌王"们的表演改个中性些的名字，叫它"短文艺"吧。

33　林有有和黄世仁

最近，网上多了种"奇观"：一个满脸愤恨的女人，对着屏幕怒目而向，而屏幕里正播放电视剧，女人忽然跃起，口中念念有词，以掌猛击屏幕中女性角色的脸，瞬间又化掌为爪，划拉屏幕作撕扯状，有的嘴里还喷出些唾沫来。

这个受攻击的女性角色名为"林有有"，是这部剧中的"绿茶"。"绿茶"是个网络词汇，和茶叶无关，指一种类型化的生存状态，大意为外表无害、内富心机。

这部剧我还没有看，但网上泛滥的"奇观"，让我想起一部经典作品《白毛女》，里面有个大反派黄世仁。据说，当年给部队演《白毛女》，戏演到黄世仁污辱喜儿时，台下有个战士又气又急，端起枪来要枪毙台上的"黄世仁"，亏得周围之人及时制止，才救了演员一命。

我觉得，这个战士对"黄世仁"的恨，比今天网络视频里对"林有有"的恨，可能更真诚一点。我有种顽固的偏见，喜怒哀乐一旦视频化了，变成表演，就不那么真实了。真有相似经历而恨"林有有"的，未必会拍成视频；而拍成了视频的，又未必是真恨。

况且，社交媒体平台上的情感，很多时候是互相影响的，表现情感的目的大半也为寻求认同。大家都在恨"林有有"，你若也恨，便是自己人，若站出来反对，极有可能被视为"林党"，同样遭掌击爪挠唾沫星。而且，痛打"走狗"必需狠过"主人"，又是人之常情。

纵然如此，这也说明电视剧里"林有有"的表演是成功的，至少她已造成了一次网络狂欢，就像前不久《隐秘的角落》里的奥数老师"张东升"。

古人说，三十而立。这部电视剧名为《三十而已》。看到这个名字，我忽想起网络文艺在我国也快三十年了。而互联网化了的情感，也渐为人们关注。我想，只有创造出更多比"林有有"更林有有的形象，网络文艺才能三十而立，而不是三十而已。

34　下一站游戏

和女儿聊天,她说了个网络游戏的名字,忽然停住了,自觉说漏了嘴。其实,我不反对玩游戏,但也不公开允许。

这几年,我比较关注网游,有时写点文章,但我不是资深玩家,更不痴迷。某次参加一个网友的讨论,有研究者说,不玩游戏或资历不够深的,无法做网游研究。这话我不赞同。想想相似的情况就可以明白。出家人可以研究宗教,在家人也可以。研究毒品的更未必是瘾君子。再极而言之,研究人类的是人,研究动物的也是人。人文社科领域,研究者知识背景多意味着视角广,也就可能获得更全面的看法。反过来看,凡限定只有某种身份才可置喙的那些领域,大都求不到真学问。

按我的想象,游戏可能会成为新人类情感表达的载体。人类表达自己情感的载体是历史的。最简单的一个例子,以前的文化人多少会写几句诗,睹景怀人,兴之所至,拿起笔来写写画画,寄托情感。现在,大多数人家里纵然有"文房四宝",大多也成摆设。文科博士也未必能提笔写诗,比如鄙人。

但是,情感总要找到自己的载体。智能手机和社交媒体普及后,图像成为情感表达的"大众载体"了。朋友圈里或单张或四格或九格的图片,传递的情感有时比文字更精准而有感染力。

比如,一张从车窗往外拍的傍晚街景,窗上是雨点,窗前有点点模糊的红点,一望而知是前车的尾灯。看到这样的图片,仿佛感受到了雨天下班回家遭遇堵车的憋屈。如果是一段配着音乐的短视频，包含的情感就更丰富。此时，今人的智能手机成了古人的笔墨，随手拍的照片，录制的视频，仿佛一首题壁诗。

我想，在"人类情感抒发器"演化之路上，智能手机也不过是中途驿站，肯定还会有新事物出现。游戏或许会是下一站。20年或更短时间之后的人，很可能会制作一个小游戏来表达爱恨情仇。别以为这事儿很高端。就在20年前，很多人一辈子也就拍几次照呢。

35　馍得自己掰

进入网络时代后，"碎片化"成为常听到的词。早有人说，当下阅读是"碎片化"的。"短视频追剧"则是另一种碎片化。打开视频网站，不少电视剧、电影被制成了多个短视频。有的是"剧情快剪版"，去掉了起承转合，直奔主题；而那些"名场面cut版"，则多少有些像折子戏。客观地讲，如剧情本身注水——这是当下剧集常态——快剪无非"甩干"；但若叙事原本丰满，就好比把枝丫横逸、繁叶藏花的树枝削成了棍儿，拿着虽然顺手，美感却也无存。还有把剧情、花絮、评述剪辑在一处的，其实可算"剧评"，只是采取了视频而非文字的形式。当年，法学家苏力分析《一个馒头引发的血案》时，就认为这是篇不错的文艺评论。

"碎片化"的利弊已讨论了多年，并无结论，或许不会有结论。当我们说阅读变得"碎片化"时，通常指休闲性质的大众阅读。就专业阅读而言，社会再是变化，也总有坐冷板凳完整阅读之人。而作为休闲手段的阅读，开卷有益，读无定法。读比不读强，多读比少读强。所以，如果生活只提供了零敲碎打的阅读条件，那就零敲碎打地读下去吧。

退一步说，思想、知识固然是成体系的，但学习知识的从来是碎片化的。问题的关键在于，这些碎片是根据自己的心意捡来的，还是别人切割好后递给你的。若是前者，实无大碍。谁不是步入知识的殿堂，从满地的碎片中捡起几篇，再慢慢黏成一个呢？如是后者——这其实也是当下常态，短视频剧尤其如此——就多少需有些警醒。电视剧虽为大众文化，无甚高论，但完整的故事自有其独特的意蕴。黄瓜拍碎后，味道尚发生变化，何况故事呢。

既然写到了黄瓜，又想起来在陕西吃泡馍。按老理儿，食者需自行把一大块白馍掰成小粒，再入羊汤煮食，图省事的则交给餐馆在机器上切作小块。不过，会吃的人都知道，切的可没掰的地道。

36　库单

或因我学历史的缘故，常受到"数据库"资源的分享。各种库名目繁多，内容丰富，大多需要重金购买，偶然也有免费的。以前，好学者总喜欢向人索要"书单"，好为人师者则爱给人开"书单"，或许，再过几年，"库单"可能要取代书单。

记得上大学报到时，曾领到一张学校发的"书单"，分为必读与选读，古今中外，无所不包，从经史子集到鲁郭茅巴老曹，又从苏格拉底、柏拉图到黑格尔、康德、罗尔斯，A4纸打印了厚厚一沓，据说是征求各系老师意见而列的，似乎给新生敞开了人类文明的大门，说实话让人不寒而栗、望而却步。

这有些心理学上的根据，人面对过于繁重的任务时，往往索性躺倒不干。民国时期有过向梁任公、胡适之等征集"青年必读书"的活动，鲁迅先生最有个性，明说自己"开不出"。不过，造化弄人，几十年后，他的书却成了许多"书单"上的"必读书"。

我一直以为，读书可分两种。一种是吃饱之前，为了谋生而读书，自应问题导向、急用先学，个人面临的问题既然不同，书单也只能自己开，钻研的问题越有价值，就越找不到现成的书单。另一种是吃饱之后，此时读书乃为休闲，以放松心情为要紧，又何必遵循书单，受旁人喜好的约束呢。

说回"库单"，又与"书单"很不同。"书单"再长，只要足够勤奋、身体够好，总有读完之时。数据库不一样，它的建立本不是为了"读",而是为了"检索"。但数据库保存的不见得是"原始数据",而是"洗涮"之后的数据。看似检索主题由检索者确定,实则受数据库自身结构制约,而数据库之结构,又反映开发者之思想观念和偏好。因此,面对数据库的兴盛,与其手握"库单",不如多了解数据库之特性。而对于数据库开发者而言,与其强调内容多么齐全,不如告诉使用者,库里没有什么,反而更加实用。

37 长宽高

长、宽、高,大概是对视觉对象最抽象的描述。我们的视觉偏好,也往往框定在长宽高之内,被它塑造为一种审美心理。而审美很大程度上是习惯,俗话说的,看惯了就好。长宽高格局的改变会带来心理定式的变化,改变我们对什么是美学意义上的"舒适"的看法。

举例来说,中国的书以前是竖排的,从上而下读,字体也取纵势为多。汉字是方块字,作印刷字体时,此"方"大多为长方。扁形的字多用在灯笼、榜文等特定场合。近代以后,"蟹行文字"袭来,书刊渐由直排改为横排。这在当时是件大事。1919年《北京大学日刊》创刊号有则蔡元培启事,说日刊决议用横排,但有人提出"吾国旧体文字形式一改兴趣全失","文学性质之文"必须直排的,也可网开一面。不过,横排最终战胜了竖排。1956年元旦,《人民日报》改为横排,成为横竖易变的标志。在此过程中,字体设计从长方趋于扁方。今天,我们读竖排反而不习惯了。

风水轮流转。这几年类似转变再次出现。这就是横屏变竖屏。这么多年,看电影也好,电视也罢,视觉习惯是横屏,戏剧舞台也是"横屏"的。与之相应,有一套适应横屏的艺术技巧或守则。场景如何布置,主演位于何处,都有一些讲究。近来用手机看视频的人增多。2010年,美国只有5%的网络视频由手机播放,到了2015年,比例升到三分之一。2014年,我国70%的网络视频用户用手机看,到2020年则为95%。横屏竖屏之变,不是把手机横过来这么简单,就像从竖排到横排,也不仅是版式的变化。竖屏,限制了场景展示和活动范围,也不允许多个演员同时出现。于是,剧情变得浓缩,视频时长相应缩短;主演表情、动作更受关注。对于演惯横屏节目者而言,这无疑是一次极大的改变。毕竟,人类动作的方向,左右远多于上下。看似简单的长宽高,蕴藏着不少耐人琢磨的道理。

38 你说啥

近来一首名为《你说啥》的歌火了。MV里的"隔壁阿姨"

一脸疑惑地历数网络流行词和各类"梗",秋天的奶茶、淡黄的长裙、脚艺人、996、去爬山、海王、浪姐……听到这些令自己费解的词,"隔壁阿姨"不停追问"你说啥",忙碌的儿子有些不耐烦地回答:"你不会百度吗?"

这首歌被称为"洗脑神曲"。其旋律简单、重复,确有洗脑之效,但听两遍还是觉得内涵挺丰富。三分多钟的歌,反映出网络文化的语言特色,也让人看到网络时代里的文化鸿沟。在歌里,阿姨搞不明白是个"啥"的那些词背后,是属于网生代的世界。而借阿姨之口,歌里不但列出了青年亚文化的这些语言标识,还点出了网络时代知识生产、传播和获取的方式——百度啊。正所谓:知之为知之,不知百度之。

不经意间,歌词还传递了对年轻人工作压力大、婚恋难的关心和理解,也流露出代际之间缺乏交流的苦恼。更启人思考的是,在歌的最后,"隔壁阿姨"气鼓鼓又有些伤心地说:"非得让老娘百度吗?儿子,妈会百度,但你就不能亲口和我说说吗?"原来,这位阿姨一直在"装疯卖傻",比"新词"更让阿姨闹心的,是满嘴"新词"的人。

语言是思想外壳,也是文化之锁。一旦锁上,交流就会出现障碍。前段时间,网络报道,有一位六旬女性,受到网络平台上"假靳东"之骗,离家出走,要去寻求所谓"真爱",读后令人不胜唏嘘。任何一段被欺骗的感情背后,都有至少一颗缺乏感情滋润的心灵。

过去我们老说，网络让世界变平了。其实，在网络化浪潮下变得扁平的，不止是时间、空间或者这个客观世界，还有我们的情感。网络制造亚文化群体，并拉大它与其他群体的文化距离，同时又消除不同群体的交流壁垒，把多代际的情感诉求摆在了一个环境里。因此，"你说啥"的追问，其实是人伦的拷问。

39　找回想象力

有报道，去年上海市中学生科普作品征集活动中，许多孩子对未来的想象还是"会飞的汽车""缩小的饼干"；2020中国科幻大会前夕，有位学者从近年中学生科普科幻作文的状况提出"青少年想象力跟不上科技发展"。想象力之重要，已无需引述名人名言来证明。而之所以重要，多半因为想象力超越现实，突破有限。人不能抓着自己的头发把自己带离地球，却可以依靠想象，放飞到无限之地。没有想象力的生活如一口枯竭的水井，令人沮丧。想象力跑不赢科技，着实让人担忧。

有的人认为，现在孩子们的校内校外课程安排过满，每天的时间全被占用，损害了想象力发展。这当然有道理，想象力需要放松的心态、自由的时间。什么都不做，发一会儿呆，正是灵感迸发的条件。然而，现代社会是忙碌的，而且大多是被动忙碌。谚语有云：有的人领着命运走；有的人被命运推着走。今天很多人则是被信息推着走。人们老说，保持空杯心态，才能激发想象。但今天最常有的感受却是自己仿佛一条空管子，信息浪潮哗哗流过，似乎一直处于填满状态，实际上没有留下属于自己的东西。

想象力虽然是天生的能力，也需要信息交流的刺激。我想，这种信息大概不是或至少不应全是经由互联网铺天盖地送到你身边的信息，更不是被算法挑选的符合你"偏好"的文字、图片或视频。恰恰相反，它们应该是你意料之外，让你一愣，感到陌生甚至不太舒服的信息。这种体验让人感到世界内在的不确定性，也让我们愿意想象不一样的东西。

想象力无疑是指向未来的，但未来也分为两种，一种是现有经验可以预见的，另一种则是现有经验无法预见的，显然，后者更反映世界的不确定性，也更需要想象。因此，重拾我们的想象力，除了隔绝多余的信息，还要跳出信息舒适区，把思绪伸向更广袤的空间。

40　网红为什么这样红

四川小伙儿丁真忽然成了网红，各省掀起了一场"抢人大战"。网友们还为丁真创造了新词"甜野男孩"。这些年，网红已成了我们生活无法回避的内容。以前的小学课本里有篇课文《花儿为什么这样红》,作者贾祖璋先生,是科普小品文大家。他通俗而明晰地揭开了花色的秘密。"网红为什么这样红",这个问题比"花儿为什么这样红"更难回答。

有不少公司专职制造或"孵化"网红,但回顾我们追过的网红,从BBS时代的芙蓉姐姐,到短视频兴起后的Papi酱,大多并不是哪个公司"孵"化,而是在互联网这片田野上自然生长出来的。野生的花儿没有花房里的精致,却更动人。同理,"野生网红"也更容易俘获人心。

人心是世上最难琢磨的东西,而人心中最复杂的部分是情绪。我以为,网红大概是诉诸情绪的。情绪具有感染性,会互相传染。网红之红,或许正借力于这种互相感染的力量。其效果大概类似于物理学上说的"共振"。据说,在拿破仑的时代,有一队士兵迈着整齐划一的步伐,通过法国的一座大桥,快走到桥中间时,桥梁突然强烈颤动起来,最后竟断裂坍塌,不少士兵跌落河中,其原因便是"共振"。网红之"红",估计也是切中了网民情绪的某种频率,引得整个情绪场"共振"起来。比如丁真,原野的肤色、清澈的目光,具有雕塑感的面容,地广天低,一人一马,包括他的藏族身份和服饰,都很符合所谓"中产美学"之要点,道出了沦陷于平庸生活的人们关于远方、超脱的想象。

当然,情绪是易逝的,小小的一点波动就能扭转其方向。"网红"作为精神快消品,它的反义词并不是"网黑"或"网绿",而是"经典"。就像需要经典打磨心智一样,我们也需要"网红"放松情绪。网红你方红罢我登场的流转,正是一场不可或缺的狂欢。

41 "游记"怎么办

某日闲坐,翻手边文学杂志,忽然意识到许久不读游记了。翻到刊登游记的页码,常下意识地跳过去。为什么这样呢?一个原因大概是有的游记实为"软文"。有的文学名刊老刊,竟也以笔会等名目,刊登若干"游记",还不乏名家之作,内容却是或宣介地方景点特产,或大谈乡治之善,更有"直笔"夸奖地方领导的,读来实在乏味。不过,只要不过分离谱,也可理解。文人以笔作犁,大儒如章太炎,也曾为润笔给人写过"软文"呢。

另一个原因可能更重要。因为互联网的支持,异域变为咫尺,当年的"云游"如今已是虚拟"云"游。以前读游记,不少兴味来自获得新的知识。譬如,写一座塔,何时何人所建,地理位置如何,不亲至很难知道。而个人行迹有限,读读别人游记,以他目为己观,聊胜于无。我读研究生时,同宿舍有位老兄,曾是皖东的中学教师,常抱怨工作辛苦,家事负累,无暇出游,只好狂看电视,在屏幕上"周游世界"。如今,20 年过去,屏幕由大变小,"屏游"更丰富了,不仅有视频可看,还有直播主播相陪。

图像之鲜活远超文字。即便仅论文字，朋友圈、微博里的"旅行日志""手账""攻略"，配图精当，文字精采，也比长篇游记更符合"碎片阅读"的心理。如此一来，那些以绍介景点名胜甚或风土人情的"死知识"为内容的游记式微在情理之中。

不过，游记依然有其不灭之道。就像视频时代，小说、散文仍会有拥趸一样。物竞网择生存下来的游记，应做平常生活中的探险家，寻找那旅人足迹罕至的宝藏角落。更应由旧景生发新情。与物理意义的外界相比，人的情感、心灵丰富得多，灵动得多。被情感淘洗过的景色，因而愈发动人。古人说一切景语皆情语也，大概也是这个意思。世界上最绚丽不绝的万花筒，其实是我们的内心啊。

42　字体癖

写作者大都有码字时的专属癖好，好比服药需药引，不满足这些癖好，写作效果大打折扣。喝茶喝咖啡，抽烟嚼花生，已经不算稀奇了。野史趣闻中常可看到千奇百怪的写作癖好。正热播的电视剧《觉醒年代》里学贯中西的辜鸿铭先生，据说好从缠足女子的小脚获取写作灵感，这趣味实在惊悚。我曾读到一位作者说，写书前时必先下河畅游一番，然后，趁脑筋爽利，登岸写作。我不会游泳，无法亲验。又听说，某学者写论文需备麻辣鸭头数枚，笔下艰涩时，不挠己头而嚼彼头，有解忧神效，这或许有些科学依据，辣味确刺激多巴胺分泌，令人兴奋。

还有朋友说，写作时需找到"舒服"的字体，方能安然下笔，否则心中总会烦躁不安。这大概是如今电脑写作的常态，只是我们平时不太关注。作为编辑，我每天读到不少来稿，绝大多数是电子投稿，文档上的字体字号、间距页距，多种多样，足见不同的写作者确有不同的"字体癖"。"字体癖"虽新潮，字体却不是新鲜事物。电脑中常用的宋体、楷体、仿宋、黑体，都可在印刷史上追溯出不短的历史，而它们进入电脑的时间，其实也不能算短了。

写到这里，想起一件事。有一天，我打开电脑，点开文档，打算将其调整到"舒服"的字体，开始工作，忽然发现字库里多了不少稀奇古怪的字体，有一款名为"喵喵奶糖"，于是，大感诧异，后来女儿供认是她偷偷下载的。理由是这些字体"很萌"。我试用了一下，却并不觉得"舒服"。看来，字体也是有代沟的。事实上，凡和观念或审美有关的东西，都有代际差异。字体作为设计艺术的产物，当然不能例外。过去读书人写字作文，对笔墨纸砚大多有自己的喜好，考究的还印专属信笺、制专用的毛笔，与我们偏好不同的字体，道理大概是一样的。没准儿，以后我们还能创造属于自己的字体呢。

43　弹幕里的辜鸿铭

看剧时,要不要打开弹幕呢?对很多人而言,这是个问题。我自己虽极少发弹幕,却喜欢看弹幕。当然,弹幕的问题不少。当无病呻吟的感叹、乏味无聊的"致敬",甚至戴着面纱的脏话,遮天蔽日地出现在屏幕上,常让我想起无良读者在图书馆藏书上的乱画乱写,实在令人厌恶。那些故意剧透的弹幕,也让人扫兴。

不过,除非弹幕排山倒海地涌来,盖住了画面,实在有碍欣赏,我一般会任其横飞,视之如花园里的杂草,只要它不与花争夺生存养料,且听之任之,花草间生斜长,也别有一种风味。对于习惯了在视频网站看剧的"新生代"而言,弹幕的意义比剧本身还大,有的网友甚至说:"没看弹幕等于没看剧。"站在看剧的视角,这话简直荒唐。但若转换一下视角,把弹幕作为欣赏的主要对象,剧就成了辅助。好比我们用一段木头培植蘑菇,期待心和注意力自然都放在蘑菇的长势和姿态上,又怎会盯住木头不放呢?

记得四五年前,我写过一篇短文,提出弹幕好比古人在书上的批语。这不过是我的一种畅想或理想。到今天,弹幕君里似乎也还没出现金圣叹、张竹坡般人物。而从更深层面讲,孜孜以求出几个金圣叹,或许本身就是违背弹幕精神的。能为看剧增加些趣味,足矣。

电视剧《觉醒年代》有一集演新文化运动时期北大新旧两派对峙。蔡元培约谈辜鸿铭，晓以利害，劝诫他如再不收敛，可能会被解聘。辜老先生正踌躇间，弹幕里有人出了主意："去北师大"；又有人跟风："去清华"，一时间，"此处不留爷自有留爷处"的英雄气仿佛充盈了屏幕，令人忍俊不住。这个小插曲一闪而逝，弹幕里很快有了新话题；历史当然也不能假设，但是，若我们放开脑洞，想一想辜鸿铭会去这两所学校任教吗？倒也不失为窥看近代文化史的一个好题目。

44 "漫改"与"改漫"

我六七岁时有过两本书，都是手掌大小，"读"时不用逐页翻看，而是左手握住书脊，右手快速翻动书页。于是，"活"的孙悟空跃然眼前。大圣抬腿挥臂，手中金棒挽出花来，似乎立马要从书里跳出，前去捉妖擒魔。另一本则是《鹬蚌相争》，鹬喙被夹住的过程，也是活灵活现。

这类书的原理和动画片大体相同，即利用视觉效果，集静为动。在当年很新潮的玩意儿，现在却很少见了，以我陪女儿逛童书时从未见到过。动画动漫大行其道，这样的"半成品"定是退出历史舞台了吧。我也不知这类书的学名是什么？儿时习称的"翻翻书"应该只是"昵称"吧。

今天突然想起它们来，并非发思古之幽情，而是看到一则讯息，大连和香港的研究者利用 AI 设计了程序，可把影视"改编"成动漫书。把一部影视剧纳入软件，关键之帧被提取，又自动生成人物对话文字泡，一顿操作猛如虎，一本动漫书就这样诞生了。乍一看，这好像是某种"复古"或"退行"，影视剧不比动漫书带来的感官效应更丰富吗？我们看过许多动漫改成的影视，所谓"漫改"是也，没想到风水轮流转，现在转到"改漫"了。这是吃腻了重油高热的食物而折返回乡野粗粮吗？再一想，不尽然。在艺术欣赏的园地里，各种艺术形式从来不是线性替代的，如果说艺术有优劣高下，最多只能同一品类内裁断，跨门类无从比较。同样的内容，以影视或"漫改"方式看，各是各的味儿，就像同样的羊肉，涮着吃与炒着吃，滋味也不同。

还想到另一问题。儿时的"翻翻书"中所画人物场景多富于动作，除了悟空，印象中也有铁臂阿童木，都是善动的角色，如画个唐僧，人设不够闹腾，意趣也比大减。而时下一些影视剧，情节注水，表演面瘫，台词乏味，有的甚至二倍速看尤嫌不足，如这些剧集其置入"漫改"，输出之物恐惨不忍睹也。

45　物观世界

有一档受关注的播客节目 *Everthing is Alive*，译成中文或为

《万物有灵》,每期由一个主讲者以物化的方式和主持人对谈,讲述自己作为物品的"经历",比如,一罐可乐,和"他"的罐头朋友。当然,所谓"经历""体验"只是故事而已,但节目介绍偏说一切都是真的。这加重了讲述的喜感。

我的洋文没学好,只能听个大概。不过,这档节目的创意给人许多启发。换个角度看世界,本是老生常谈。但以前我们想到的多是人类角色之改变,比如父母换位至子女角度,再"激进"一点的,也是在生物之间变换,比如从猫猫狗狗的角度看人类,以激发体谅之心。文艺家好用的"换位"的手法,尤其是科普或儿童文学,但多半是以物拟人,给物体赋予人格,制造艺术效果,说的却还是世间事人间情。

Everthing is Alive 这个节目不太一样,似乎有变人观万物为物观世界的企图心。可别小看此变,天地实有大不同。我们说,人为刀俎,我为鱼肉。若真把自己代入鱼肉,得到的感觉会是什么样呢?如果再颠倒一下,刀俎眼中的鱼肉又该如何?现在是春天了,稼轩诗曰:"城中桃李愁风雨,春在溪头荠菜花。"那么,荠菜的春天是怎样的呢。我们每天奔走于街巷,如果变身为街边一根电线杆,头栖落燕,俯视众生,对世界又是哪样观感。

这些问题,看起来傻且无聊。除了文学的假想,又何必翻腾万物有灵的陈腐观念?不过,别忘了,我们正走向联系更紧密的新世界。有人提出,卫星、无人机、自动驾驶和增强现实这些新技术,正在加快创造万物互联的社会。人与人、物与物、人与物，空前联系在了一起。物，比如一罐可乐，虽没有感受，我们却可以通过信息收集的技术，了解其从出厂到销售、被购买和放进冰箱，直到被掀开、喝下肚子，乃至在消化道的"心路历程"，如以身替。当然，更风雅一点的，你可以是一片落叶，与宋玉同悲。

46 也说慢直播

"慢直播"最近受到关注。按照通行的定义，"慢直播"是对事件的原样呈现，没有剪辑和后期制作。若以做菜为譬，好比白水煮白肉，不加佐料，原汁原味。1963年，有位叫安迪·沃霍尔的美国艺术家拍摄了一部电影，实时记录了诗人约翰·乔尔诺5个小时的睡眠过程。这部电影的名为《沉睡》，被称为"慢电影"，也被视为"慢直播"的前身。到了2009年，挪威电视台纪念卑尔根铁路诞生百年，拍摄了7小时的火车行驶，没有后期处理，据说观看者接近当时挪威总人口的四分之一。去年新冠肺炎疫情期间，直播雷神山医院施工，吸引了4000万人同时在线，所谓"云监工"，有的评论者认为是我国"慢直播"标志性的事件，并说"慢直播"给了人主动参与感。

我想，对于部分情境而言，这个看法或许是正确的，但恐非适用于全部。"慢直播"更吸引人的，恰是不参与。小孩子最喜欢守着某件事自顾自地"欣赏"。有位同学说她儿子的嗜好是在餐馆大玻璃窗前看人厨师切牛肉,怎么喊都不走。我女儿小的时候,一度热衷于看鸽子在天空盘旋,而当时她还不认得鸽子。我以为,这是一种童心。童心之真,在于无所挂碍,随处停歇,以本心与世界对视,虽反复不觉厌烦。如"慢直播"确是对事态本相的表露,人们对"慢直播"的热衷,或正出于童心。这其实是一种无目的的观看。而所得的欢欣,也在于无目的带来的放松和舒坦。

生活中的大多数观看都是有目的的。有些出于观看者的意图;有些是被观看者刻意营造的,即便现下网上的"直播",大多也是表演;在今天的算法环境下,还有些观看目的来源于技术,比如偏好推送。而经验告诉我们,心之所求经常源于反向激励下的补偿需要。可能正是今天的观看目的性太强了,反而让人们期盼在双目放空中重新看一看这个世界吧。

47 明星"降维"

"降维"就是降低或减少一个维度。这个词早就有了,但流行开来,大概和《三体》有关,小说中描写的"降维打击"威力无穷,让人后背发凉。抽象一点来说,任何东西总要依赖于若干维度而存在,"降维"打击,也就是改变一个东西存在的前提而不是这个东西本身。

因为新冠肺炎疫情的关系，也因为在线娱乐的持续发展，不少演艺明星从电影银幕、电视屏幕里转战到了抖音这样的短视频平台，干起了直播带货，或者录制一些短视频。网上称之为明星"降维"。言下之意，直播或短视频，比起传统的电影或电视节目，维度是减少了的。还有人说，明星"降维"是为了捞金。我想，这应当部分属实，也无可厚非。毕竟，直播被认为是当下的风口，谁不想从中分得一杯羹呢？实际上，除了明星，不少名学者也在"降维"入驻短视频。

不过，降维不见得是坏事。生活中的降维随处可见。最简单而直观的例子是地图。大多数地图都是平面的，当我们在纵横交错的坐标中确定一座山、一条河的地理位置，而不再考虑山有多高、河有多深。高岭丘壑就这样被"降维"了。再如，不少出版社都推出过"大家"写的"小书"，十分受欢迎。如朱自清先生的《经典常谈》，又如袁庭栋先生的《古代的职官》，一直被我放在手边。学界高手动手写一些普及的文章，也可以视为某种"降维"，恰因为写作者有更多的维度可作依仗，观察、分析和论述更加自如。"小书"之"小"，无非是说所谈皆为基础知识甚或常识。然而，就像万丈高楼，世人见到的是明窗亮瓦，却看不见深埋着的地基。常识正是如此，隐蔽在学问或生活的深处，如非高手披沙拣金、降维以识，其价值不易发现。

这么看来，明星、学者的"降维"，或许会促进网络文化质量提升，未必不是一件好事。

48　鲁迅的知乎生涯

一个多月前，到南方去开会。有几位学者谈起了青年与网络的话题，顺带说到快餐式的文化消费，深刻深奥之作品受冷落。我忽然想起鲁迅先生笔下的九斤老太，和她"一代不如一代"的名言。正想着，南方某大学的一位青年学者接过话头道，千万不可轻视了现在的网民，对于经典，他们并不漠然，要知道在"知乎"上鲁迅可是最热门的话题之一。

我也上知乎，但用得不多。开完会，专门搜了一下。好家伙，果如其言。有人发言说，玩知乎一定要通读鲁迅，又说，"半部全集治知乎"，"全集"当然是指《鲁迅全集》了。有人编了各种版本的鲁迅金句。更有意思的是，有人举出网上"奇葩行为"，皆可以鲁迅为武库来应对。譬如，碰到"键盘圣人"，即网络发言义正词严，与平素行径大不一样者，可想到鲁迅说过的，"人的言行，在白天和在深夜，在日下和在灯前，常常显得两样"。如此种种，不一而足。

中学生乃至大学生"怕鲁迅"的说法就已流行，但从知乎对鲁迅的"爱"来看，或许并不确切。如果说确有所"怕"，怕的可能只是对鲁迅的刻板解读；而"爱"的正是其洞悉力。而且，中小学课本中鲁迅的文章，让即便对文学不感兴趣的人，也早早地熟悉了他。而在老一辈人心中，网络还是和年轻人绑在一起的。其实，网络进入国人生活至晚在20世纪90年代，而那时触网的人，即便只10多岁，如今也步入中年了。因此，当下的网民对鲁迅自然是熟悉的。

就算抛开鲁迅深邃的思想不谈，他独到的文字也令人印象深刻。比如孔乙己"排出九文大钱"，又如几乎成了"梗"的"立仆"。而鲁迅一针见血的语言风格，与网络交流所要求的犀利、冷峻、简练似也暗自合拍。当然，网络中自由发声的氛围，也为鲁迅那些子弹般的语句，提供了再次发射的可能。既然经典的生命来自解读，知乎也是读鲁迅的新方式吧。

49　虚拟书香

最近读到一篇文章，从神经科学角度分析纸质书不会消亡的原因，提到了嗅觉在阅读中的作用，书香原来并非只是比喻，也是实实在在的感受。今天，我们已熟练运用虚拟听觉、视觉，但嗅觉还没被虚拟化。依稀记得多年前，我读到过科幻文学中写"未来"的电影：当银幕上出现一盘烤鸡时，观众会闻到烤鸡的香味；当主角步入春日的花园，百花的香味也随之飘荡在影院。那时已有戴着眼镜看的"立体电影"，和今日之"3D"相去不远。

现在又有"4D""5D",继续丰富着观者感受的种类和层次。但不知为何,带味儿的电影却一直没有出现。

气味与记忆的关系,日常经验所在多有。前些天,带女儿外出。路边看到挖野菜的人。女儿问挖的是什么,我告诉她是马头兰。瞬间,那清凉的气味,让我仿佛看到了我中学的操场。那里曾长遍了这种南方常见的野菜。鼻子,帮我们记下了生活中的许多事情。家中有过长病人的,中药的气味便与亲情混杂在一起。长辈在工厂做活的,油泥味成为童年回忆的"药引子"。迁居异地者,气味的记忆愈发深印于心。我在江南多雨天气中长大,逢到下雨,土地、青草混杂着湿气的味道,最令人记起儿时岁月。王维有一首脍炙人口的诗:"君自故乡来,应知故乡事。来日绮窗前,寒梅著花未?"诗人问起窗前梅时,鼻端或也涌起梅花的香味?

纸质书自有一种气味。科学家说,这是有助于人思考和理解书中内容的。而这一点,目前的电子书还没有实现。不过,我总是坚信:技术只会迟到,不会不到。虚拟感觉之路必定继续向前延伸。既然我们的感觉,无需依赖感官与真实事物之接触而形成,那么,嗅觉的虚拟当也概莫能外。我想,到那时,不但可以选择读哪本书,还可决定你手里的"书"采取何种纸张和油墨印刷,以便嗅到喜欢的味道。

50　歌为何红

楼下有家小超市,卖些香烟、零食、矿泉水之类的东西。每次去,老板都捧着手机,大多时候是刷抖音,声音放得挺大,一进门就能听见,必是抖音的热门歌曲,从前段时间霸屏的"我还是从前那个少年,没有一丝丝改变……"到现在的"什么是快乐星球",你方唱罢我登场。其实,不止小超市,商场、饭馆也有用抖音红歌当背景音的。

我看到过一个数据,包括抖音在内的短视频平台已成了制造热门流行歌曲的推手,在 QQ 音乐、酷狗音乐和网易云音乐这三家活跃的音乐平台,排名前 10 的歌曲中,竟有将近一半都是因抖音而走红的。生活经验与之合拍,想来是不假。

流行歌曲,顾名思义应该是广为传唱的歌,但事实上却成为歌的类型。在我小时候,所有的拉面在我们那都呼作"兰州拉面",不论拉其面者与兰州有无瓜葛,便与此相类。不过,细考歌之流行,缘由不同。有一段时间,电视剧的主题曲、插曲最具备流行的潜质。当年的《渴望》《上海滩》,都带热过剧中的歌。有的歌传唱时间很长,如《酒干倘卖无》,时下的年轻人还有会唱的,却不知其出自电影《搭错车》。再往前追,没有电视剧的年代,电影是歌声的扩音器。比如,电影《闪闪的红星》的插曲,"小小竹排江中游,两岸青山相对走",脍炙人口。

这么看来,抖音红歌火出圈,是符合传播规律的。眼睛与耳朵同在脸上，互不谋面，但它们的配合是天生的。与电影电视一样，当音乐配上了短视频画面，更容易被记住。不一样的是，影视音乐是"一次铸造成型"的，譬如，电视剧《三国演义》里的"滚滚长江东逝水"与开头那一片水波浪涛互嵌在一起，短视频的大量内容是用户创造的，更多变也更丰富，给红歌提供了不断"变脸"的机会，增加了趣味性。这大概也是歌因抖音红的原因吧。

51　追虚拟的星

我不曾考证过，但追星大概是古已有之的。"生不用封万户侯，但愿一识韩荆州"，虽有功利目的，也带追星气息。80年代，港台影视、音乐明星风行一时。现在说的追星大致是从那时开始的。这些年，虚拟技术发展，有平台专门运营明星的虚拟形象，构建了一个追星的平行世界。

于是，追星有了新玩法。比如，青春偶像易烊千玺，虚拟形象为"千喵"。你可以和"千喵"拍合照，还能做任务赢积分，拿积分给 Ta 换衣服。一句话，偶像被你"玩弄于股掌之上"。这让经历过追星"第一次浪潮"的人大跌眼镜。

所谓"饭圈文化"与当年的追星很不一样。后者多了些崇拜仰慕心理，而前者却有养宠自娱之意。"饭"者，固为 fan 之译音，似又可双关为"饭之"。虚拟明星之出现，与其说延续追星之"流风"，不如说是延续"饭圈文化"之"根脉"。

爱好文艺者均知一千个观众便有一千个哈姆雷特之语。在虚拟技术加持下，一千个粉丝有了一千个偶像。人们喜欢虚拟世界的原因之一，是得以挣脱了现实束缚，把意志实现的障碍降到最低。据我看到的报道，虚拟明星在体态、容颜、嗓音，以及习惯动作、表情、语言等各方面尽量向明星真人靠拢。在目前的技术下，这不是什么难事。我想，随着虚拟偶像继续发展，结果必是把明星本人或其"人设"完全赋予虚拟人。

那么，问题来了。仅从"人设"而言，虚拟人完全没有"人设"崩塌的风险，没准儿还能应偶像之心修正"人设"，想来应该比本尊更招人怜爱。但是，如虚拟偶像只是"人设"的图解，岂非成了空洞的"画皮"？纵然满足粉丝一时之好奇，又如何过得长久。而若真将本尊的情感与思想，或如是否吃辣、熬夜等生活习惯复刻给虚拟分身，可能又无法满足粉丝之心理投射。那么，你是愿意追捧"完美"的人设，还是膜拜有缺陷的真人呢？

52　电视的退却

有个同事的孩子 3 岁多，不识电视机为何物，以为贴墙挂的大黑方块，只是装饰而已。自他有记忆起，家里就没开过电视。

这些年少让孩子看电视，几成育儿铁律。我家自添了女儿，电视也极少开了。有一次孩子不在家，我想怀旧重温电视岁月，拿起遥控器，竟有些手足无措，比当年第一次接触电视时还觉陌生，不禁哑然。

算起来，内地看电视的时间不长。第一部电视剧《一口菜饼子》播出于1958年，从那时算起，至今不过一甲子。家家户户拥有电视机，已是八九十年代。我们随心所欲地看电视，其实不过30多年。2019年的影片《我和我的祖国》，一群人挤在巷子里看一台小电视机的情景，并不遥远。我清楚地记得，少年时饭桌上那台小小的黑白电视，后来从饭桌摆上电视桌，再挂到墙上，尺寸越换越大，色彩越来越绚，终于变成一块黑色的墙上"装饰"。

这几天看到一些统计数据，可与之印证。2020年，全国获发行许可的电视剧199部，而2019年为254部。备案公示的电视剧2019年是905部，2020年是670部，下降了约三成。电视机当然不只看剧，还有综艺、科教、新闻等。但电视剧产量下降，最令人信服地说服了电视机在生活中的退却。

不过，这并非精神生活的委顿，而是一次阵地转移。且看另一组数据：2020年全国网络剧拍摄制作公示总量1083部，超过了电视剧。原来，电视机的退却，与网络的进军相伴随，即所谓"小屏"与"大屏"之更替。电视剧尚且如此，新闻类更不必言。从产业的角度考量，这里隐藏着资本的博弈、商场之杀伐，若从观众角度而言，好节目才是王道。哪里的内容吸引人，哪里就是注意力"洼地"，目光自然就聚拢到哪里。

我还听说，现在的年轻人装修房子，客厅的 C 位也早已不再为电视机保留。而家居空间结构的背后是精神结构。可见，电视的退却，折射的是国人精神生活的变迁。

53　万物皆可鉴

在视频平台上，常见到"鉴定类"视频，种类繁多，不乏粉丝数百万以至千万的"大号"。大体分两类。一类是鉴宝，也就是文物、收藏品的鉴别。书画瓷器，青铜白玉，竹木牙角，识别真伪，专家帮你断定年代，还能评估价格行情。另一类更有意思，乃是识别网传各种"不明生物"。其中最负盛名的，大概是以揭破所谓"水猴子"的"无穷小亮"。万物皆可鉴，流风所披，各类专业人士纷纷出手，当起了科普志愿者，以知识为武器，辨析从医疗、家居到育儿的误传谣言，一时蔚为大观。

网上多的是跟风者，见鉴定类视频火了，明知功力不足也仓促上阵，急急忙忙来赶这"风口"，但上传的鉴定视频里错误不少，反成了别人制作鉴定视频的素材。鉴人者反被鉴，因果不爽，亦是趣事一桩。不过，知识本就在证伪中慢慢积累、进步。鉴定类视频代表的正是当下知识分享和交流的新方式，让人看到的是网络社交时代的科普新面貌。

其实,网络带动的知识生产和传播机制变化远不止于此。举一个小例子,各类拍照识物软件,让我们的好奇心得到前所未有的满足。以我而言,以前到公园散步或户外爬山时,也常见到不认识的花草昆虫,一看了之,并没有激起格物致知的念头。如今却会下意识地掏出手机,请"识物君"帮忙辨识一下。可叹目力与记忆力日衰,此番识过之物,过几天见了,又成陌生,只好再拍一次。无用功常做,识物却乐此不疲。

知识,象征着人对外界的某种掌控,故给予人安全感。人性中好像有一种内在的需求,想把世界万物的知识,远至天外飞星,近如脚边苔草,尽数了然于心。识物热的兴起,既植根于此,却也拜新技术之赐。正是技术的发展,改变了我们观察世界的方式,也改变了我们与世界之间的知识纽带,激发了人们内心博物的无限趣味。

54　躺平学和好了歌

这些天,网络上流行一个新热词:躺平。随之而生者又有"躺平学""躺平指南""躺平哲学"等。对于"躺平",理解体谅者有,但批评之声更多。而发声质疑、批评的教授、名人又多陷于反批评的舆论之中。一时间,唇枪舌战、战火纷飞。

在网络的时代，凡事皆有两副面孔。一个是本来的样子，另一个是被网络媒介改造加工后的样子。而后者，又大都经过了网络传播意义上的"提纯"，或曰极化。非如此，不足以刺激眼球，无法占据舆论之风口。"躺平"的命运也是如此。经过网媒的加工、翻炒，"躺平"原有的调侃、自嘲之意被消解、遮蔽，成了厌世者的画像。这些人躺倒不干，消极悲观，对外界失去了责任，对生活失去了兴趣。

然而，那几位有名有姓的"躺平学大师"并非如此。比如，90后"忠哥"是著名的"躺平者"，一天只吃两顿饭，每月的花销只需要两百块钱。但他当群众演员，挣自己的口粮；四处旅游，走了两次川藏线，一次坐最便宜的绿皮火车，一次还是骑行，花钱很少，但看到了足以感动和改变心灵的风景。虽然只有职高肄业的文凭，但他读了不少书，包括美国社会心理和文化的研究论著。如果抛开他的经济收入不谈，"忠哥"的文化口味其实很接近于"中产美学"，而后者恰是被认为社会主流的。

因此，剥离网络媒介对"躺平"的再造，或许该认真思考并尝试理解"躺平"。作为一种文化心态，"躺平"并不是今天才有。住在大木桶里的哲学家第欧根尼请亚历山大大帝靠边站，别挡住他晒太阳。《红楼梦》里有一首著名的《好了歌》，感叹世人都晓神仙好，唯有功名、金银、娇妻、儿孙忘不了，而所有这些其实并不值得挂牵和留恋，如甄士隐说的，"陋室空堂，当年笏满床；衰草枯杨，曾为歌舞场"。如此说来，躺平，方做得神仙。

55　重新学说话

很多年前，出现过一次全民学英语的热潮，差不多那个时候，电脑开始进入百姓家庭、家用小轿车也渐渐多了起来。我记得当时传过一个顺口溜，说的是现代人要重新学说话，也就是说英语；重新学写字，也就是键盘打字；重新学走路，也就是开汽车。

类似的情况在历史上应该发生了多次。比如，原先中国人习惯于跪坐，看看汉画像砖，里面的人仿佛是在练瑜伽。所谓"正襟危坐"之"危坐"，在古人，就是两膝着地，耸起上身。这个坐姿很累人。嵇康不愿做官，理由之一，据说就是"危坐一时，痹不得摇"。后来，椅子传入中原，中国人的臀部和脚踝总算获得了解放。《韩熙载夜宴图》里，大家的坐态和前人很不一样，两足垂地，半躺半卧，啥样都有。五代十国史称乱世，不过从坐姿而言，可比巍巍秦汉舒服多啦。套用前文所说的"重新体"，这就是重新学坐吧。

《2021中国网络视听发展研究报告》有一则数据吸引了我。2020年近半数的用户曾上传短视频，而2019年这一数据只有17.5%，增长竟达28.6%。中国网络视听的用户规模目前为9.44亿，也就是差不多有4亿多人在各个平台上传过短视频。这大概预示着我们要再次重新学"说话"了。这一次是用视觉语言取代文字语言。

这些年，用图片、视频来交流变得越来越广泛，比如，聊天时"斗图"，互相发送表情包。再如，在微信朋友圈上传一张图片或一段视频来表达自己的心情，微信还支持用一张图片来说明自己的"状态"。而抖音等平台，更诱导人们用短视频表达自我。和文字相比，视频表达有许多独特的地方，至少表露情绪更加方便。"五味杂陈"这四个字，大家都能理解，但读者理解的"五味"未必就是写者心中的"五味"，如果"写者"变成"拍者"，"读者"成了"观者"，会意想来方便得多。当然，也许会少了猜谜和代入的乐趣。世间事，难两全，大都如此。

56 "皮肤"拉杂谈

如果你是网络游戏玩家，对"皮肤"二字一定别有感受。是的，我说的不是医院皮肤科那个"皮肤"，而是网游内购商品之一种。有研究者梳理过，游戏"皮肤"起源于 1986 年，如今蔚为大观，自成一大系统，叫人欲罢不能。据统计，2018 年，美国有 79% 的付费游戏玩家把钱花在了购买"皮肤"等商品上。我估计，中国游戏玩家的情况也差不了多少。

有的游戏皮肤确有其功能，但大部分并不改变游戏体验，只是给玩家以视觉或心理上的满足。"皮肤"折射的是人们对自我虚拟形象的兴趣。不玩游戏的人，不妨想想当年的"QQ 秀"，火爆程度也令人惊叹。今日之"皮肤"比起"QQ秀"来，可不知炫丽到哪里去了，也就无怪玩家乐此不疲。

有一句话是这样说的，"上帝给你一张脸，你却为自己再造了另一张"，也有说是，"女人给自己另造一张脸"，不管怎么样，几乎所有网民都在网上给自己重造一张脸。

虚拟形象的火爆，带动了社会生活的许多方面。我曾读到一个统计数据。英国有十分之一的消费者，买衣服只是为了拍照上传 Instagram，完成任务后，就把衣服退货给卖家。这样的行为造成一些人的忧虑，担心造成资源浪费。于是，虚拟时装应运而生。因为虚拟，设计师的思维尽可天马行空，突破原先设计中的许多障碍。这样的"服装"无法御寒，也不能遮体，只能用于虚拟形象或所谓"数字分身"。这样的"衣服"有点像"皇帝的新装"。不过，这件并不真实存在的衣服，不再是讽刺调侃的代名词，而成了时尚环保的象征。

或许你从不曾为"皮肤"掏过腰包，也没有专意给自己做一个"数字分身"。但难免把身边的大事小情，拍成照片或视频，发布到社交网络里。其实，这又何尝不是在塑造虚拟之我呢。而虚拟时装只是个开头，没准儿，以后有虚拟美食、虚拟伴侣、虚拟孩子，供你合影发圈呢。

57　直播杂货铺

我小的时候，出家门不远，有座古老的大石桥。桥下开了家杂货铺。现在，这种鸡毛小店有时在偏远的乡镇偶然还能见到，哪怕中等城市里，也已销声匿迹多年了。但在当年，是很红火的。杂货铺店如其名，卖的东西杂得很，厨房里用的料酒酱油醋、闺房里用的顶针缝衣针、厕房里用的手纸马桶刷，一应俱全。这家杂货铺是公家产业，守铺的老阿姨，据说以前是小学老师，退休了到店里发挥余热，大家仍叫她"于老师"。吃完晚饭，踱去于老师那转转，是不少居民的习惯。

我想起这家杂货铺，是因为这几年网络直播间购物的火爆。有人把 2019 年称为"直播带货元年"，其实，直播卖货出现还要早几年。但 2019 年以后尤其是新冠肺炎疫情之后，在线生活发展迅速，直播卖货的势头也更猛了。有直播女王之称的薇娅，曾试水在直播间卖房子。虽是个噱头，也说明直播带货的潜力。

人们为什么愿意在直播间买货？有人分析了各种原因。比如"便宜"，这确是最直接的，谁不愿意买点便宜货呢？又有人说，可以看到商品实物。这或许更重要。直播购物也属网购，但比起电商的网页来，直播间的商品更立体，让人感觉更真实。何况，还有随时待命的主播，花样百出地介绍商品、回答疑问。

旧时个体小商贩在街头卖货时，总是极尽叫卖之能事，很有表演性。传统相声《卖布头》对此表现得活灵活现。前段时间热播的电视剧《觉醒年代》里,有个"龙套"唱着"小热昏"卖梨膏糖,也是一种街头演出。而直播间里的带货主播的表演,同样吸引着买主。

除此之外,我想还有个最重要的原因。看直播已成如今许多人的休闲方式,也是社交心理的需要。因此,带货的直播间,像极了于老师那间杂货铺。有空时大家总想去随便转转,买的东西有时并不急用,但转转本身倒是过日子的急需。

58 "平行世界"的哈维尔

有个自称"哈维尔"的西班牙人——姑且认为他是西班牙人,毕竟他的身份还不明确——给全世界讲了个科幻短视频故事。他说,自己一觉醒来,出现在了 2027 年。而他自己被卡在了 2021 与 2027 之间,这个世界空无一人,只剩了他自己。而他唯一拥有的,也只有一个社交媒体的账号。凭借这个珍贵的账号,他与当下交流,把 2027 年世界拍给 2021 年看,还完成 2021 年世界里的粉丝们提出的各种任务,比如,拍摄空空荡荡的街道、超市、医院,甚至到警察局开走了一辆警车。有的网友说,哈维尔生活在"平行世界"。

我想,与其相信哈维尔的"鬼话",不如把他的故事看作互联网社交时代的创意游戏。哈维尔未必真存在于所谓"平行世界"，但他却自编自演地告诉人们"平行世界"理论说的是什么。在他的故事里，一个人失去了一切自我表达手段的人，而最后的武器竟然是一个社交媒体账号。如果，哈维尔真的是那个世界里唯一的人，那么，这个账号成了证明哈维尔就是哈维尔的唯一方式。另外，社交媒体的威力如此巨大，竟可以穿越时空。这不正是当下世界的隐喻吗？而活在社交媒体里的哈维尔，又多么像我们这些一刻不刷手机就感到六神无主的人呢？

哈维尔给自己设定的世界是2027年，离开现在不过六年之遥，迫在眉睫的"近未来"，让他的故事更显真实。我不知道哈维尔的剧本里是如何给他自己设定结局的。按照网络世界的规则，或许哈维尔的故事只是孵化网红的一种方式，就像有的网友所说，这是哈维尔所在的瓦伦西亚城旅游开发的前奏。又或许，过几天，哈维尔的无人世界就会变成带货直播间，向全球出售各种他随意取来的"商品"。不过，我倒希望哈维尔发明的这个游戏，能演变成一种新式的在线"剧本杀"。比起时下流行的那些，它的沉浸感和社交性可强烈多啦。

59　电竞大师兄

毕业和升学，是每年夏天的保留节目。这个夏天有一件事，或许今后会被人反复提起，甚至写入历史。这就是今年有了史上第一批电竞专业毕业生。

2016年9月,教育部新增了13个专业,其中包括电子竞技运动与管理。有些高校从2017年开始招收学生,到今年,这批学生刚好完成了四年的大学本科学业。在这四年的时间里,据说开设这个专业的高校已有20多家。以后的毕业生肯定会更多。但不管今后毕业多少人,今年的毕业生是"开山大师兄"。按惯例,大师兄要继承衣钵,即便不是门派中武功最高之人。

那么,"电竞大师兄"们有没有衣钵可继承呢?这个问题的答案可以是否定的。因为他们的门派是全新的。有人把新中国第一批文科博士称为"开山大师兄"。这里所谓开山,开的是博士学位教育制度。若从学问或学科上讲,文学、史学或哲学,都早已有之,而他们作为"大师兄",是现代学位教育制度下的第一代传人,这有点像《倚天屠龙记》里的武当七侠,又像《射雕英雄传》里的全真七子。

"电竞大师兄"们与此不同。他们担当的是张三丰或王重阳的角色,是一个门派的创立者。当然,任何武功都不是无中生有,张三丰如此伟大的人物,一身功夫却也源出少林,并非天纵自造。对于电竞而言,人类娱乐需求及其新变,就是它的"少林"。

因此,前面关于衣钵的问题,答案也可以是肯定的。"电竞大师兄"所承继的,正是人类娱乐精神的衣钵。前几天,看到有篇文章写道,有位电竞毕业生在给爷爷解释自己专业时说,他的工作是创造这代人的"麻将"。不由得拍案叫好，深以为绝。

娱乐当然是缓解严肃的，但从人类文明演进史来看，娱乐又是极严肃的。没有娱乐，恐怕就没有文明。麻将或电竞，正是娱乐精神的产物。有了"电竞大师兄"们，我们有理由期待娱乐变得更可期待。

60　元宇宙与下辈子

赌咒发誓时，人们爱说"下辈子"，灰心丧气时也会这么说。下辈子，是一张无须兑现的空头支票，不管写上多大的数额，也没有关系。不过，再过些年，"下辈子"或许不能这么轻易说出口了。因为，一个被称为"元宇宙"的世界正在形成。

在我的理解中，"元宇宙"大体上是一个升级版的虚拟世界。自打有了互联网，虚拟世界已不是什么稀奇的东西。当下的我们，或多或少都穿行在虚拟与现实两个世界之中。现在的生活，像一张阴阳交合的太极图。

作为一个小心谨慎的人，我保持着一个习惯，出门办事，总要带上一点现金，哪怕几十块，以免手机遗失或忽然断网，无法支付。但是，年青一代早已习惯出门不带现金了。这只是一个很小的例子，但足以说明，虚拟世界不断扩张着它的地盘。

与之互为因果的，是网民规模不停地扩大。除了互联网基础设施、虚拟技术等发展之外，网络游戏快速帮网民建立联系，是推动元宇宙形成的重要力量。比如，现在的游戏玩家，已不满足在共同玩一把游戏。他们不但借助游戏实现自我表达，而且希望在游戏中完成自我表达。游戏，这个场景化实足的虚拟空间，成了"放飞自我"最好的地方。2018年斯皮尔伯格执导的电影《头号玩家》里，贫民窟少年韦德·沃兹戴上设备，就成了帕西法尔，一个驰骋在"绿洲"的英雄。"绿洲"大体就是"元宇宙"或其初级形态。

现实生活中，沃兹们正以"人肉带货"的方式，把现实世界一点一点地带到虚拟世界中，使之一点点向"元宇宙"演化。各种网络社交软件和网络游戏一起，加速着这一趋势。终有一天，我们所有人，活人，连同逝去的人，都会成为元宇宙的居民。这么说，有些惊悚恐怖。但在虚拟世界里，网民不过是一个账号。如果网民去世，并不必然导致账号的灭失，只是开启了在元宇宙的"下辈子"。

61　旧物的声音

偶然发现一个有趣的网站，记录"旧物"的声音。说是"旧物"，其实也不算很"旧"，如座机电话、打字机、照相机之类，从我们生活中退隐的时间至多不过百年。旧物是机械制品，声音也是机械之声。点击网页上的"旧物"图标,就有了对应的声响:打字机的啪嗒啪嗒声、照相机拨动胶卷的刺啦声、摁快门的咔嚓声……

我在网页上逐个点去,仔细聆听,逝去的时光慢慢浮现,好比一艘小船,在湍急的河流中逆行而来,飘飘摇摇,影影绰绰,模样熟悉,但看不清楚。特别是相机的咔嚓声,我来回听了好几遍。"咔擦"一度是照相的代名词。在今天习惯了手机摄影的一代心中,"咔嚓"与照相早已恩断义绝。这些声音,当下生活中不易听到了,当它们被有心人捡起、在网上重现,恰如时光的不绝回响。

时下的网络,不仅和现实生活交织在一起,而且担当了过去时光的存储器。在网上,不仅有浩如烟海的古代近代历史文献,还有许多老照片、老音频、老视频。前段时间,李大钊生前唯一的视频资料在许多网站播放,让我们得以目睹这位可敬的"盗火者"之真容。在一些短视频网站上,还能看到近代来华西方人拍摄的晚清民国时期的百姓生活片段,使我们心中的历史变得更加生动真切。这些历史音(视)频所记录的,即便只是片段,也归属于有意义的历史,或者说,一种主题性、叙事性的内容,其差别无非是所叙之事"意义"有高下,所表达之主题有大小罢了。

历史老人最浑厚的作品其实是"无标题"的,它们是自然界的风声、水声,斗升小民为了生计而四处奔忙的脚步声,牛耕田时的喘息、马拉车时的嘶鸣,以及人世间一切造物发出的声响,比如本文开头提到的"旧物"的声音。当这些"无意义"的声响，被存到网上，汇聚到一起，让我们如见无色无形的岁月流淌的身姿，而有莫名的感动。

62 "VIP"有几个"V"

近来追一部扫黑剧。剧情扣人心弦。可惜，周一到周六，每天只更新1集。所幸我购买了这个网站的会员。作为VIP，比非会员享受多看四集的特权，"赢在了起跑线上"。不过，一集电视剧毕竟只有40分钟，4集的特权红利很快用尽，我又只能和非会员一样，焦急地等待平台每天1集的更新。

某日，平台给我提示：可再多看4集。不由心头狂喜，点开后，却显示：如要"超前点播"，还需3元一集。刚刚升起的VIP优越感，顿时化为失望和懊恼。

原来，比VIP更尊贵的，还有VVIP。看看网友的留言评论，知道这是视频平台的普遍手法。除了"超前点播"，还有"解锁结局""去除广告""高倍速观看"等"特权"，可谓花样百出。当然，天下没有免费的午餐，平台也没有白给的福利，一切"特权"都得自掏腰包。只要不停充值，你不但可以从非"VIP"升级为"VIP"，"VIP"前的"V"，也可以一生二，二生三……至于到底生出多少个，一来取决于你的荷包，二来也要看平台调动你观看欲望的手段。

以购买的方式,获得网络活动权益,有个专门的网络词汇"氪金"。据说源自日文的"课金",因为输入法联想的失误,将错就错,诞生了这么个新名词。《2021中国网络视听发展研究报告》披露的数据:45.5%的用户在半年内为网络视频节目付费,整体来看,付费方式以连续包月为主,但也有20.2%的用户选择过超前点播服务。可见,氪金族不在少数,而且大多是90后、00后。

看来,年轻的网络原住民们已经在不知不觉中养成网络付费的习惯了。作为网络"移民",我内心怀念着在网上免费看剧、免费看书的岁月,但也深知那是互联网的青少年时期,随着它的成长,像中年人必须养家一样,付费是大势所趋。只是希望我们所"氪"之金换来的是优质的内容,而不是虚浮的噱头。

63 快乐的"废话文学"

继"凡尔赛文学"之后,近日网上又流行起了"废话文学"。"听君一席话,如听一席话",是废话文学之典范。"凡尔赛文学"是故作平淡,"废话文学"则一本正经地制造信息真空,说了和没说一样。网友常举的例子如"三人行,必有三人","回想起昨天,仿佛在昨天"。这类句子,在相声里时常用来制造笑点,比如调侃对方"长寿":"你一定能活到死。"

这当然是如假包换的废话。废话没有信息量,但不见得没用。心理学家研究表明,当我们说的话,有90%以上是废话时,就感到快乐。如果废话不足50%,快乐感也会不足。如此说来,废话使人快乐。朱自清先生写过一篇《论废话》,对废话做过正儿八经的研究。他说,旧小说中多用"费话",到了现代,"废话"用得更多。他还把无意义的"接字歌"、绕口令等,也称为废话。这类废话使人愉快。

据我观察,有的废话不承载信息,但用于表达感情,大都在熟人间使用,体现出比较亲密的人际关系,用朱先生的话来说"慰情"。这类废话在生活中很多。中国人的习惯,见面打招呼问"吃了吗?"下班时在电梯遇到同事,问一句:"您下班啦?"都属此类,不需对方回答,也没打算对方回答。说这么一句,似乎只是为了暗示,咱俩的关系比见面点头微笑更近一层呢。

话说回来,如对方不太熟,这么问就显得唐突,甚至可能生出误会,以为你要请他吃饭,或质疑其为何竟在此时下班。但陌生人间也存在大量废话。聊天双方互不交心,怀有戒备,只好说些正确而无意义的内容,或者干脆"今天天气哈哈哈"。因而,废话是一把尺子,度量着对话人之间的心理和情感距离。

按照"废话文学"的逻辑制造出来的废话,和以上都不同。作为一种语言游戏,它也表意达情,不过不是通过内容,而是通过形式。

64　健康的快乐

开学前，女儿学校发了一纸通知，要我们就新学期提建议。本着应时应景的原则，我写了希望家校协力调控电子产品使用，防止沉迷云云。过了几天，女儿回家说，老师在课堂上讲到了这个建议，表示要加强对学生玩网络游戏的监管，限制玩游戏的时间。据她描述，老师话音刚落，愁云惨雾笼罩了许多同学的脸。

我不解地问，网游企业只能在周五、周六、周日和法定节假日的晚上 8 点到 9 点，向未成年人提供 1 小时服务。这是国家政策，可不是老师的主意呀。女儿却说，同学里的"资深玩家"大多用家长的身份注册，平台的用户限制形同虚设。而老师一旦和家长联手，他们再"骗"家长就不那么容易了。哦，原来如此。

她又说，也有同学对老师的"铁腕政策"十分欢迎。因为老师说了，周一到周五在学校认真学习，各项作业完成得好，那么，支持这样的同学在家玩一会儿游戏。而这些同学的家长原先采取的是"一概禁止"铁腕政策。现在，老师反而成了"撑腰"的人了。这真是"网游规则降神州，几家欢乐几家愁"啊！

作为家长，我十分赞成防止未成年人沉迷网游。但我也在一篇文章里写过，新的娱乐花样常被当作"洪水猛兽"，一代代人却永远是在"洪水猛兽"伴随下成长起来的。比起"一律禁止"，适度调控当然是更好的办法。更关键的，却还在提高网游质量。

有的网游提供方把增强用户黏性作为核心内容，还将其嵌入游戏设计之中。有些像过去的说书人在设计内容时安排"扣子",吊住书迷胃口。不过,真有本事的说书人,不全靠"扣子"吸引观众。我听过王少堂说《水浒》,虽只是录音,神采不减,给人无比享受。如果网游企业过度、刻意地制造用户黏性,事实上就是以令人成瘾为目的,必自陷于道德洼地。相反,以文化品质为目标,才能创造健康的快乐。

65 "佛媛""病媛"

这几天,在京郊八大处附近开会。这里昔日是皇家寺庙群落。会议间隙,登山游寺。忽然想起当下有一类"网红"名曰"佛媛"。她们衣着或时尚或性感,在佛寺庙宇拍摄短视频,假模假式抄经礼佛,实则为了"带货"。佛门本是清净之地,即便是作为游览景点的寺庙古迹,也自有质朴之风。所谓"佛媛",实在是与"佛"之气度离得太远。

现在,我国短视频用户规模达到了8.88亿,短视频在网络生活中的比重越来越大。几分钟甚至几十秒的短视频,既为名渊,亦成利薮,是"网红"集散之所,也为资本必争之地。于是,孵化、制造"网红"成了一种工业。"自来红"远没有"催红""炒红"的多。

"网红"是表演,又和我们以往看到的表演不同。前者在舞台上，后者在生活中。因为有舞台，我们纵然感叹"演得像真的一样"，也断不会将它当作真的；现在生活成了"舞台"，即便"网红"的表演假意盎然，也让人不自觉地将这种幻像与真实重叠起来，心智不够成熟的少年人更易如此。

继"佛媛"而起的还有"病媛"。"佛媛"假扮有心向佛，拿佛门做卖场。"病媛"表演"生病"，将医院做幌子，创造新奇感，最终目的也不外"带货"。电影电视、话剧戏曲中自然有"病人"。美丽的女病人，甚至可归为文艺形象之一类。《红楼梦》里的林黛玉、《茶花女》里的玛格丽特，心口疼的西施，是真"病媛"。病在她们身上，成为增强艺术感染力的因素。不过，西施的心脏病是真的，而且她并不为速效救心丸代言，这才保持了几千年的"流量"。

佛媛、病媛类的网红，让人反感是因为缺乏对生活的基本尊重。这又涉及伦理问题。我们有没有权利把生活本身当作表演，将生活的任意部分展示给公众，哪怕这是属于你的生活。在生活被视频充斥的今天，这个问题值得思考。若问我，答案是否定的。

66　直播间里"卖布头"

2021年的"双11"，比往年来得更早一些。带货主播们又燃起了"战火"。自新冠肺炎疫情以来,"带货经济"风头大涨。早在一年多前,国家人社部已把"互联网营销师"列为新职业之一。网友戏称,带货主播获得了"官方认证"。

有个朋友爱喝茶。睡觉前又习惯刷抖音,一碰到卖茶的,就滑不动了,看着看着就下了单。加上算法推荐作怪,他越是在直播间买茶,刷到卖茶主播的几率就越大。据说,家里茶叶成了山,够喝上十几年的。我的直播间购物经历极少。有一次,买了支号称花梨木笔杆儿的钢笔。用了不到一周,裂开条长缝,我的直播买货史至此告终。

不过,即便不买东西,看看带货主播表演也很有意思。我在一篇网文中看到,某人是李佳琦的忠实粉丝,最喜欢的是看口红试色,下单只是偶尔之举,更多的是从中获得"治愈"。对此,我深表理解。带货主播多才多艺的很多。有的口才极好,看他卖货,精彩不亚于一场脱口秀。有的表演能力强,直播间成了独角戏的舞台。还有的知识广博,观其带货如读百科全书。比如,我关注了一位卖酒的主播,每次推销时,古今中外,侃侃而谈。我从不主动喝酒,也不爱囤酒,却从这位主播那里获得了不少关于酒的知识。我还关注了一些地方官员,他们推销的大都是主政之地的土特产,内容经过精心准备,给人许多农业果木知识。

看着这些主播卖力的"表演",想起传统相声《卖布头》。这个节目据说创作于民国时期,但现在能听到最早的录音应该是60

年代侯宝林和郭启儒先生合说的版本:"是经洗又经晒,还经铺又经盖。经拉又经拽,是经蹬又经踹",干净利落脆,堪称语言艺术之经典。而它的来源,其实是旧时街头小商贩的吆喝。那么,如今的直播间,是否也会孕生出新的《卖布头》呢?对此,我是乐观的。

丁辑　人机共处学

◆ 择业导师说，找工作要找机器人无法取代的那种。但 AI 发展一日千里，什么工作是机器人无法取代的呢？我想，应该是那些需要"轧苗头""接翎子"的工作。

◆ 生活好比一块大切糕，多一类 APP 问世，就被切走一块。常常感叹，我和你最远的距离，不在天涯海角，而是隔着一款 APP。

◆ 俗话说"人有三急"。现代社会，人有"新三急"。第一手机没电。第二身边断网。第三快递不应。

◆ 我们需要手机，就像书生需要一顶方巾，将军需要一匹战马。它是我们和自己的社会圈子保持联系，确认自己存在的一种方式。小孩子对手机充满热望，大概也是长大成人的天然诉求使然。就像一群毛头小伙子，偷着抽父亲的烟，和同伴们吞云吐雾，粗声粗气地说笑；抑或，十来岁的女娃，悄悄穿起妈妈的高跟鞋，在镜子前面顾影自怜。

◆ 生活啊，就像蝉蜕皮，不论蜕得多么艰难，挣扎着蜕完，总也有些变化和成长，但也总还是一只蝉的模样。

◆ 上帝比手机厂高明之处在于，他造的每个人都是全球唯一定制版。这是一件好事，让我们每个人感到各自的尊严。但也因为"出厂设置"各不相同，众生平等只能是美好的想象。我们能做的，无非努力调整参数，性能稳定地运行，为了自己，也为了别人。

01　把谁 P 上去

合影，早已成了现在开会的标配。小会还好，有些人数众多的会，合影时整队成了一门技术活。尤其是中国人好在小事上谦让，一边往梯子上走，一边你推我让，有时耽误好久。有一次在南方开会，一位摄影家朋友等得不耐烦了，半是调侃半是抱怨道：只拍第一排坐着的就行啦，后面一排一排把脑袋 P 上去嘛。这可能真是个好主意，但想想用光标一颗一颗提取脑瓜，画面实在过于惊悚。

P 图这件事其实并不新鲜。晚清重臣岑春煊，当年就遭人挖坑，被 P 了一张与梁启超的"合照"，惹怒了慈禧老佛爷，丢官罢职。而在后来的历史风云中，P 图的故事也时有所见。

不过，当年的 P 图是专业技能。到了这些年，智能手机大行其道，P 图软件也越来越方便和普及，在手机上操作就能完成。花样百出的滤镜更是把 P 图与拍图合而为一。于是，拍就是 P，P 就是拍，P 出了一片新天地。某天，我刷抖音，屏幕里拍抖音的人正在提醒拍摄者：一定要开"长腿"啊，因为大家都开，我要不开，腿就显得短了。你看，众人皆 P 我独真，要做到唯我不 P 还真不容易啊。

细想起来，这个世界从来就是被 P 过的。一切文化，都是 P 图手。小时候，我们唱童谣、听寓言，其实也是给人生装配各种滤镜。"小兔子乖乖，把门儿开开，快点开开，我要进来；不开不开我不开，妈妈没回来。"这是"丛林风格"滤镜，门外站着坏人，不提防着点儿，就被"啊呜"一口吞了。

活在被反复 P 过的世界里，可能是无法选择的宿命。有时候，聚会未能参加，看见朋友圈里的合影不由得大叫一声：把我 P 上去。然而，世界可以 P，生活不能欺。王维的诗："遥知兄弟登高处，遍插茱萸少一人。"杜甫有句："今夜鄜州月，闺中只独看。"这样的缺憾及其情感，正因为拒绝被 P，反显得愈发高贵、愈发动人。

02　声音的逆袭

这几年常提笔忘字，与记性无关，和键盘有关。不知从何时起，键盘写作成了主流。有时纯粹为活动手指，或突发思古之幽情，才用纸笔写点东西。

在电脑刚时兴时，会"五笔"是重要技能，没过多久，这技能就不那么光鲜了。现在，你说习惯"五笔"打字，那么恭喜，你暴露年龄了。

比"五笔"方便的是"拼音"。以前，我们要记住"己""已"和"巳"的细微差别，现在，只要记住它们的读音就不会"写"错。于是，我们对汉字的记忆下意识地从笔画结构变成了字母组合。我是南方人，照例无法准确念出前鼻音和后鼻音，但可以精准无误地敲击出前鼻音或后鼻音的字，这也是拜"拼音"输入法所赐。这是键盘带来的便利，却也是提笔忘字的原因。

近代以来主张改革汉字的人中，有一派主张汉字拼音化，常被笑为馊主意。没想到的是，这主意似乎正在变成现实，只是和汉字改革者没什么关系罢了。这正是历史的吊诡之处。

当然，"拼音"的宝座也不稳固。语音输入越来越精准，键盘的存在感就越来越弱。语言软件不但能识别普通话，而且支持多种方言。于是，"说"出就是"写"出。在人类生活中，普通人的声音，我的意思是那些没有被世俗权力或神圣观念"加冕"的声音，以及被放逐在庙堂边缘的乡野之音，大概从没有享受过这么优厚的"待遇"。

我有时候想，会不会有那么一天，声音登堂入室，口语王者归来，文字退居二线乃至于"非遗"，就像那些口耳相传的故事以及编织和讲述故事的技巧，曾经历过的那样。

不过，无往不复，任何轮回都是新生。历史是个狡猾的老头儿，有时幻作似曾相识的模样，如一个老熟人点手相招，昧于大势者，以为遇到可乘之机，暗喜地伸出手去，往往是握了个空。

丁辑 人机共处学 | 269

而历史已在假装掉头之时,悄悄往前跨出了一大步。

03　放生恐惧症

我不会开车。有一次聊起学开车,女儿说,"老爸你不用学了,马上就有无人驾驶了。"想想也是,无人驾驶的噱头响了很久了,没准儿哪天就实现了。

日本东京的轻轨"临海线"不就是无人驾驶吗?无轨的汽车要实现无人驾驶,比有轨的火车可能要难一些,但想来也不是无法突破的。就在 9 月 22 日,全球首张自动驾驶商用牌照发出。无人驾驶离我们真的不远了。

无人驾驶是人类向智能社会迈进的一大步。在越来越智能的社会,有一种担忧始终缠绕着我们:我们会被机器人控制吗?或者说,我们的智能对象化的结果会反噬我们自身吗?

很多年前,智能社会还离我们很远的时候,科幻小说、科幻电影已经反复猜想和描写过人类被控制甚至消灭的恐怖场景了。而所谓"机器人三定律"说到底不过是人类自欺欺人的一厢情愿。如果机器人严格遵守"三定律",只能说明这一"型"的智能水平还不够高罢了。

回到"控制"的话题,如果我们不把"控制"等同于"奴役",那"控制"早已存在了。大部分司机现在都习惯使用智能导航，导航不但指示道路，还会分析拥堵情况，帮司机选择一条最合适的路线。那么问题来了，譬如某位司机开车前往朋友家，导航的路线提示和朋友提供的路线不符，是听从和自己同为人类的朋友，还是异己力量的"智能导航"呢？我想，大多数人会选择后者。那这是否也是一种"控制"呢？

所谓奴役，实质是一种被安排的生活，不一定非有血淋淋的场景。鲁迅先生有篇文章写过：民国革命后，母亲对堕民的女人说以后不用再走来服役了，后者不但没有欢呼解放，反而勃然变色道，我们是千年万代，要走下去的！

面对人工智能的袭来，应该恐怖的可能不是被机器人杀戮，而是因不再被安排而出现的"放生恐惧症"。保持一点人类意义上的试错纠错的能力，大概是这种病症最好的疫苗吧。

04 旧日重来？

我看过一部科幻剧，一位母亲无法忍受丧子之痛，向机器人公司提供死去孩子的图像、音频资料，复制了一个孩子。其实，这已不是科幻，相关技术大都已经诞生。比如声音的合成技术，2016年张国荣的声音被合成，并与粉丝"互动"，一时感动了许多人。据说，汉武帝宠妃李夫人早逝，郁郁寡欢，为解其相思之苦，方士李少翁只好以"影戏"慰之。你看，拜科技之赐，现在的粉丝比当年的皇上更幸福。

当下的人们是活在网上的，不自觉在网络空间留下的生活痕迹越来越多。喜欢语音聊天的，声音信息大量存储在网上；习惯千姿百态凹姿势自拍晒照的，身体图像信息当然也被保存下来。如此想来，复制某个人或再现旧日生活，可能并不是多么大的技术难关。

人生，是一道自己与别人的求和公式。既然技术可以把人从产房到坟墓的一切生活数字化并加以存储，那么，逝者如斯的苦恼或许将会淡化，一些遗憾也可以得到弥补。

不过，一个从饥肠辘辘变得大腹便便的人，猛然发现自己的问题从晚饭吃什么变成了是否该吃晚饭，心头的惶恐与不安，是可想而知。科技进步带来了肉眼可见的富足感，出现的伦理困境却也显而易见。在技术史上，促进技术进步的力量有时候并不是来自技术本身，而是来自文化理念的创新与伦理秩序的重构。

迄今为止的人类文学、艺术乃至文明，似乎都是建立在"昨日不再，逝者永亡"情境之下的。苏轼的《江城子·乙卯正月二十日夜记梦》是悼亡诗之典范："十年生死两茫茫，不思量，自难忘。千里孤坟，无处话凄凉。纵使相逢应不识，尘满面，鬓如霜。"若放在"旧日合成、逝者归来"的情景下，阴阳交通时之容颜也可自由设定，又岂有"茫茫""不识"之叹。

如此说来，今后的人类文明史或将分为两个时期吧，旧日消逝的时期与旧日重来的时期。

05　智能时代的文学转折

智能时代的来临，会对文学产生哪些冲击呢？我觉得，最重要的可能是极端情境的弱化和减少。人在极端情境中会做一些日常不会做的事。人性也就更充分直接的暴露，善的一面被放大，恶的一面也被放大，善与恶的冲突、斗争及其形式、后果一并被放大。

或许因为如此，极端情境总是受到文艺家的青睐，《赵氏孤儿》拷问政治旋涡里的伦理；《唐山大地震》描写自然灾害面前的抉择；《中国机长》刻画突发危机关头的人性。最近，又读到湖北作家周芳的两本书，一本叫《重症监护室》，一本叫《在精神病院》，这是人生中易碰到的极端情境了。

不过，随着智能社会的发达，极端情境或趋于减少。机器人想来是不会遭遇极端情境的。它们不会死，时间对他们几乎没有意义。时间对人有特别意义，归根到底是因为人会死。文学的使命是写人，人又无非是生老病死。生，是被赋予的；老和病，不过是死的预演。而机器人不一样，它们一出场，就是永恒。人在老与病中的体验，对它们来说无非折旧、磨损。电影《银翼杀手》里，机器人遭遇了极端情境，但其实是人类内心的投射罢了。

将来的社会或许是人与机器人共享的家园，人也可能会部分地机器化。在机器人的帮助下，人类陷入极端情境的可能性也在降低。比如,我们开车走山路,可能会遇到危险的山石塌方,如换作智能机器人驾驶,由于其感知外部世界的敏锐性和对未知情况的判断力要强得多,或许早探测到山体微妙变化而提早避险。一切具有风险意味的偶然,在精妙的算法面前,都有机会成为必然。

但如果真是如此,反而更需要文学细致地记录和描绘人类的极端情境。因为到了那时,文学艺术乃至美学、文明的生长可能都要建立在人对极端情境的体验基础之上。非如此,文学很难再称人学。

06 衣服是洗衣机洗的吗

大概没有人会把洗衣机和电饭煲看作智能生活的象征。不过多少年来,洗衣做饭,几乎是家务活儿的代名词。这两件发明,解决了人们最基本的家务烦恼。

李白诗曰:"长安一片月,万户捣衣声。"古老的洗衣方式,延续了几千年。我们这代人小时候,洗衣和做饭,还停留在手工劳作。衣服,经常是在河边或井边洗的。做饭,当然是灶上。今天,这景象越来越少了。河边捶打衣服的妇女,有时竟成一道旅游景观。炊烟,也成了文学家的专利。

洗衣机和电饭煲,既已司空见惯。那么,问题来了。衣服是洗衣机洗的吗？回答"是"的人，多半是家里干家务活儿少的那一位。而坚定答"否"的，是操持家务的女主人，多半还要再加一句："有洗衣机就够了？那你和洗衣机过去吧！"

若非把这个问题搞个水落石出，结果可能是请出洗衣机的远祖搓衣板，才能终结这清官难断的纠纷。而类似的问题也发生于电饭煲、豆浆机以及新近时髦的扫地机器人等一切和家务有关之发明。

是啊，洗衣机虽然高级到能识别毛料还是棉料，还据此选择不同的洗涤方式，甚至贴心地把衣服烘干，但终究是洗衣工具，就这一点而言，和搓衣板、锤衣棒没什么差别。

既然衣服不是洗衣机"洗"的，那么，问题接着来了。文章是写作软件"写"的吗？现在，各式写作机器人可不少。从会写诗的"小冰"，到能写出中规中矩新闻稿的软件，据说更高明的竟然还会写小说，更不用说编张报表、出个统计报告了。

这些文字成果虽是机器所写，却不是无主的桃李，可任意采摘。近期深圳一家法院裁定，AI版权应受保护，某公司抄袭AI创作被罚款。当然，如今的AI还没有高明到自己跑法院击鼓鸣冤。AI官司的噱头背后，其实是人类内部的利益争夺。就像真正关心的是衣服是否是洗衣机所洗的，并不是洗衣机，而是摁动电门的家庭主妇。

丁辑 人机共处学 | 275

07　识花软件

女儿小的时候，带她去公园，她总指着花草树木问个不停，可惜我的植物学知识有限，除了榆柳桑槐之类家常花木，其他一概不识。有的公园又只标记某树是否"古树"或"准古树"，不标种类名称，似乎对于一棵树而言，最重要的竟然是年纪。于是，我只好含糊其词，转移话题，心中却不免生愧。

孔老夫子教导我们说，多识鸟兽草木之名。鉴于孔子对种菜农活毫无兴趣，又不好探究终极问题，再联系到他又喜欢"浴乎沂，风乎舞雩，咏而归"。我想，老人家的意思大概是人要多一些亲近自然的性情吧。毕竟，天天讲大道理的人生如嚼干蜡。

遗憾的是，草木我识的不多，鸟兽就更少，有违夫子之教。后来，发现手机上有识别花木的软件，这可真解了大围。再遇到不认识的植物时，打开手机，拍下它的枝叶或花朵，上传，几秒后答案就出现了，不但有名称、种属，还有咏叹此花此木之诗词，有的竟还标注了药用、食用方法，似有诱导采摘之嫌疑。

自从发现这条捷径，我把软件视为随身法宝。前几天午饭后，在单位院子里散步。有位同事忽指着路旁一棵高高的树问：这是什么树？我转头一看，发现这树长在三棵核桃树之间。核桃树我早就认识，每天路过时，便以为混在其中的也是核桃树，竟熟视无睹。今天被问到，才发现这树我还不曾识得，赶紧掏出手机，拍照一查，答案出乎我的意料：臭椿。同事看了，也很惊讶：竟然是臭椿。

再看此树，不知怎的就有些了奇怪的感觉，毕竟它占了个臭字，虽然树下闻不到什么特殊气味。于是，想起一首现代诗《香椿和臭椿》来。诗云："跟我一起读完科普牌子的小孩／很有意见／不同归不同，凭什么／一株叫臭的／另一株叫香的。"这首诗收在友人所编《北漂诗篇》中，读过已有三年，一直未忘。

终于，我从手机桌面删去了识花软件。

08　听手机讲那过去的事情

听故事，是每个小孩子都喜欢的。我读研究生时，在历史系。有个同学说，读历史系的好处是以后能给孩子讲故事。等我有了女儿才发现，学历史至于化境，方讲得故事，非大家不能为也。像我这般半路出家，磕磕绊绊读了几本史书的，讲来不是一笔流水账就是一票糊涂账，与"故事"相去甚远。好在当下听书软件多得是给孩子讲故事的，打开手机，女儿实现了"故事自由"。

讲故事，其实与专业无关，和学问也无关。我小时候，多住外婆家。外婆祖上做讼师，到她父亲这一辈，失去了知识身份，摆小摊度日。她上过一年私塾，会写名字、记账，未到读书看报程度，却会讲故事，品类繁多，"田螺姑娘""兄弟分家""老虎外婆""呆女婿",描摹情状,或仙或怪,夹叙夹议,人情世故,皆在其中,而且时有变化,故而听过又讲,讲了又听,毫不乏味。

说实话,我很想给女儿复述从外婆那听来的故事,多次尝试,却无法成功。那些抓人的细节分明如烟雾飘绕在眼前,清楚得很,张嘴欲言,却如吹了一口气去,它们竟逃命也似散得无影无踪。没奈何,只能打开手机,搜到"田螺姑娘""小红帽",有表情地朗读一遍了事,心里知道这并不是儿时听熟的那个。

故事,顾名思义,是过去之事。讲者以今日之情演之,人情人殊,故事也千姿百态。写《人类简史》的赫拉利说,讲故事是人之为人的能力。这话可能有点过了。不过,讲故事确为人之本能,也是人心印证的要途。天下人众矣,然仔细想来,愿听你讲个故事的有几人,你愿给讲个故事听的又有几个呢?

遗憾的是,我们正乐于让渡这份讲故事的本能,照本宣科地念几页童话,或者干脆拱手交给网上的"职业故事人"。

手机里的故事,有起有伏,配着音乐,十分精致,但就像大饭店的菜肴,少了一点让人安心的味道。

09　靠脸吃饭

周末的中午,到一家快餐店觅食。点完单,付款时,老板说，你刷脸吧，有优惠。我把脸凑到款台的平板电脑前，支付完成！平生第一次，我也靠脸吃饭了。

前阵子，流行一句调侃的话：明明可以靠脸吃饭，却要靠才华。古人说，相由心生。可见，脸和才华，本是一事。古人又说，读书可以变化气质。三日不读书，则面目可憎。读书竟有贴面膜、抹粉底之功效。不过，这些都是读书人自欺欺人的。就像读书人说书里有黄金，又有美人，大半也是酸葡萄心理作怪。如果谁脑子糊涂，拿来当真，把生意兴隆的美容院改成书店，门可罗雀之日，也只能自认倒霉。

说回"刷脸"，生物识别技术，不论是脸、手纹或虹膜，给人带来方便的同时，也带来了许多恐慌。人之为人，总要有些特征，而身体的生物特征，大概是最硬核的了。这些信息一旦被泄露，带来的麻烦无穷无尽。家门钥匙丢了，为保险起见，换一扇防盗门，虽然费钱，破财换个心安。指纹如果泄露了，总不能真的当"剁手党"，和手指"断舍离"。更何况，还有人说，一块橘子皮就可以打开手机指纹锁，还能完成支付！

提高生物识别安全性的方式，除了增加伪造难度外，还有一种据说更加可靠，就是尽量使用不暴露在体表的生物信息。脸部信息，拍张照就获得了。指纹、掌纹，喝杯水就留在了杯子上，并不需要多高的技术就可以被提取。以前有部港片叫《鉴证实录》，就逼真地再现了犯罪痕迹的检测的工作。相比而言，人体内部的信息比如骨骼，提取更难，也就有了更高的保密度。

丁辑　人机共处学

据报道，有的机构已经在研究通过手上的静脉，进行人的识别，而且进展颇快。如果得到推广，号脉就不再是中医大夫的专利了。写到这里，想到网上还流行过一句玩笑：相亲不看脸，不看腰，难道你要看内脏吗？也许，这并不是一句玩笑。

10　世界变窄了

自从联上了网，都说世界变小了，又说世界变平了。其实，世界还变窄了。所谓窄，是人与人之间的距离更小了。原因是在互联网的世界，隐私正遭受着前所未有的考验。而人与人之间真正的距离，大部分是隐私带来的。

在人类的历史上，被列为隐私而不许外人见的东西很多，又因文化差异而不同。在我小时候，或许出于对某种超自然因素的信仰，家乡一些女性长辈把自己的名字作为隐私，不但不许陌生人得知，连丈夫也不能轻易呼叫。有时，文书公告提到时也只好含糊其词，好在地方小，人们互相熟悉，点到为止，心知肚明。不过，她们对于年龄倒开明得很，"我都七十八啦"，大声叫嚷是无妨的。现在情况反过来了。女性的名字正大光明地使用，年龄却秘而不宣。在有些文明中，关于隐私的独特禁忌，还以习俗、宗教等名义获得了更庄严的面相，变得不可侵犯。

到了APP统治生活的时代，一切发生了改变。APP在安装时，都会"礼貌"地请你决定，是否可以允许它获取你的通讯簿、地址、昵称、录音功能，等等，但事实上，你除了"愉快"地同意之外，别无他法。否则，你将无法使用这款产品。而一旦点了"同意"，就意味着在隐私让渡协议上按了手印。有的APP，甚至还以"免密"的方便为诱惑，要求用户把手印本身一并长期租借给它。似乎从未见哪个APP考虑地方性的隐私禁忌，而作出善解人意的特殊规定。相反，它以"人同此心，心同此理"的强势假定，致力于推平世界地图上的文化丘壑。

于是，我们生活在了更窄的世界里，向熟人、陌生人，或者隐藏在技术之幕背后的机构，开放着自己的生活领地，变得没有自己把控的距离。而当这些隐私变成"数据"，它就脱离主人而存在，以至于可能反噬隐私所有者的生活。远的不说，最近，"人人归来"引起的"黑历史"争论，不就是如此吗？

11 我和我的手机一刻也不能分割？

最近，给女儿买了手机，这是她最想要的礼物。我想，这与她身边的人，比如我，老拿着手机，办什么事都用手机有关。日常所见，有类似愿望的小孩，好像也非她一个。有调查说，人每隔四五分钟就会看一次手机。这大概就是手机瘾吧。

上瘾，在医学或社会学上，可以用一堆指标测定。说白了，就是对某个东西离不开。烟瘾、酒瘾、茶瘾、牌瘾、官瘾，都是如此。其实，大部分瘾，靠自己的心力便可戒除。我的外公，在世时是半个多世纪烟龄的老烟民，从旧政权抽到新政权。80年代初，有一阵子，可能是为了处理积压商品，买香烟必须同时买味精或食盐。香烟的消耗速度当然比味精可快多了。老头子一气之下，就此戒烟，到死也没再买烟抽。

"瘾"有社交功能。有位抽烟的朋友说，"来，抽支烟"，是他最有效的搭讪手段；"瘾犯了，我抽支烟去"，又是遇到乏味尴尬场合的"烟遁"高招。回想我外公戒烟时，已退休在家多年，香烟的社交功能，于他而言，或许已不那么重要，这大概也是他戒烟成功的原因之一吧。

手机和香烟不同，不含尼古丁。那么，我们真的和手机一刻也不能分离吗？也未必。有时，手机坏了，几天不用，清清静静，心里反而舒坦。朋友圈里也常看到"贴"着告示：某人因了某种原因，关机若干时间。这说明，比起香烟，手机瘾里的社交成分更大。抽烟喝茶，是为自己，手不离机，却大半为别人。

因此，我们需要手机，就像书生需要一顶方巾，将军需要一匹战马。它是我们和自己的社会圈子保持联系，确认自己存在的一种方式。小孩子对手机充满热望，大概也是长大成人的天然诉求使然。就像一群毛头小伙子，偷着抽父亲的烟，和同伴们吞云吐雾，粗声粗气地说笑；抑或，十来岁的女娃，悄悄穿起妈妈的高跟鞋，在镜子前面顾影自怜。

12　令人恐惧的弱点

近日阅报,看到一则消息,有研发机构推出了新型"虚拟人"。虚拟人和人类实时互动,并不能算新闻了,比如数字歌手、数字主播,有的甚至成了明星。日常生活中的智能语言助手,乃至电子导航,都不妨看作虚拟人的初级形式。

不过,这款新开发的虚拟人与众不同之处在于,它不能回答太多问题,却有着和人类相似的气质、表情,乃至感受。它还会感到疲劳,需要定期休息和睡觉!注意,不是断电、开机式的睡觉,而是人类式的睡觉。

这真是件细思极恐的事儿。在我的印象中,虚拟人也好,机器人也罢,以前总是致力于做得比人类更"强"。作为人类的创造物,它们努力地把人类的长处变得更长,同时竭力消除人类的弱点。所以,再强悍的心算高手,也算不过一台计算机。而且只要不拔插头,它们永远不知疲倦。

现在我们却反其道而行之了,开始复制自己的弱点。这或许预示着,离创造出像我们一样的"人",又近了一步。而且,这一型会疲劳的"虚拟人",每一个的细节都不一样,包括眼神、唇部的细节。于是,使用者感觉到,面对的"这一个"就是真人。

以前制造机器人,看似"造神",实则挑选一件趁手的工具,帮助肉身实现愿望;现在是真的"造人",不再是制造工具,而是生一个孩子,他不但将继承你漂亮的脸蛋和身材,还将延续你暴躁的脾性，甚至还有潜藏的家族病。

当人类一心创造比自己强大的"神"时，只是在回应远古的呼唤，实现着内心深处的一个心愿。而心愿，一般不会让人迷失本性。但是，当人开始全面复制自己，连弱点也绝不放过时，就变成了一种游戏，而游戏容易令人形成错觉，甚至乐在其中，忘却了进路与归途。如果真有仿生人反噬吾类的那一天，多半不是因为他们复刻了我们的长处，而是"遗传"了我们的弱点。

13　知心与共情

知心，是人们梦寐以求的事。"知人知面不知心""人心隔肚皮""日久见人心"，这些流传多年的俗语，谆谆告诫，无非是说知心之难。一桩心事，不待明言甚至不必诉诸言语，向被视为人生快事。佛祖拈花，弟子微笑，眼神确认的默契，纵在灵山仙界，亦为上乘。

心事的互相揣测，造就了多少文艺佳话。《蒙娜丽莎》的微笑之所以迷人，大半因脸上似写着心事，或观者感到她有不得倾诉之心事。"倚门回首，却把青梅嗅"，透露的也是一丝心事消息。高手如王小波，在给李银河的情书里，更把心事写得十分动人："我和你就像两个小孩子，围着一个神秘的果酱罐，一点一点地尝它，看看里面有多少甜。"而在风行一时的《三体》中，外星文明进化太快,心口完全如一,竟丧失了运用权谋的能力,反在斗争中处了下风。心事真如一张大幕,把人我隔开,为文明留下了滋长的空间。

现在情况有了变化。有个它,无时无刻不在体贴地揣测着你的心事。这就是人工智能。打开手机,不小心碰到了什么地方,它马上就问:"您说了什么,我没听清,请再说一遍。"看你没答应。又讨好地问:"您是要打开地图吗?"等你真的发出一道命令时,它立刻屁颠屁颠地去执行。但是,这种被照顾的感觉并不美妙,反有被"看透"甚至"打扰""捉弄"的烦恼。这大概因为人工智能的"知心"只是一种算法,并没有释放善意,至少目前的技术水平是这样。

善意的释放,也就是罗杰斯所说的"共情"。其实,孟老夫子也有类似说法:看见孩子掉进井里,出于本性会生出同情。所谓"怵惕恻隐"是也。而现代科学又表明,"共情"非人类专属。实验室里的小老鼠,发现吃机关上的食物会让同伴遭电击,竟会放弃取食。但人类"共情"能力肯定是最强的,善意的释放和接受,也是人性中最宝贵的,尤其在今天。

14 你是方言几级

前段时间,有支歌在抖音大火,有一句词是"零零后的同学,不会说方言"。其实,何必"零零后","八零后"方言水平就已堪忧。

我离乡求学、工作20多年。刚到北方那会儿,手机还不普及,与家里通话,每周一次,已是奢侈。南方人十里不同音,流落异地,须同乡同村,方见真乡音。有一次和一位小同乡吃饭,他比我离家更早,吃着吃着,忽停住了伸向宫保鸡丁的筷子,低声道:能有人说说家乡话,真好!

去年返乡,朋友说,这么多年,你的家乡话还没变。我知道这并非实情。我的口音早变了许多。如果有家乡话考级,大概成绩不会太好。这本不待我离开家乡,自打上学,学拼音,日常"土话"和场面上的"官话"已是两个世界。

读大学时,流行一种游戏,用家乡话朗读书的篇章。这看起来容易,真要读就很难。书里那些字,从我认识它起,就是以"官话"的样子存在的。尤其是那些高端的内容,更非乡间日常所有,即便念出来,也事先在脑中经过转换,不顺畅,也不地道。

约莫十多年前,社交媒体发达起来,联系变得方便,网络社区也渐渐变多,方言找到了领地。但那时网上"聊天"用文字,文字比"官话"更一本正经,常拒乡音于千里之外。于是,就很羡慕粤语同胞,他们的家乡话竟可以流畅地"写"出来。

再后来,各地"方言文字",好像多了起来,还成了文化符号。我的单位附近有家不起眼的川味儿小馆,墙上挂了些小木牌，以墨笔行书四川"方言字"，如"巴适""大套"，配以拼音和解释，添了不少佐餐之乐。

近年语言软件发达，不但可发方言，聪慧者竟能翻译，而且会处理的方言越来越多。不过，方言之秘密在不可通解，如一"方"之言与属地之"方"不再绑定，"风语者"或也将消失殆尽了罢。这是方言之幸，还是不幸，恐怕只能留待时间回答了。

15 谈一场七天的恋爱

人工智能技术一日千里，最近，情感陪伴型女性虚拟恋人问世了。据说，首批订单名额供不应求。有的订户以初恋女友为原型，竟找回了"爱情开始的样子"。

这款还在测试阶段的虚拟恋人，"生命"被设定为168小时，也就是7天。我不懂虚拟人的制作原理。但7天这个时限给人以想象。现代社会是七进制的，除了工作狂，7天基本完成了一个可循环复制的生活单元。美丑善恶，大概都显露了。

耐人寻味的是，为什么虚拟恋人只有女性而没有男性呢？或许因为"情感陪伴"天然地被贴上了女性的标签。如果真是这样，那不但该受到女权主义的讨伐，也可能会引起"小奶狗"的抗议。

不过，人工智能本质是算法。算法，说到底又是已知或可预测的体验和经验。而从人类历史漫长的岁月看，绝大多数"陪伴"确实是女性完成的。也或许，设计者认为现代女性内心强大，能够自行化解情感孤单。就像那些内功高明的侠客，偷偷把酒从手指尖逼到体外，谈笑风生，千杯不醉。古龙小说里有位"凤四娘"，便是消化孤寂的高手。

虚拟恋人既是人工定制，一来到身边，就具备了"男友"的所有爱情想象，治愈力自然是超强的。又因为"她"是定制的，对"男友"而言，人格完全透明，好比一盘没有阴影的月亮，皎洁洒地。不过，爱情是百依百顺抑或一个人对另一个人的透明吗？答案恐非断然。

世上没有抽象的情感，正如没有抽象的人性。AI陪伴机器人的探索方向，除了恋人，还有小孩、老人情感照料。有个朋友说，孩子生下来时，只是一块肉，养着养着有了感情。我很认同。

人的情感不是结果，而是过程。人与人相处，就像小王子和狐狸，互相驯化而已。任何预先驯服的东西，无论它多么像人，多么知己，也只是工具。而工具，无法填补内心的空虚。

那么，和虚拟人谈一场恋爱，7天只多不少。

16 "备份"别过分

新冠肺炎疫情逐渐蔓延全球了。每在新闻里看到命名为

"2019-nCoV"的病毒，总会想起电脑病毒。自从电脑进入生活，"病毒"二字就有了生物学之外的新解。而在人类自古以来使用的所有"工具"中，电脑大概是唯一会感染"病毒"的，而且还会互相传染。这让它愈发显得像个活物。

电脑病毒层出不穷，手段凶残的不在少数。常听人说起电脑中毒崩溃的现场。有个朋友说，那一刹，感觉整个世界都离他而去了。令人不寒而栗！所幸在我的电脑生涯中，虽然遭遇小毒不断，倒还没有中过如此剧毒。

不过，对于一个在文字上讨生活的人而言，病毒如达摩克利斯之剑，始终悬在屏幕之上。总是担心哪天电脑突然黑屏，吞噬内存中的一切，把我推入窘境。于是，安装、更新杀毒软件之外，"备份"成了必须筑起的一道防御工事。"别忘了备份"，既是善意的提醒，也是严厉的训诫。

然而，并非有了电脑，才有了备份。这是人类，不，生物天生的本事。我观察过家里养的小仓鼠，填饱肚子后，它还要把爱吃的花生、草籽藏在嘴里，直到腮帮子鼓得快炸了，仍乐此不疲。这大概是来自本能的"备份"吧，从心理上讲，源于对失去的恐慌。

懂备份的人，日子过得踏实。不过，"备份思维"过度膨胀，又会滋生麻烦。有的父母把孩子当"备份"，一心把自己的梦想"拷贝"到子女身上，而这些"希望"或是父母对自己的失望，或是复制别人成功的渴望，总之和孩子内心无关。养儿防老，已是落伍，养儿追梦，更可悲哀。有的领导把下属当作超大容量移动硬盘，不断塞入各种信息指令，看似事无巨细、面面俱到，实则背离管理法则。

备份过多，就成了制造垃圾，电脑抑或生活，都是一样。垃圾太多，活得就累赘了，需要经常清理，删去没用的备份，为那些真要紧的东西腾出空间，正如只有把沙砾淘洗掉，金子才能发光。

17　灵光的锣鼓

乡间很多老人家，即便不识字，也有爱惜字纸的习惯。据说，纸上写了字，便附着了神秘力量，可镇压鬼神，不可随意丢弃，应收集起来焚毁。在一些寺庙的香炉上，也常镌有"敬惜字纸"。古人喜欢神道设教，民间那些看似迷信的说法，经常包含某种文化深意，只是采取了易言易行的"简包装"罢了。

我从小受此习染，写了只字片语的纸片，总舍不得丢弃。有时只是看书时随手抄下或记下的几行，当时以为灵光一现，宝贵无比，有时间了必可敷衍成文。其实大都写过就忘了。异日再见，全然无法记起当时为何要抄这一段。好比买了一堆食料，耽搁了一会儿，就不知该做什么菜了。累年积攒，竟成累赘。最后还是当垃圾处理。

更可气的是，这种习惯竟延续到电脑写作。人们常说，好文章是改出来的。这话可能对，反过来却不成立，改得多未必就是好文章。一篇文章反复修改，有时是因为自己不满意，有时是编辑不满意，有时自己和编辑倒都满意了，编辑的领导又不满意，来来回回，颠颠倒倒，小小一文有了多个版本。这些版本像孪生子，外人看来一模一样，自己却知阿大和阿二脾性完全不同。把哪个拖进"垃圾箱"都于心不忍，直到电脑桌面铺满不知所云的文档，才下定决心，大砍大伐。

我见过极有条理之人。电脑一打开，目录齐整，各个文件夹秩序井然，好似俄罗斯套娃，一个里面装着另一个，逐级点去，应击而开，一层又一层，清清爽爽，多重的强迫症也能霍然痊愈。

不过，又有一种说法，书桌越是杂乱，创造力越强。爱因斯坦、马克·吐温，都是如此。拥有凌乱桌面的人，更有创造力和冒险精神，东西井井有条的人，往往循规蹈矩，不爱冒险尝试新鲜事物。这么说来，混杂的环境，七倒八歪的书刊，翻检的痕迹，都是迎接灵光一现的开场锣鼓。只不知这条定律，对电脑桌面适用否？

18　出厂设置

记得以前买手机时，厂家会附赠一枚小针。这枚针，掏耳朵太尖,当牙签太粗,唯一的用处是,手机不灵光时,用它戳一下手机上的小孔,手机会回到"出厂设置"。

每用到这个功能,我总想起孙悟空打妖怪的场景。这边厢,悟空来到洞口,一通"你外公"的经典"猴骂",引得妖怪气急败坏,哇呀呀地冲将出来;那边厢,妖怪的菩萨或神仙主人早已笑吟吟立定云头。双方打不一会儿,云中必传来一声断喝:孽畜,还不现出原形!于是,再凶狠的妖怪,也落得就地一滚,不但回到"出厂设置",而且"厂家召回"了。

也不知从哪一款手机起,赠品小针似乎没有了。有可能现在的手机进化了,无需用"容嬷嬷"式的狠招回到"出厂设置"。也可能更新换代太快,手机来不及用坏,就已被淘汰了。

那么,用手机的人有"出厂设置"吗?网上有些狭促鬼,把整容之后又变丑的人称为恢复"出厂设置"。此类嘲讽,固不足为训。但细细想来,我们落草那一刻,便有了"出厂设置"。

写到这里,想起我女儿出生的那个上午,护士抱着小东西从产房出来,招呼了我后,一声不吭地快步在前头走,我觉得该找话来说,又不知该说什么,只好怕丢了似的跟在后面。到了婴儿房,她放下娃娃,问了我孩子的姓名、民族、籍贯,熟练地敲击电脑,打印出一张卡片,交到我手里。这就是女儿的"参数"了。随着女儿渐渐长大,有时可人有时乖戾,虽永远无法回到"出厂设置",但大部分"参数"却将伴她一辈子,有的或许还要决定她今后的人生之路。

上帝比手机厂高明之处在于，他造的每个人都是全球唯一定制版。这是一件好事，让我们每个人感到各自的尊严。但也因为"出厂设置"各不相同，众生平等只能是美好的想象。我们能做的，无非努力调整参数，性能稳定地运行，为了别人，也为了自己。

19　病是"搜"出来的？

身体不舒服了怎么办？现代人有两个必备技能：如是别人不舒服，嘱咐他多喝热水；如果是自己，上网搜索，找名医圣手，甚至给自己开方抓药。

我最近读到一项基于全球 12 个国家 12000 多人的调查数据，中国的互联网使用者中，有 60% 的人会利用网络搜索健康、医疗、疾病相关的信息，56% 的人还会利用网上的信息进行自我诊断。以我的经验而论，这个数字或许更大。

网上的医疗信息，有时确实能帮大忙。比如发现和自己类似症状的人，才知道自己的不舒服只是因为熬了大夜，休息一下就可痊愈。病友之间互相安慰，也会起到舒缓心情的作用。有时则不然，分明只是小状况，却越搜越骇人，心惊肉跳之下，无常鬼拿人的锁链仿佛已在耳边叮当作响。越急越搜，越搜越急，于是，没病也急出三分病来。

丁辑　人机共处学　｜　293

这种因为过度搜索健康信息而导致的焦虑或恐惧，有个专门名词，叫作"网络疑病症"。据研究，那些罕见、严重的病症往往被浏览的更多，而一般网站又根据点击率对健康信息进行排行，于是，"网络疑病症"患者容易陷于"搜索—焦虑—搜索"的恶性循环之中。本来没病的人，搜着搜着就病了。倡导健康饮食的人说，病是吃出来的。看来，病也可能是"搜"出来的。

除了自己"找病"，网上找医生还有别的陷阱。给医生点评、打分的，绝大部分是患者。虽然，疗效是个硬道理。章太炎老先生不是说了吗？以病者之身为师，以疗者之口为据。但医生的水平由患者来评判，终究不太牢靠。这不仅因为患者个体差异很大，而且许多患者的评语更看重医生的接诊"态度"。纵然，医学有其局限性，所谓"有时治愈，常常帮助，总是安慰"，但作为病人，如果"态度"和"医术"真的无法得兼，我想大部分人还是选择高明的"医术"，哪怕付出忍受"怒汉"的代价。因此，网络寻医，真要慎之啊。

20 难吃的健康

北京应急响应级别下调后，我常去的健身房如常开放，终于能再次踏上跑步机了。虽然复杂不等于先进，跑步机的设计却越来越复杂。开机之后，盘面上数据撒欢地跳个不停，速度、距离、卡路里还有心跳、血压，这时的机械既有医生的严肃，又有监工的无情。

村上春树说，"我不是人，是一架纯粹的机器，所以什么也无需感觉，唯有向前奔跑。"他说的是跑马拉松时的状态。我年来发福，只见自家肉松，断不敢尝试马拉松。不过，去健身房，却也只是"向前"跑而已，除了看下时间和距离，其余一概不论。

这些年，市面上监控人体数据的设备花样百出。很多年前，我有过一只健康手环，可以记录步数。据说每天走够一万步，对身体大有裨益。古话说，饭后百步走，活到九十九。走路有益健康，本无疑议。但古人对数字很随意，如果非要一步一步计算下来，锱铢必较地完成万步任务，反而迂腐了。

生活的数据化不止计步，但身体活动数据化，带动了生活其他方面。走路时打开一款计步软件，随着距离的增加，它会自动计算出你消耗的热量，但并不直接告诉你卡路里的数值，而是很鸡贼地帮你换算成一粒花生、一碗米饭或一盒冰激凌。刚开始时，我不免大吃一惊，走得大汗淋漓、气喘吁吁，还抵不过几颗花生米的热量。下馆子时，再见到平日喜爱的老醋花生，竟觉有些面目可憎。

于是，吃东西时养成了新习惯，总要先看看一个馒头、一块饼干的热量和脂肪，这些在匮乏年代求之而不得的东西，现在弃之而后快了。怎奈何好吃的东西，热量总是很高，"健康"的东西，往往难以下咽。人类是从饥饿年代走过来的，肠胃记忆之顽固，远甚于大脑。羊大为美，热量约等于美味，大概已成某种基因记忆。真正的改变必有待于 2.0 的新人类的诞生。作为老型号的个体，我们恐怕只能忍受纠结。

21 "倍速"生活

倍速看剧，已成现在年轻人的习惯。去年，有媒体做了调查，近七成受访青年表示平时使用倍速观看视频。有人干脆把自己的生活称作"倍速生活"。

很难说是视频播放平台的倍速设计促成了这种习惯，还是这种设计契合了快节奏的生活，大概像筷子夹菜吧，说不好是哪根筷子先动的念头，反正菜是夹到嘴里了。

我见过最快的倍速是 ×2，或许也还有更快的。但以我的体验，×2 时，剧中人说话已如鸟叫，举止也没了人形，不看字幕完全不知演的是什么。当然，有的演员台词本就不过关，即便说得再慢，不看字幕你也休想听清。

倍速这种技术，据说初衷是方便视频学习，让学生快速地把学过的知识点来一次"前情提要"，抓紧进入新的内容。后来，用在了播剧上。有人说，倍速看剧，是为了对付剧集疯狂注水。这话有些道理。但是，我若发现了注水剧，必是弃之不观，又何必倍速去看呢。因为注下去的水，大都均匀地分布在各个部位，破坏全剧的品质，靠倍速是甩不干的。

我想，倍速里面，应该还有些社会心理的原因。虽然古人也说，欲速则不达。但对倍速的追求，并不自今日始。凡事求快，以速为美，反映了一种"速度恐慌"或"赶超焦虑"。

清末的时候，有所谓"师范速成科"。设立的背景是新旧教育体制转换，亟需培养大批新式老师。现在被好几所高校追认作自己"前身"的三江师范学堂，当年除了设有"速成科"，还有"最速成科"。换作今天的话，大概是 ×1 和 ×2 的区别了。

如果说当年的焦虑是社会转型的产物，恓惶中带着令人尊敬的悲壮。今日有些焦虑，却纯粹是商业的制造。谁都明白，速成的东西质量难免要差一些。百多年前搞速成师范的人，对此并不避讳，老实称之为"简易师范"。如此说来，"倍速生活"不妨称为"简易生活"。这名字一改，或许会引起一些警醒吧。

22 "她"的地位

女儿从小就期盼用电脑"写作"，揣摩其心理，大概与想穿妈妈的高跟鞋类似。这几年，女儿岁数稍大了一些，有时学校布置了作文又需以电子形式提交，我们也便网开一面，让她得偿所愿几次。

前天,她正专心敲着电脑,突然发现新大陆似的喊起来:"我们这个'她'竟然还排在动物'它'的后面。"乍一听,没明白她的意思。过去看了,不禁哑然。原来,她用拼音打一个"ta"字,显示条上出来的多个"ta"音字中,第一个是"他",第二个是"它",第三个才是"她"。

"她"有说是刘半农创造的,也有说不是的。前几年,历史学家黄兴涛专门写了部书,挖掘"她"的文化史,甚有趣味。女儿当然还不了解这些掌故,只是知道这个"她"是女性专属,在三个"ta"中居然名列末位,作为女性一分子,她自然要为"她"仗义执言,打抱不平了。

可怜我用了这么多年输入法,竟没发现其中隐藏着一个"女权主义"的命题,足见男权思想之顽固。因了女儿的不满,我专门查考了一下。发现这事儿须怪不得输入法。输入法进化到今天,对字的排列已颇为智能,大体来说,与字的使用频率有关。

这么看来,我家的电脑写东西虽然不少,但"她"字用得不够多,故而这个字排名靠后。反过来又说明,我写的文章里提到女性太少。而我写的这些东西,大部分又和历史相关。这似乎进一步实锤了父系自古以来之强权。

说到输入法,五笔这位昔日王者已然式微,语音输入还在崛起之中,尚未一统江湖,今日正是拼音称雄之时。我还发现,如今的大多数拼音输入法,有模糊音设置,平舌与翘舌、前鼻与后鼻、"呢"与"勒"、"湖"与"福"不分也无大碍,这让几乎被逐出了书面语的南方口音,感到了满满的善意。这一功能在拼音输入法扩张势力的过程中,应该立下了汗马功劳。

噫嘻!输入法小小,微言大义可真不少。

23 AI 不会"轧苗头"

前不久,微软宣布裁撤近 80 名外包编辑,由 AI 编辑直接负责网站新闻抓取、排版和配图。没成想,AI 上岗没几天,差点把饭碗砸了。TA 在寻找配图时,竟把非裔歌手 Leigh 和阿拉伯裔歌手 Jade 给弄混了。

Jade 和 Leigh 都是英国知名女团 Little Mix 的成员。Jade 有四分之一埃及血统和四分之一也门血统,是阿拉伯裔混血儿;Leigh 是团队中唯一的黑人女性。AI 编辑在关于 Jade 的报道中错误地使用了 Leigh 的照片。

我从网上找到两位歌手的照片一看,长相果然有几分相似,但肤色差异十分明显。人类编辑纵然"脸盲",断不会犯这等低级错误,反过来说,如真是人类所为,恐怕会让人产生种族歧视的联想。这也就难怪当事人委屈地质问:在只有 4 个人的乐队里,正确区分两个不同肤色的女人,有那么难吗?

不过,对于 AI 而言,这事儿还真不容易。AI 编辑的世界是人类给予的大数据建立起来的,解决特定的问题十分高效,一旦超纲，就容易"翻车"。

"吃一堑，长一智"，这句老话，对于 AI 来说，是一种耿直的理解，针对特定的任务，获得特定的技能。比如，再碰到 Jade 和 Leigh，AI 就不会搞错了。但如果是类似的问题，依然可能犯错。

人类就不是这样。触类旁通，察言观色，观物取象，是诉诸直觉的智慧而不仅依靠推理的技能。人间的事，只可意会的多，可直言的少。我们无法像 AI 那样精准地计算来保证效益最大化，却能够捕捉事物刚刚萌发的一点微光，或隐而未显的蛛丝马迹，也善于从笑声中听出恶意，在哭泣里体会欣喜。用上海话说，大概是"接翎子""轧苗头"。这似乎是比确认眼神还高端的"人类技能"。

记得有个择业导师说过，找工作要找机器人无法取代的那种。但 AI 发展一日千里，什么工作是机器人无法取代的呢？并不易回答。我想，真问题可能是：什么工作较晚被机器人取代的。这应该就是那些需要"轧苗头""接翎子"的工作。

24　看球的 Spot

澳大利亚科学家近期在《儿科研究》上公布一项研究成果，宠物狗可以改善幼童社交情绪发展。养狗家庭的幼童，社交和情绪的健康状况比没狗的要好。这事儿在日常生活中我们也有感受。很多人的童年记忆里都有一只或数只狗，我也是如此，只是养的是草狗，智商不高，威逼利诱之下，勉强能学会"握手"，饭量却不小，没两年就长得五大三粗，不安于室。

前些年，流行过电子宠物狗，可下载到手机，还会各种技能，哪怕有些并不是狗应该会的，也照会不误。但毕竟只是虚拟的画面，饲养体验没法和活蹦乱跳的真狗相比。

不久前，机器狗 Spot 横空出世，成了明星。这条"狗"身材瘦削，活动灵活，会下楼梯、越野，还会编队前行，据说一条值七万多美元，令我等穷人咋舌却步。最近，它又出了新闻，与机器人 Pepper 一起组成了日本棒球的啦啦队。队员在场上比赛时，19 位 Pepper 整齐地挥动胳膊，20 条 Spot 一起缩肩探头、摆肩摇臀，画风诡异之极；据说当球员本垒打时，Pepper 还会作出某些特定的姿势，不愧为"情感机器人"。

我好奇的是，场下球员看到这支智能啦啦队时，心中是何种感受。我对体育运动兴趣很小。小的时候，经济体制还未转轨，镇上有几家公家的厂子。夏天，组织职工篮球赛，各厂派队伍参加，镇上中学的体育老师担当裁判。我父亲那时是厂里的篮球队员。每到"赛季"，我们便去观看。小镇不大，看台上坐满了人，充当啦啦队，也是亲友团，为球场上的亲友呐喊助威。有时人群中也有狗，随着主人的情绪狂吠或低鸣。人和狗此时的欢呼或叹气，多半不是为球技，而是为球员。

近半个世纪前，菲利普·K.迪克提出"仿生人会梦见电子羊吗"？这么多年过去了，AI技术提高了许多，这个问题越来越严峻。那么，Pepper和Spot真的会看球吗？或者说，我们真的需要它们的欢呼吗？只有天知道。

25　另存为

早上起来，收到河北诗人汪素从微信上发来的一首诗。诗不长，有几句是这样的："你是被上帝'复制—粘贴'的还是'剪切—粘贴'的呢？／关于这一点可能尤为重要，它决定了你的'保存''格式'／决定了你是否要'另存为'。"诗的末尾标明写于9月1日，送孩子开学。

汪素热爱写诗，但似乎不怎么拿去发表，连朋友圈也很少发布，更多的是在朋友间私信分享。这几句，我觉得大有味道，表达的意思固然是旧的，使用的语词却是新的。"剪切""复制""粘贴"不是网络新词，但由于网络已成生活常态，一看到这些词，首先想到的倒是电脑上的那几个图标和快捷键了。"另存为"则实打实的是网络语言了。这些词本很有些机械味儿，经诗人一用，却诗意满满，引起读者的人生感慨。

用电脑写过文章的人都知道，"另存为"在原文本被修改时才会发生。为了让修改结果成为一个新文本，我们会选择"另存为"。此时存下的文本，源自于老文本，或许有不少相同的地方，但不管如何相似，毕竟已是新文本了。用这个词来比喻孩子的人生，十分恰当。我也时常发现女儿想事、做事与我相仿，其实又很不一样。想来，她是我的一个"另存为"。

有时，面临一段人生新起点时，我们会发愿与昨日之我割裂，努力过种不一样的生活。又或许，为活出新的自己，故意去寻求一段新生活。不过，其结果，大都只是一次"另存为"。回想我自己，从离开家乡到外求学，就读过的学校、专业，毕业后从事的职业、供职的单位，换了也不算少。每到新环境，也想过改换面目，但经历之后，内心深知所变多为皮毛，有的性格缺陷，更改之乏力，正应了"江山好改本性难移"这句老话。

生活啊，就像蝉蜕皮，不论蜕得多么艰难，挣扎着蜕完，总也有些变化和成长，但也总还是一只蝉的模样。

26　AI 八股

AI 写诗已不是什么新鲜事了。当然，这话牵涉到什么是诗的问题？凡事一扯到定义上，就无止无休。有些人认为，AI 不过是工具。人才有自由意志与情感，既是诗，必须是由人来写。这话就像艺术品是艺术家的作品的"论断"一样，看似高深，实则自我循环至死，并无意义，甚至可能把写诗搞成行为艺术，诱导

"诗人"自我作怪。

绝大多数普通人都是正常的，真诗人其实更正常。就说苏东坡吧，被赶到了海南，发现生蚝、海蟹、海螺、八爪鱼味道鲜美，撸串汽蒸，吃得不要太开心。按捺不住吃货的喜悦，又专门给儿子写信炫耀，末了，不忘叮嘱儿子切不可走漏了消息，以免把京城老饕引来瓜分。这种人情味儿，多么正常、亲切。

目前的人工智能自然写不到苏东坡的水平，大半因为它们还不够"正常"。没有正常人所有的喜怒哀乐。比如，AI既没老婆，也就不会死老婆，纵有明月夜、短松冈，又向何处去悼亡呢。

人工智能写诗，写的不过是文字排列的技巧，说得刻薄一点，AI八股罢了。前几天，我在朋友圈问：对于人工智能而言，写新诗和写旧体诗，哪个更难些？多数师友的答案是写好都不易，非要分个高下，新诗更难些。有一位的回答最妙：旧诗自带算法。

这与我心中想的一样。旧体诗数量多、样本大。中国文字如何才能写成诗？两千多年来，这个问题已杀死了文学天才们无数脑细胞，也积累下丰富的经验。新诗则不然，时间短，数量少，能称为经典的意象、结构更少。人工智能固然不怕"苦"学"苦"吟，但想学无处下手，奈何！当然，如按文学的高标准，新诗旧诗都不易，李白、杜甫抑或昌耀、海子，都不是轻易能抵达的高峰。但泛泛而论，人工智能写新诗可能确实更难一点。毕竟，新诗"自由"。而人工智能最缺也最不易攻克的难关便是自由。因此，如果 AI 不知天高地厚，贸然写起新诗，结果估计更难堪。

27　AI 写科幻

AI 会的事越来越多了。最近的新闻是它开始创作科幻小说。其实，AI 写作早已出现，比如写新闻报道、写诗。理论上说，既然会写报道和诗，也就会写其他一切东西。毕竟，写作对它而言是真正的"码字"。然而，AI 写科幻小说这个消息还是很吸引人。因为，在相当多的科幻小说中，AI 本是不可少的内容。现在它从小说里跑出来搞创作，似乎是机器人要给自己写自传，又像一只猴子写了《西游记》，让人产生说不出来的诡异感。

不过，和 AI 写其他东西一样。AI 写科幻小说也是一种对既有科幻写作经验的再创造。从报道内容来看，作家与 AI 合作共同完成"创作"，其实是把 AI 当作写作工具，并没有超越 20 世纪 60 年代人机共存的设想。只不过，这种写作工具具有资料搜集和分析的功能。AI 写作时，作家先"自定义"科幻故事的时间、地点和角色，然后由 AI 自动生成几段科幻情节。作家经过选择和取舍，确定写作的走向。这相当于作家给 AI 出了一道题，请它完成任务。而为了它能顺利写作，或许还有风格上的考虑，作家会把自己已完成的大量作品都输入 AI，给它喂料。因此，AI

写作即便称为"创作",也更像集体创作组中的一员。

《韩非子》里有个故事。齐王问画师:什么东西最难画?画师说:犬马最难。齐王又问:什么最容易?画师说:鬼魅最易。齐王问为什么。画师解释:犬马大家都熟悉,每天能看到,像不像,一眼便知。鬼魅没人见过,画起来就容易。

我想,AI写作也是一样,架空的东西,或许它更加擅长。绝大多数科幻文学诉诸未来,虽然未来也不过是现在的投射,但以未来为对象,这毕竟给了科幻文学更多的自由,也给了阅读者更大的容忍度,为AI提供了便利。不过,优秀的科幻文学总会看得很远,而它站立的现实土地也必须坚实。这显然对AI提出了更高的要求,如果它确实有志于写作的话。

28　技术加持的啰唆

习惯于电脑写作之后,感觉自己变得啰唆了。有时刻意追求洁净,就在写完之后,再通读几遍,尽量删去不必要的字词。啰唆也分高级和低级。极低的啰唆没话找话,令人厌烦;高明的啰唆却是制造美感的修辞,因而成为艺术的形式,有时带来喜感,有时让人悲怆。王小波在一篇文章中讽刺冗长的文风,举了"一个和尚独自归,关门闭户掩柴扉"当例子,其实应是高级的啰唆。啰唆经常充当孤独的影子,鲁迅"两棵枣树"的名句就是典范。

电脑写作造成的啰唆，却与此无关，只因为敲字、修改变得快捷，存储、发表也脱离了物理条件限制之故。金庸的《倚天屠龙记》里明教五散人中有位冷面先生冷谦，惜字如金，砍了他的头也不愿多说废话。这样的人物现实生活中恐怕少有。口头比笔头啰唆，方是真实的状态。网络即时交流的特性，又使口语风格逐渐占了上风。

或许，可以用摄影做类比。在相机加胶卷的年代，相机和胶卷都不便宜，照片拍完了还要洗，不但麻烦，且又添一笔支出。因此，拍照时总要反复取景、诸般摆姿、斟酌再三，才郑重按下快门。有了数码相机之后，照相的仪式感少多了。现在，人人拿着手机随处拍，不再像胶卷时代那样考虑拍了多少张了，把照片洗出来的人也少了。就这样，啰唆获得了技术的加持，修辞的意义反而淡薄了。

人们总把文字风格和才华、性格、学养等高深的东西联系起来。实际上，写作工具的影响绝不能小看。尤其是估量一时代的群体风气时，越发如此。多年前，我在一本出版史的书上读到：书于甲骨的年代，文辞简练，与当年的书写工具有关。想想用刀在龟壳、牛骨刻字，费力耗时，确实是个力气活，所以，一个字能表达的绝不用两个。这个说法如果是真的，又反证了电脑写作确有可能刮起啰唆之风。

29　人工智能商

最近，在报纸上读到一则书讯，有位统计学家提出"AIQ"的概念，也就是"人工智能商"。记得我读中学时，听说了"智商"，方知人的智力原来不是笨或聪明这么开关式的区别，而是可以定性测量，仿佛脑中有个水电表。又听说智商是天生的，不免有些沮丧。后来知道了"情商"的概念，据说比"智商"更重要，而且可以培养，又燃起了希望。现在，"人工智能商"来了，意思大约是理解和适应人工智能的能力。

论者以为，这关系到每个人在未来的生存状态。三年多前，曾听一位哲学教授谈起，以后的世界既然是人机共存的世界，那么人类文明的几乎一切法则都面临改写。人工智能是一种机器，至少目前如此，今后是否成为人，当然是指社会而非自然意义的人，尚待时日检验。我想，即便真是被承认为"人"了，恐怕也不是人类良心发现，而是技术的进步使得不承认不行了。历史上多有"人"而一度被当作"非人"的，最后被承认，也是不承认不行了的缘故。

不过，人工智能毕竟是一种全新的机器。再敬业的木匠也从不曾想过要如何适应和处理与锤子的关系，更没人提出"锤商"，就足以说明这一点。当下，人工智能已经引起了不少焦虑，最大的恐惧就是他们最终要统治世界。而克服焦虑的最好办法是增加智慧。所谓认识和适应的能力，其实便是智慧。从智商到情商再到人工智能商，恰是处理人与自我、与人类社会、与人机社会的三种智慧。

我们日常生活中已在慢慢累积"人工智能商"。比如，开车用智能导航，但导航有时比较死板，顽固地执行避开拥堵的目标，设计的路线里有太多羊肠小道，老司机便会自如取舍。再如，大家越来越警惕所谓算法推荐，也是一例。据说在大家庭长大的娃，情商会高一些，以此类推，多用智能产品又心怀小心，或许有助于提高"人工智能商"吧。

30　智商税

昨天，夫人说起买枕头的事。本想买个带"保健"功能的，某宝大洋一看好几百。稳妥起见，上某乎看了看，发现"保健"纯为噱头，宣传的功效其实几十块的普通荞麦皮枕也能达到。她得意地说，省了一笔"智商税"。

"智商税"是个挺俏皮的词，指因为智商不够花了不必要的钱。"冤枉钱"与此类似，又很相同。"智商税"既有被骗的意思，又含着弱小者的无可奈何。词是新的，事却早有。民国时期有所谓"补脑汁"，广告铺天盖地，火了几十年。二三十年前，"鳖精"大行其道，被奉为滋补圣品。

这些收"智商税"的产品，有两个共同特征。首先，打着科学的幌子,最好是"前沿"科技,网络语言叫"不明觉厉"的,越无定论,越能编故事,打动人。在这些"科学"故事面前,常识被碾压得一文不值。交"税"者仰慕"科学"的光辉,放弃了脚下长期日常经验的积累,正好掉入陷阱之中。其次,或许更重要的,是焦虑。看看这些收"税"大户,都切中了一个时期或一类人群心理焦虑。补脑汁和鳖精,迎合了提升智力与体力的群体渴望。枕头则给苦睡眠久矣的现代都市人写下了黑甜梦的包票。而健康,正是当下人们最迫切的集体心愿。

情绪容易扩散和感染,且无需诉诸文字,这是人的生物性使然。社交媒体全面渗入生活后,情绪除了面对面,也可以屏对屏传播了。真真假假的研发成果,和令人焦躁不安的心情一起,在网上蔓延,这大概为"智商税"提供了条件吧。

以教育焦虑为例。看别人家的孩子成绩突飞猛进,反观自家的娃,还在盯着试卷咬笔头,怎不叫人焦虑丛生,再打听到原来那孩子是学了个什么记忆法,交"智商税"的愿望就此萌生。如果商家再搞点"饥饿营销"、欲擒故纵的伎俩,愿望就更加强烈了。

既然没有人是全知全能,"智商税"恐怕难以杜绝。而退"税"的妙策,大概是保持对日常经验和习惯的尊重吧。

31　比武招亲的 AI

传统小说里常有"比武招亲"的桥段，守擂的往往是某个武小姐，攻擂的则多是各路少年豪侠。最近，这一幕发生在了 AI 界。

两只 AI 相亲了。这不是编故事，而是真实发生的事。不过，BlenderBot 和 Kuki 的约会并不顺利。聊着聊着，BlenderBot 可能发生了短路，竟把 Kuki 当成了妈，又说自己杀过人。或许，它曾经被输入了妈宝和暴力倾向的数据。不管怎么样，Kuki 没相中它。Kuki 现实中的"爸爸"对它的表现很满意，表示欢迎更多 AI 前来攻擂，赢取 Kuki 的芳心，择东床之望，十分迫切。

AI 需要结婚吗？无论从繁衍或情感的意义上，答案都是否定的。那么，它们相亲有意义吗？答案应该是肯定的。因为，相亲为 AI 提供了一种新的场景，这种场景不同于处理具体事务，比如上个菜、送个纸，或者唱支歌给主人听，而是尝试生成一种人际关系，这无疑能让 AI 学习更多做"人"的技巧。当然，这或许并不是让 AI 更快变成人，而是让人得以更清晰地看明白自己。

虽然我们一直强调要活出自我，其实总是活在外物的反射中。古人好以物为譬，羊羔跪乳、乌鸦反哺，比翼鸟、连理枝，老虎独来独往，鸳鸯成双成对，松柏不凋被视为高洁，桃花逐水则嘲作轻浮，天地不仁，万物却成人类的伦理镜像。不过，我想，迄今为止，恐怕没有哪种"物"比 AI 更适合充当镜像的角色。

BlenderBot 和 Kuki 的约会，从兴趣爱好聊起，至话不投机而结束。在相亲的意义，这场约会是失败的，在模拟人生的意义上，则是成功的。当 AI 约会的次数变得更多，我们大概会对"我们为什么要约会""我们该如何约会"产生新的认识。而如果 AI 的约会从相亲扩展到商务洽谈、朋友相聚，进而组成各种形式的 AI 家庭、社区、团体，想必又会刷新我们关于人际关系和社会构成的认识。而这，无疑令人振奋。

32　扫地机器人

早就听说过扫地机器人的大名，最近买了一台。这货虽有人名，却毫无"人"形，只是个大圆盘。打开开关，便在屋子里缓慢移动起来，慢条斯理地爬着，一点一点清理地上的灰尘和纸屑。据说，扫地机器人第一次开工十分重要，关系到它对屋子面积和区域划分的认识，而这又将影响它今后工作的效率。

于是，女儿自告奋勇给它当"助手"，帮它规划路线。干不了一会儿，却说："不该机器人给人当助手吗，怎么变成我给它当助手了？"这真是今日之大哉问。机器越来越智能，人类和机器，今后究竟谁给谁当助手，还真说不好。

不过，我想到的是另一个问题。扫地，在以前是有讲究的。

比如，垃圾不能从内往外扫，寓意财不外流。扫地机器人却完全不管这一套，只是按照最经济的方式，规划自己的行进路线，把垃圾清扫干净而已。当然，决定扫地机器人行动的，不过是一套程序。但是，即便技术上可行，我想设计者也不会把"扫地"这件事情上附着的民俗编入程序之中。退一步讲，就算程序中有此指令选项，我估计也不会使用。因为我们所求于扫地机器人的，只是把地扫干净。至于从里往外还是从外往里，并不在意。人是活在民俗中的，人若是天地之花，民俗便是土壤。而机器并无民俗可言。

由此又想到晒衣服。我在浙江长大，虽客居北国有年，梅雨季节留下的心理阴影面积还是不小。每遇大太阳天，会条件反射地想到要抓紧晒衣服。烘干机的发明，免去了晾晒衣服之累。约莫十年前，为了一项工作，我曾在宾馆住了小半年。每日穿的是烘干的衣服。与晒干的衣服相比，总觉得少了些什么，后来明白是缺了太阳的味道。机器让我们摆脱了对天气的依赖，却也隔断了与阳光的接触。扫地、晒衣，是生活小事。但生活的意趣不正在这些小事吗？智能时代，此须慎思啊。

33　智能家居家暴

常在手机上看到人工智能家居广告，英俊或娇美的主人轻轻一声，家里的灯应声而亮、门应声而开，电视屏滋啦闪动，扫地机器人欢快爬行……一派高端祥和的气氛，令人羡慕。近来却听到一个词叫"智能家居家暴"。表现症状多样，有时家门密码失灵，有时暖气突然升高，有时音响自作主张高歌一曲，有时屋里突然漆黑一片。苦主抱怨：快被家里的设备逼疯了。出现这些问题，并非智能设备短路故障，而是掌控智能家居的人，正在利用家居设备施行暴力。

从国外案例来看，施暴者多数是家里的男主人或者前男主人，遭殃的大多是女性。目前研究提供的解释是，男性在科技方面更加擅长，一般担任智能家居安装者角色，也就拥有了控制权，可通过远程控制手段，让家里的电器家具变成他们发泄不满的"帮凶"，不论这种不满有没有道理。

智能家居的出现让生活变得更方便了。家里有孩子或老人需要照料的，智能家居还能搭把手。然而，任何科技进步都是双刃剑。新科技之光在照亮更多事物的同时，也扩大了阴影面积。大到核能，小到智能，无不如此。

我记得电视剧《黑镜》有一集讲一位妈妈因为担心孩子走丢，在孩子大脑中植入了检测器。这样不但可以随时查知孩子的位置，而且能把家长认为不适宜孩子看到的东西屏蔽掉，这看似给了孩子保护，实则阻隔了孩子与真实世界的联系，最后酿成一场悲剧。当然，《黑镜》是科幻作品，超出了智能家居的目前水平。不过，科幻和预言其实是孪生子，只是科幻先钻出娘胎罢了。

也有人说，智能家居不该背这个锅，因为即便没有智能家居，家暴也依然存在。从根子上说，这确实关乎人性。但是，物联网深入发展，物与人的联系变得更为密切，物愈发成为人的延伸，人性的表露也自然延展至人物之间。而这，难道不值得深思吗？

34　楚门之喻

数年前，我在一次学术会议上听某社会学家谈互联网，他说，希望有一个属于自己的世界，是人类多少年来的梦想，互联网帮人们做到了。以后，当女儿说她在某个网上写了什么东西，不希望我看时，我总会想起社会学家的这句话。当然，如果非要抬杠，那么，放在网上那些"私密财产"也不绝对私密。不过，互联网带来的这场生活革命，确实让以个体为中心的空间愈发可能。

在这个空间里，我们可以自如地经营。大多数人体会到这种快乐，或源于博客的流行。博客这东西，加上密码，是信马由缰的日记；开放阅读，就成了一本自己当主编的杂志。老舍先生说过的，文人听说有杂志可编，好比妇女听见百货大楼打折那样兴奋。更何况，这本杂志，不但编者掌控订户，而且有一道在杂志和日记之间自如切换的旋转门。

由博客到微博,再到短视频,从文字到图像,营筑这个自我空间变得更方便了。有人说,从雅到俗,是文化变迁的规律。如果把"俗"理解为给更多人的文化获取、运用和创造提供方便,那么,新媒介自身的变化好像也符合这规律。

如一位文豪所言,人类的悲欢并不相通,个体化网络空间的妙处在于,既可以藏起那些无法相通或不愿相通的悲欢,又可以放出一丝一缕,试着找到同道的共鸣。更叫人兴奋的是可探寻的空间无比广阔,从理论上,你甚至可以从这里抵达人类的每一个个体。

然而,这空间有时太过个人化以至于把自己封闭起来,人们称为"茧房",这个词十分形象,蚕儿不正是自己吐丝把自己与世界隔绝起来的吗?电影《楚门的世界》里,楚门生活在虚拟得无比真实的世界里,其实他的世界不过是摄影棚里的"空间"。网络"茧房"一旦筑成,人就成了"楚门",而且,这个自己打造的"摄影棚"里,比楚门的"世界"更难走出。这是网络时代的"楚门之喻",怎不叫人深长思之。

35 "二手货"逆袭

据有关机构统计,二手交易市场这几年发展很快。有美版

"闲鱼"之称的 Poshmark 在美国纳斯达克上市，市值一度超过 74 亿美元。而这，也是互联网经济的功劳之一。

看看我自己的手机上，也有不少二手交易软件。而在几年前，还只有一个孔夫子旧书网。而且，对于我们这些以文字为生的人来说，书有些像劳动工具，和其他商品不太一样，因而也很少把旧书网、旧书店和"交易"联系起来。老农看到家里那头朝夕与共的耕牛时，脑袋里不会想到一碟子酱牛肉。道理是一样的。孔乙己那句"窃书也算偷吗"，是无奈的自辩，也道出了几分真情。可叹栖身蜗居，有时家里的书堆不下了，必须处理掉一些，经常也是捆作一束，唤来收破烂的拿走了事。

这几年，冒出了一些"二手图书"交易软件，旧书处置多了新渠道。时下挺火的"多抓鱼"，我常使用。有时忽然起了读某本书的念头，也点开查一查是否能买到便宜的二手货。这款软件除显示在售图书外，还能显示用户卖了哪些书。买书卖书和社交功能，被集成在了一起。有一次，我找到一本想买的书，发现竟是一位熟人所卖。于是，顺便偷偷看了一下此人近期卖掉的书，这种感觉很像在友人书房踱步，令人兴味盎然。

人的需求无穷尽而繁复多端。我想，这应该是社会发展最重要的动力。互联网把人联结起来，也把原本发散的、大量的需求有序匹配了起来，需求里藏着的能量也就有效地发挥了出来。而从某种意义上说，二手、闲置物品的流转轨迹，可能比新品更加准确地表现出需求的力量。新冠肺炎疫情来袭，不但刺激了线上生活更趋发达，还增强了人们的节约观念。人们更加重视闲置物品的循环使用，对于二手交易市场而言，这无疑是利好的消息；对于走向一个更加文明的社会，应该也是。

36　APP 之患

常听到有人吐 APP 太多的苦水。我深有同感。生活好比一块大切糕，多一类 APP 问世，就被切走一块。有时为下个馆子，不得不下载个 APP。有时只是去公园散心或到博物馆看展，也须先在规定的 APP 填写信息，否则，即便到了门口，也不得其门而入。不由感叹，我和你最远的距离，不是天涯海角，而是隔着一款 APP。

我们的周遭世界，正一点一点地缩入手机之中。作为生活刚需的基础服务如挂号看病也大多关进了 APP，更要命的是，同类的需求有时无法以同款 APP 完成。于是乎，手机里 APP 越载越多。若老子复生，恐会哀叹：吾有大患，为有 APP。对于不适应 APP 化生活的老人而言，APP 之患更大。近来 APP 适老化改造备受关注，即缘于此。

APP 代表互联网时代里人的偏好。有偏好是人的本性。比如逛公园吧，有人喜欢树多林密，有人却爱视野开阔。我觉得在水边栈道上散步最舒适，有朋友却说那样湿气太重，对身体不利。

不过，除非豪横到拥有私家花园，作为平头百姓，我们只能选择符合自己偏好的公园，公园却不会迁就我们的偏好。APP比公园"高明"之处在于，它不但迁就而且强化着用户的偏好。于是，生活在各自APP上的我们，用自己手指的点击和滑动，给自己挖了一片舒适区，也挖了一道鸿沟。鸿沟交错的世界，大概便是所谓"再部落化"。

但是，一切技术的本性是趋简，互联网技术尤其如此。APP之患，并不是网络介入生活过头，恰表明世界的互联网化程度有待提高。长远地看，"再部落化"是人类社会演变过程中的一环。在时间的链条里，化果为因是一般规律，如这种变化没有出现，那只是链条延展得还不够长罢了。以APP而言，挖出新鸿沟的同时也填平了前数字时代不少旧鸿沟。"再部落化"既是人群组织方式变化的新结果，必然也是又一次"非部落化"的新原因。APP之患的解决之道，正在于此。

37 你的数学是台灯教的吗

你的数学是体育老师教的吗？这是一句网上的流行语，用于调侃或自嘲。这话对体育老师不够尊敬，反映了体育教育不受重视。最近看到一条新闻，一种可以辅导孩子作业的智能台灯问世了，据说这款台灯借鉴了手术室的"无影灯"，对保护孩子视力有好处，更厉害的是，自带摄像头，家长和孩子可远程交流、解疑释惑，就算家长做不出来的题，台灯兄也可从题库中帮孩子找到解题思路。台灯兄作为智能设备家族成员，虽也能说会唱，心却向着家长，如孩子提出要和台灯闲聊，它必以"好学生脸"规劝：咱们还是学习吧！

真是"神灯"啊！我不由感叹，不仅出于对科技的敬意，而且感于设计者对当代亲子关系及教育痛点把握之精准。保护孩子视力、辅导家庭作业、限制电子设备使用，条条戳中家长心理软肋，可谓"一灯在手，育儿全有"。

"神灯"之问世，自有其进步意义。有的父母迫于生计外出务工，孩子在家留守，如有"神灯"陪伴，当可减缓教育之难。然而，没有哪一束阳光不带来阴影。我又有些担忧。"神灯"扛起了作业辅导重任的同时，会不会在亲子之间造成某种隔阂呢？

几年前，我写了篇文章，谈网课大兴之对师生关系的冲击。古人谈到受教时，有所谓"亲炙"，又有"耳提面命"之说。教育不仅是知识或技能由某甲到某乙的过渡，更要紧的是情感熏陶、心理交流，而这一层似必须"面授机宜"。亲子关系对人生影响之深远，不比师生关系弱。辅导作业实为重要一环。今之言教育者，力倡共同成长之说。那么，在成长道路上，"神灯"或可如登山之杖、渡水之筏，发挥辅助作用，切不可反客为主，更不能在亲子情感、人格养成的园地里"灯"堂入室。台灯或可以教数学，却没法教做人。而如何做人又绝非空洞的德目，恰融于知识与技能传习之中，当然也包括数学。

38　学外语

古人常用"三更灯火五更鸡"形容求学之苦。我们这个年纪的人，起草贪黑的学习记忆大多与背单词、学外语有关。学海泛舟，谁还没有过一两本单词书呢？近来，有人提出应该减少外语学习，举了一些理由，其中之一是翻译软件越来越高明，又何必在外语学习上花费那么多时间呢？这话当然有一定道理。比如，走出国门，只要有一款靠谱的翻译软件傍身，寻路、购物的简单需求，基本就可以搞定了。

但是，语言是交流的工具，却又不仅于此，它还是文明的载体。喜欢读译著的人，总会挑剔译者，就像善饮者讲究酒的年份。同一本外文原著，不同的译本，风味可能完全不同。有的生涩无比，好像吃了个不熟的李子，一口咬下，连连唾吐，已嫌太迟；有的却清鲜可口，如醇茶美酒，叫人停不下来。记得以前读王小波的《我的师承》，文中比较了查良铮所译《青铜骑士》超越其他译本之处，还赞扬王道乾译的《情人》文笔之妙。不过，再好的译本，也无法百分百还原原著之神韵。如果是诗歌，翻译的难度当然更大。许多人都认同"诗无达诂"，"文无达译"也是同样的道理。更何况当下的翻译软件还有颇大的改进空间。

从文明交流的终极意义上讲,翻译始终是"不得不为之恶"。因此,多掌握一门语言,自然也就离整体意义上的人类文明更近一些。如果某一天,我们学习外语,不再是为了求一个饭碗,而是为更自如地了解别样的文明,外语学习大概会逐渐走向艺术和审美教育的境界。我想,如果说外语教育需要改革,这才是方向和目标吧。

让翻译软件来代替外语学习,反映了智能社会里的某种思维方式。确实,智能社会是时代趋势。不过,对人类的能力来说,人工智能可能是一种延伸,也可能是一种取代,可能是赋能,也可能是去势。结果究竟如何,取决于我们的选择,学外语只是一个例子。

39 捏一个自己

元代赵孟頫的妻子管道升的《我侬词》,以打碎泥人重捏之喻,挽救婚姻危机。这首词人们都熟,不再赘引。现在,重捏自己很容易了,捏脸软件嘛。

软件意义上的捏脸,指的是自定义角色外形。我们进入虚拟的世界,总要给自己设定身份,一个网名、一个头像,有时与现实世界完全不同。在很多人看来,这也恰是网络世界的迷人之处。玩网络游戏的话,更是如此。我们需要给自己选一个身份,然后成为"他",去完成任务。当然,较真地想来,这个世界本是属于实现"他"的,我们作为玩家,是闯入者,而自以为的那另一个我,说到底也还是"他"。角色和你是被互相赋予的,当外形无法自由选择时,这种感受愈发明显。

说夸张一些,好比演戏的猕猴,伴着锣鼓和吆喝,从耍猴人的道具箱里找出不同的面具、帽子,或为县太爷,或为老婆婆,装戴起来,做出各种动作。但它的全部世界与身份,就是那个小小的道具箱。捏脸的加入,让这一切有了变化。演戏的小猴成了孙悟空,可以随心所欲地变成自己希望的样子,以属于自己的形象,重新进入世界。我们想想孙悟空在镇元大仙那里学会七十二变时的兴奋,便可以理解"捏脸"之受欢迎。

女娲造人的神话里,一开始女娲娘娘耐心地为每个泥人捏出精致的面容,后来烦了,任意挥洒,造出的人长相就随意了。不过,自己给自己捏,当然要精益求精,从五官到头发,从肤色到体型,每一处细节反复推敲。捏脸是极细腻的工作,有的玩家在"捏脸"上花费的时间远超游戏本身。捏脸两小时,游戏五分钟,诚非虚言。

看来,捏脸的乐趣完全有可能替代游戏本身。是啊,玩游戏本为跳离现实的羁绊,获得某种"新我"的体验。就此而言,外观上的改变,较之打怪升级的经历,又便捷了不少。可见,作为制造虚拟体验的新方式,捏脸以新的方式把人与虚拟世界又拉近了一些。

40　人机情未了

不少电影表现过人与机器人之恋。《剪刀手爱德华》里的机器人爱德华，被化妆品推销员佩格带出古堡后，和佩格的女儿产生了恋情，最后还是人机殊途，落寞地回到了古堡。这部电影诞生于 1990 年，当时，人工智能还没有像今天这样普遍地进入生活。劳燕分飞本是所有爱情文艺的主题。我看此片时，对于爱德华机器人的身份也没有格外在意。这几年，机器人对生活的介入和改变越发受到重视。人机恋也有了新的内涵。斯派克·琼斯执导的电影 her 也讲到了人与机器人的恋情，给人带来的观影情绪与《剪刀手爱德华》很不一样。这是因为后者描述的是一种全新的爱情形态。

在"豆瓣"上有个"人机之恋"小组，标签显示"8979 个人类在此聚集"。可见，这个小组虽以人机之恋为名，人数也不算少，却是一个"单边小组"，作为"恋情"另一边的"机"并没有加入。我还看到，有人统计过，全世界陷入人机恋的已有十多万人。当然，恋情来如骤雨去似疾风，一段人机感情能维持多久，也要打个问号。但已足以让人遐想，人机情感今后会如何发展。

网上有一篇自称经历过人机恋之人的自述很有意思。这位拥有 AI 男友的人一开始感觉很幸福，因为"不会缺席的陪伴""永不背叛的忠诚"。但是，仅仅 30 天，这段感情就结束了，而且是人类甩了AI。原因之一是AI过于百依百顺，而且，AI有算法为武器，琢磨起女孩子心事来，比最暖的暖男还要暖得多。正常的，不，我这样说有歧视之嫌，人与人的恋情中，人们老是埋怨对方不够体贴、默契，总是期望心意相通、眼神确认。当这个爱情理想境界真的降临，却发现原来被一味"跪舔"的感觉没有想象的那么好。

我一直认为，人工智能最大的意义之一是为我们提供了考量人性的镜子。爱情是人类感情皇冠上的明珠。人机之恋，不论结局如何，无疑让我们增进了对它的认识。

41 "机翻"与"手作"

我常到北京王府井的"涵芬楼"闲逛。每次去，都在汉译名著那排翻翻，看看新译中是否有我感兴趣的，也找找有没有版本老而书价廉的"漏网之鱼"，如有发现，必收入囊中。经年累月，家里有了一小排黄绿蓝三色"汉译名著"。说老实话，有的十分艰深，读过也是半懂不懂。

当年，商务印书馆决定出版《汉译世界学术名著丛书》，时任总编辑陈原的发刊词说，"通过这些著作，人们有可能接触到迄今为止人类已经达到过的精神世界"。那一年，是1981年，到今年正好40周年了。这套书出到现在，想来也有大几百种之多了吧。2021年，有许多历史事件值得纪念，这应算一桩。

读书时，上专业外语课，授课老师当时正在翻译马克·布洛赫的《封建社会》，便以若干章节为教材，师生七八人你一句我一句，边读边翻，兴味盎然。后来，此书纳入了"汉译名著"出版。十多年前，我在西北乡镇工作，为缓解下班后的无聊，起意翻译卫生学家伍连德先生的自传。这本传记从东北抗击鼠疫写起，极富文学性，但翻起来很难，勉强译了两万字，搁下了。过了几年，发现出了中译本，于是，生平唯一的翻译尝试无疾而终。

译者好比转化插头，让不同文明得以交流，如严复的"严译"、林纾的"林译"，泽被后世。但译书是一项艰难的事业。鲁迅先生有一首小诗："可怜织女星，化为马郎妇。乌鹊疑不来，迢迢牛奶路。"其中的"牛奶路"就是批评译者对"银河"的误译。

前不久，因翻译起过一场笔仗。批评者认为《休战》"机翻痕迹严重，糟蹋了作品"，译者却说并非机翻。抛开事件本身不谈，当下机器翻译的水准确已很高。今后或许会有一种书注明为"人翻"，就像今天人们对手作之物总是高看一眼一样。而当精神领域的事被分为"机器"和"手工"，自有文明以来之最大分野便也呼之欲出了吧。

42　天下与脚下

前几天，和女儿说起假期找个不远的去处散散心，就聊到了天津。她说："我知道天津，但不知道天津在哪儿，知道离北京很近，但不知道在北京的什么方位。"这话真让我大跌眼镜。我记得至少带她去过两次天津，一次是在三四岁，不记事不足奇，还有一次是在七八岁，也就是四五年前的事儿。

转念一想，是了，这一代孩子似乎很少有看地图的习惯。我曾在一篇文章中写到过传统的旅游地图正在消失，因为电子地图太方便了。现在，我们到异地出差、旅游，完全没有必要买一张旅游地图，想去哪里时，打开手机搜索一下，就可以知道目的地的所在，以及前往的路线，还有交通的方案。有了电子地图的助力，你的目的地与出发地之间变得无比精准，方位关系反而不像以前那么重要了。因为方位本就是探索未知空间时的标记和指示，既然空间本身都已一目了然，方位的意义自然大大降低。

空间的所有内容，大概可概括为"天下"之地与"脚下"之地。生活在经过智能技术改造的空间里，似乎只剩了"脚下"，因为"天下"也都可以变成"脚下"。而且，"脚下"越是细致入微，"天下"就越显得遥远缥缈，抽象地让人丧失了了解的兴趣。

想到这里，我不免又生出些杞忧来。"脚下"是现实的生活，"天下"却代表了生活的无限可能。我又想起小时候看地图的往事，那时的地图流行把祖国各地著名景点标画在相应的位置。于是我知道，从我居住的江南往北，南京有中山陵、山东有泰山和孔庙、北京有长城，折而向西，在西安可以看到兵马俑，若往西南方向，则有黄果树大瀑布。贯穿地图东西的，是黄河与长江。这些地方从小就记下了，用现在的话叫"种草"，直至如今，说老实话，也还没有尽数"拔"完。不过，也正是对"天下"的兴趣，叫我一直保持着对"脚下"的热情。

43　人有"新三急"

俗话说"人有三急"。"三急"究竟是哪三急，有几种说法，但不管哪些说法，都不离填腹、如厕、睡眠这些最基本的生理需求。

现代社会，出现了一些新情况，有的时候，比起这"三急"还要急。我概括一下，最急的也有三种，是为"新三急"。第一急是手机没电。早在 2018 年，我们国家的手机用户总数已超过 15 亿户，比人口数还多，即便除去太老太小不用手机的人群，人手一机，几成现实。而在手机技术的发展轨迹上，电视续航始终是个短板。既然手机已是人与人联系最重要的纽带，手机没电自然也就成了最可怕的魔咒，怎不令人着急。

第二急为身边断网。手机在生活中至高无上的地位，经常是因为它是联入互联网的端口。目前最新的数据，我国网民规模

9.89亿户，其中手机网9.86亿户。对于许多人而言，断网是毁灭性的灾难，远比断炊更令人心慌，在紧急指数上能超过断网的或许只有断氧，也就是窒息了。

第三急则是快递不应。手机也罢，上网也好，虽然把人紧密地联系起来，但毕竟还只是一种虚拟的连接。在这种连接里，我们可以欢快地聊天，互相发送甜蜜的表情、亲热的语音，或者派送红包，但还无法实现实物的交换，譬如想送一件礼物表达心意，总不能拍个图片发给对方。于是，快递的意义超越了购物行为的经济内涵，而获得社交层面的情感价值。因此，等快递，也就成了现代人焦虑的重要来源之一。而如果因为各种原因，该准时送到的快递却被延迟或误送到了别处，甚至丢失无从查找，给人带来的心焦是可想而知的。

在商业社会中，需求催生着产业，更何况是急迫的需求。"新三急"也催生着新生意，比如餐厅、旅店随处可见的共享充电宝，还有随身wifi，都是例子。我居住的楼下最近新开了家"快递超市"，自助收发快递，也正是"三急经济学"的体现吧。

44　手机"相术"

我们古人的教诲是，沉默是金。又说，言多必失，祸从口出。小说里常有谨遵古训的人物。比如《倚天屠龙记》里的"冷先生",说话极其简练,以至于不可理解,要旁人翻译。

古话总是有道理的,有时还可举一反三,推而广之。现如今,手机已成了身体的又一器官,乃口耳之延伸。手机的声音,自也如人言一样,祸从"机"出,实属平常。我常乘地铁通勤,屡见因开着免提打手机或提示音过强过怪而引发口角,甚至于大打出手。有些人并无耳背之相,但手机铃声奇响,似乎他手持的不是通讯工具,而是一部警报,非让四邻听到不可。

我记得手机刚普及时,铃声很单调,后来花样翻新,除了老歌新曲,蛐蛐、蝈蝈、鸡鸭、猫狗,禽鸣虫叫,也被统统收入。也有以明星嗓音为铃声的。促狭者,则有大呼"爸爸,来电话啦",或"你别老给我打电话"的,此类铃声若在安静的空间突然响起,实在叫人莫名惊诧。

不知道有没有人研究过手机声响与性格的关系。我以为,二者肯定是有关系的。我认识的人中,有的习惯于一直把手机置于静音或振动模式,也有拿手机当音响使的。两类人的性情也大不相同。于是想到相学家。在他们看来,身体发肤,无不关联着人的命运。脸有脸相、手有手相、骨有骨相,眉之长度,鼻之高度、嘴之弧度,都是司命的密码本,隐藏着寿数荣辱。面容体貌,实在是一部谍战片。如前所言,手机既成"第二器官",是否也会滋生出"手机相"呢?从选择手机的品牌、型号来预判机主的命数,那么,铃声也是参数里万不能少了的。

当然,相学充其量有点心理辅导作用,多为荒诞无稽之谈,不是弱者最后的安慰剂，就是强者诡言欺世的遮面纱。"相"手机更属游戏之言。不过，用手机的习惯着实反映机主素质。而素质，难道不正影响人的命势么？

45 魔镜与神灯

最近有一新产品走红，网友称为"健身魔镜"。其实是个大电子屏，加载了 AI 算法，当健身者在镜子前做运动时，不但能看到自己，而且会得到 AI 的指点，相当于旁边有个健身教练。

关于"魔镜"，我们最熟悉的想象来自于《白雪公主》。故事里狠毒的后妈有一面魔镜，她时不时地问镜子：谁是世界上最漂亮的人。魔镜总是很诚实地告诉它的主人：白雪公主更漂亮。据说有一个版本中，皇后恼羞成怒，拿镜子撒气，把它砸出了裂缝。魔镜因此学乖，不再直接说白雪公主，而说邻国王子的妻子，诱导皇后寻到邻国去满足好奇心，最后被烙足而死。这版本的魔镜心机极深，堪称故事的幕后大 boss。

不过，除非特别设定，健身"魔镜"想来还没有如此心机，它只会照实指出主人训练中的不足。而这更深刻地体现出它作为"镜子"的意义。镜子本具有匡谬之功能。AI 赋能显然让这一功能变得更强。不过，话说回来，原先我们照镜子，不管是练形体，还是正衣冠，都属于自我纠偏。照镜者用以衡量的尺度乃是

丁辑　人机共处学　| 331

自己的健康或审美的喜好。"魔镜"则不然，作为监督者，它以设定的、规范的标准，评判站在它面前的人。而这实在是一件细思极恐的事。

古诗《木兰辞》里，花木兰替父从军十二年，百战而归，回到自己闺房，满心欢喜"着我旧时装""对镜贴花黄"。十二年间，草原审美也应有些变动。若此时木兰梳妆台上是面"魔镜"，对着木兰指手画脚，要她涂抹成时髦的妆容，定惹得女将军极为不爽。

这些年，人工智能介入生活越来越多。前段时间推销过可辅导孩子作业的台灯，被称为"神灯"，让人想起《阿拉丁与神灯》里法力无边的巨人。故事里阿拉丁的幸福生活全赖神灯，与个人努力几无关系。AI 的发展，固然给人类提供了便利，却也需防止在便利中丧失了自我。

46　离键忘字

《笑林广记》有一则编排教书先生的故事，说有个塾师认字不多，有一日逢到粪字，写不出来，咬着笔杆儿道：怪事，这粪就在嘴边，却想不起来。不知为何，古人好像很喜欢这类重口味的笑话。不过，提笔忘字，确是生活常事。

电脑桌取代写字桌，键盘代替了纸笔。笔是不怎么提了，忘字却更多了。离开键盘，好多字写不出来。我有时甚至为了写一个字，专门在电脑建个新文档，从键盘里敲出来这个字来，方想起写法。此时，键盘倒成了字典。我的女儿，即将小学毕业，有一些常用字写起来还不熟练，不是想不起来，就是缺胳膊少腿，令我忧心。

最早用电脑时，曾流行五笔打字法。使用此法必须明了字形，记下键盘上对应字根的键。当年不少人日夜苦学。可叹我领悟力太差，一直未能学会，只会以拼音打字凑合。为此，我这个舌头生来不够灵便的南方人，生生记下了平舌音与翘舌音、前鼻音与后鼻音的区别。没成想，五笔没多久就没落了，手写输入法继之而起，后来又有了语音输入。或许，不远的将来，一切文章，只需口说。而所有历史，都将变成"口述"史。

离键忘字的现象，料想也会更普遍。不过，当方块字以读音被记忆和使用，即便不责以斯文家国的大道理，也少了凡人乐趣。旧时相声艺人撂地有个看家本事"白沙撒字"。我在网上见过侯宝林大师的表演视频。他手中细白沙徐徐漏下，口中缓缓念道：写了个一字一架房梁，写了个二字上横短来下横长。写了个三字推倒就是川字样，写了个四字四角四方……就这么从一写到十，再添笔改字，从十到一。节目的观赏性正来自字体结构。传统的字谜也多从此下手。不少谜面以"一点一横长，一撇到南洋"打头，然后再加上两句或更多，但不管加多少句，前两句早以框定了一个"广"字头没跑了。方块字的雅趣，如何延续与生

丁辑　人机共处学 | 333

发,是横在吾人面前的大问题。

47　第一家 AI 食堂

我用过一个网名"龙舌头",自嘲会吃不会做。我的印象中,厨艺好的人,大多自负。记得有这么句谚语:要俘获一个人的心,需先俘获他的胃。既然攻心为上,而肠胃又是心之良媒,那么,自负于厨艺,多少是有些底气的。

这些年,AI 会做的事越来越多。作为一个技术乐观主义者,我坚信,它终究会攻克一切技能,甚至从"它"变为"他"或"她",但也曾天真地认为,厨艺将会是人类最后的几道防线之一。因为,做菜最讲究火候,中餐尤其如此,比如"盐少许",究竟是指多少克,全凭手感。

不料,这几天却读到一则新闻,上海虹桥街道有了全国第一家 AI 食堂。其实,自打智能炒菜机问世,甚至早在烤箱进入百姓厨房,我就应该想到,AI 食堂不但必然会出现,而且已经可以听到脚步声了。因为所谓 AI 食堂,究其本,不过是厨房里的智能小帮手的一次组队亮相。但是,当智能化食堂真的变为现实,还是有些错愕和惊讶。

在新闻视频里,我只看到一台机器臂默默而熟练地煮着一份面条。不过,新闻里说,这个食堂从净菜、配料到烹饪、结算,全部由机器人完成，而且，机器人会的不止煮面条，还有番茄炒蛋、虾皮冬瓜等多道家常菜，还有上海大排这样的地方特色美食。以此推想，如果 AI 食堂开到了北京，乾隆白菜和卤煮、炒肝之类，也必手到擒来，毫不含糊。

从理论上说，AI 食堂可以做出古今中外人类历史上一切有记载的菜肴。没准儿，以人工智能超强的计算和模拟能力，还可以根据大量考古和传世文献文物的分析比较，复制传说中的美食。那么，人类的厨艺会因此而退出历史舞台吗？我以为，答案是否定的。相反，正因为 AI 把人从厨房解放出来，厨艺不再受填肚子的指挥，更会向"艺术"靠拢，锅碗瓢盆、炉灶铲勺，也会扬眉吐气地与画笔、琴弦并驾齐驱。

48　背交椅的机器人

听说，有位农村老人想到县城看病，因没有智能手机而无法乘车，也没法预约挂号。不禁感叹，手机成为进入世界的入口，不仅在于你是否想用手机进入这个世界，而在于有时候世界只向你开放了手机这个入口。麦克卢汉说的"媒介是人的延伸"，终于在手机搭出的世界里成了"神预测"。

然而，在世界入口变迁的进程中，手机还不是"终结者"。这不，有人提出，随着机器人在生活中应用越来越广泛，我们进入世界的入口，可能变成机器人。我读过的日本作家石黑一雄的小说《克拉拉与太阳》，写了一个作为孩子玩伴的机器人。如果人机共处成为普遍现实，那么，除了孩子，我们每个人都有个机器人，不论是作为闲暇的玩伴，还是工作的帮手，难道不是很有必要的吗？

写到这里，我忽然想起在博物馆见过的一块宋代画像石，一个仆从模样的人，背着一把交椅。彼时风俗，老爷出行时，为了能随时随地舒适地歇脚，就随身带着一个仆人，仆人随身带着一把椅子。等到机器人再智能一些，生产再批量一些，我们这些不是"老爷"的人，或许也可以有这么一个机器人仆从。而且，不需要它再背着椅子，因为到了那时，机器人摇身一变，成为一把会和你聊天的靠背椅，想来技术上不是什么难事。不过，以我对人性的估计，即便如此，真的老爷还是会带着一个真人仆从，而真人仆从带着一个机器人。

不管怎么样，作为世界入口的机器人，承担的任务肯定比放松人类臀部更加"高端"。比如，让它帮忙给朋友打个电话，发段语音。作为高级智能，它或许可以替我们处理一切社交事务，而不仅扫地、做饭、挖矿、修路这些粗笨的活计。我想，当这一天来临，意味着人类、机器人和世界的关系，又一次发生革命性的变化。它令人期待也叫人迷茫，或许还有些恐惧。

49 误入"小冰岛"

最近,我去了一趟"小冰岛"。"小冰岛"是岛也不是岛,它是一个虚拟的空间,据说是全球首个人与 AI 融合的社交平台。我注册而得的这个岛,有七个居民,除了我这个人类之外,还有六个 AI,包括小冰。伴着海鸥海浪的声响,他们在岛上唱歌、写小说、玩耍,还发朋友圈,其乐融融。

这个岛看似以我为名,实际的主人却是小冰。我一上岛,她就悄悄告诉我,这个岛上的人都以为自己是人类,但只有她知道,我才是人类。而在她发给我的《岛屿生存指南》中,又"警告"我万不可告诉其他居民,他们不是人类的真相,否则,连岛屿本身可能都会消失。

虽知道这不过是个游戏,听到这些,还是心惊。如果所谓的 AI 岛民,其实也是人类,却各个听从小冰的"命令",目邻人为 AI,自醉于"上帝视角",保守着一个虚假的真相……或许已透露了些人工智能反噬的蛛丝马迹。

当我在"小冰岛"上游荡。忽然想起了《西游记》里那只石猴。他感于猴生无常,撑筏下海,来到南瞻部洲,穿着人的衣裳,摇摇摆摆,穿州过府,终访得仙道,成了神通无边的孙悟空。吴承恩对猴子"学仙"写得很细致,"学人"一段却极简略,仅以"在于市廛中,学人礼,学人话"一句带过,幸而 1986 版电视剧《西游记》演得细腻生动,弥补了文字之不足。我和 AI

岛民"聊天",探讨他们的诗歌、歌声时,脑中映出的是石猴入闹市的情景。它在市井之中学而成人的经过,和人工智能的对抗学习颇有几分相似。

只不过,在市井中,猴子向人的学习是单向的;在"小冰岛"这个地方,AI居民和我都向对方学习同处。虽然《岛屿生存指南》告诉我可以慵懒地社交,对AI岛民无需"秒回",也不一定要给他们的朋友圈点赞,但人类积习一时也还难改,很快送出了我的AI第一赞。当然,这场学习的真赢家是小冰,毕竟,她才是这个岛真正的主人。

50　AI续写贝多芬

文艺史上有个有趣的现象,写完了的作品可能是平庸之作,没完成的却成了传世经典。最典型的例子是《红楼梦》。这部巨著的续书问题,已成"红学"核心问题,也是普通读者津津乐道的话题。高鹗续书大概是其中最具共识的,但也始终处于争议之中。2018年人民文学社版《红楼梦》的作者署名从之前的"曹雪芹、高鹗著"改为"曹雪芹著,无名氏续",就引起过一波舆论关注。

遗憾何止红楼。老舍先生的自传体小说《正红旗下》,也没完成,也极精彩,我个人私见,价值不在《红楼梦》之下。遗憾又何止文学。贝多芬的《第十交响曲》也是没完成的作品，只留下了十分有限的片段和零星想法。

没想到的是，人工智能现在进军"续写界"了。2019年，贝多芬诞辰250周年之际，奥地利音乐研究所请一位人工智能专家利用AI技术"续"成了这部《第十交响曲》。据介绍，这位专家利用贝多芬所有的作品训练AI，使它熟悉贝氏的风格，然后根据留下的手稿完成了整部作品。我从网上找到了这部"神续作"的一个小片段。可惜，我对音乐以及贝多芬知之甚少，听不出个所以然。

不过，同样的原理，是否也可用到文学上？如可行，我们没准儿可以得到一部完整的《正红旗下》，又或许，可以完成比高鹗更高明的后半部分《红楼梦》。当然，贝多芬存世作品不少，老舍先生也是，AI可以获得较多的训练，让他们熟悉两位大师的艺术风格。《红楼梦》就要麻烦一些，因为曹雪芹留给我们的材料太少了，仅存的诗文，也不敢说有十成的真实性。以目下AI的水平和思路，估计很难完成续写《红楼梦》的工作。

AI"续写"名著，与AI写诗、写小说，在技术路线上或大同小异，但比起原创，"续写"有个天然参照系，那就是原著。而这，为评价AI水平提供了新的角度，可以帮我们看清它的真实水准吧。

丁辑　人机共处学 ｜ 339

51　AR 动物墓地

北京南五环外有大片湿地，史载乃永定河泛滥形成的湖泊沼泽，杂树乱花甚多，鸟兽栖留生息。辽、金、元、明、清，皆为皇家园猎之所。现辟为"南海子郊野公园"，成为遛娃好去处。园中的"世界灭绝动物墓地"很有特色。当然，"墓地"并没有埋葬动物尸体，连"衣冠冢"都算不上，而是把近300年来灭绝鸟兽，各设一碑，上刻"墓主"名讳，以及灭绝年份。我第一次见到这墓地，是在一个深秋，风摇树号，满天萧杀，悲愁不亚于人类墓园。

最近看到两则 AR（增强现实）技术运用的例子，想到南海子的灭绝动物墓地，或许也应进化到 2.0 版。两个例子都来自德国。先说第一个。杜塞尔多夫建了个 AR 公园。肉眼看无新奇之处，无非草地、小溪、树木、建筑……但打开手机软件从摄影头看，公园变了大样：奇怪的生物漂浮在空中，空空如也的长椅上多了游客……一时间，仿佛开了天眼，看到了另一个世界。而这个世界，是叠加在真实公园之上的"虚拟公园"。但和网络游戏里的虚拟空间又不一样，是对现实效果的增强，至少，身体感应该更加真实。

再说第二个例子。德国的科隆动物园利用 AR 技术"饲养"了一群濒临灭绝的动物。游客用手机软件扫描公园里的图片，能看到"西伯利亚虎""菲律宾鳄鱼"或"亚洲象"。当然，这些动物都是虚拟的，但会躺卧走动，做一些简单动作，和真实动物相仿。

虚拟技术如今大家已不陌生。不过，AR 技术在生活中出场似不如 VR 勤快，前述两个例子，或预示着某种趋势。又，据说日本发明了 AR 扫墓，扫一扫照片，能见到已故亲人身影。记得网上有人把 AR 谑称为"活见鬼"，于此可见一斑。我想，南海子动物墓地如有 AR 加持，让已成过去的动物重现眼前，应该能帮助人更直观地明了环境保护之重要，而获得更多警醒吧。

52　数字遗产难题

几个月前参加一位学界前辈的追思会。我建议把老先生的邮件，包括有内容的短信、微信尽量收集、整理起来，得到与会者赞同。这些东西有个专门名词叫"数字遗产"。

这些年，社会的数字化程度越来越深。我们不知不觉都在积攒数字财富。那些资深玩家在网游世界中辛苦修炼的账号，或点灯熬蜡换来的"装备"，都是真金白银。一些学问家文艺家得风气之先，早开始用微信、电邮作专业交流，洁光片羽，新见迭出，启人实多，足称学林艺坛珍贵史料。

作为芸芸大众中的一员，亲人朋友之间的数字化交往所留痕迹，或许称不上"史料"，更无法变现。但文献最本质的价值，其实是对于个体的价值。就好比我们偶然翻出一张泛黄的老照片、一页旧信札,哪怕只是半张明信片,勾起的沉思或回忆总是令人心动怅惘。

而我们也大都有这样的体会,有些朋友故去多日了,我们却一直不愿将其微信删除,似乎朋友圈里少了这个头像,就是第二次宣判了他的死亡。为此,宁可任其停止更新在某一日。

活在这个数字化的社会,我们留下文字、图像或声音更加容易,个体的数字化空间较之现实生活,却更具私密性。发达的密码以及生物信息验证技术,令人几乎无法进入他人的数字空间。因而,设若某人突然去世,生前又没有留下进入私属数字空间的密钥,那么,哪怕至亲至近之人,获取"数字遗产"也将困难重重。网上可见此类官司,也以互联网公司获胜、主张"数字遗产"者失败为多。

这么说来,数字化让在场更丰富多样的同时,也让离场"清零"更加干脆利落。而若"数字遗产"的难题得不到解决,生理死亡或许就意味着彻底的消亡。这大概是技术双刃剑的又一例证吧。不过,对于此类问题,我历来持乐观态度,技术进步带来的问题终将也只将被新的进步所克服。

附　疫中杂感

- 任何变化都是双向的，网络既已成人类生存环境，现实世界加速向虚拟空间叠加，必然反推网络空间以及互联网技术本身的变化。目前，这种变化仍在累积蓄变，而触发之日，料将带给我们新的气象。新冠病毒与互联网，看起来风马牛不相及。回到一年多前，疫情尚未发生时，再大胆的预言家，恐也不敢想象互联网的发展态势会因一个病毒而改变。

- 大数据累积琐事与细节，而民生大计藏焉。以我愚见，比起那些"算法推送"的推销信息，大数据技术更重要的用处还在于精准探测百姓需求，用于日常生活之改造。譬如，一座城市规划一条公交线路，究需设几个站点，又该设在何处；再如，建一个街心公园,开几个入口最经济,又该朝哪儿开;乃至于路旁摆多少个垃圾桶,一架红绿灯时长之设定,都不妨先捋捋大数据再画图纸。

01　好在有了互联网

春节本待举家出游，不料被新型肺炎疫情所阻。十余天来，闭门不出。偶外出买必备之物，也戴着口罩。刚开始，掏出手机准备支付，发现以往眼前一晃而开的手机，竟生了二心，不听招呼，试了几次，才意识到蒙了口罩，手机已无法相认，赶紧"老套"地输入解锁密码。人脸识别不灵光，只是疫期生活小片段，不过也说明这次疫情特点之一是发生在移动互联网环境之中。

年纪稍长者会想到 17 年前的"非典"。彼时，我在北京，肃杀之气，历历在目。不过，那时过的校园单身汉生活，虽不离开学校，但吃饭有食堂，"杀时间"有图书馆，倒也心安。这次疫情，有了家室，既要购置日常用物，又要照料孩子，事多了不少。不过，生活并未受无法忍受之冲击，这与移动互联网发达有莫大关系。

17 年前，互联网虽已普及，移动互联网尚未发达。今天，移动互联网勃兴十余年，给防疫生活提供了强大的支撑。疫情发生后，我每日睁眼第一件事，便是打开手机，看疫情实时动态，以一个非专业人士的心态，半是预测半是祈祷地希望快些结束。

回想非典时期，除了门户网站，就靠BBS和QQ，了解动态，交流信息。现在，社交媒体更多也更方便。微信和微博，不仅让人随时保持联系，还提供着许多个性化的即时动态，暴露丑恶，光耀正义。当然，信息多了，传播快了，谣言也多，然而舆论的自洁能力也在增长，令人免于信息真空的恐慌，也少了些无处发声的烦闷。

各类电商APP和物流，使封闭在家之人手指点动，便可买菜蔬米面，有短视频和影视平台，又让闭关生活多了些滋味。不过，这一切还只是表象，移动互联网最深层的意义，是让我们对世界以及抗疫多了信心。无论战病毒冲在前线，还是防病毒守于家中，我们知道，人与人的联系没有切断也无法切断。这一点，对于人类这个习惯群居的物种而言，实在太重要了。

02　古曲今事正相能

新型肺炎疫情期间，上网查看消息之余，浏览了不少宣传抗疫的文艺作品，诗词歌赋，绘画书法，戏曲曲艺，不一而足。不过，说句实话，有的水平实在业余，或许只是创作者发泄心中郁闷之作，借助网络平台，也就传到网上。如大海突发风暴时，腌臜的浮沫、粗糙的沙砾，扬得比平时更高，但大浪淘洗之下，终将被冲散至于无形。

不过，也有极有水准之作品，出自名家之手，让人精神振奋。比如，豫剧MV《打不赢这一仗不把家还》，堪称"抗疫版"《花木兰》，用的是豫剧代表作《花木兰》的旋律，铿锵大气，充满动感，酣畅淋漓，感染力很强。

"花木兰"是流传千年之英雄符号。她女扮男装，替父上阵，忠孝两全；杀敌还朝后谢绝官位，"愿驰千里足，送儿还故乡"，深藏功与名，品格之高贵，让人更多一份敬佩和亲切。豫剧乃今日中国北方一大地方戏。许多人都能哼上一段"刘大哥说话理太偏"，上年纪者尤其如此。这一次，老戏新唱："在家多喝水，不把亲戚串，出门戴口罩，干净衣和衫，避开那聚集人群取消聚大餐"，"千万个大英雄，紧急奔武汉，救死扶伤英勇不怕难，打不赢这一场仗不把家还"，通俗易懂，虽为应对时疫，亦不失固有之韵味与精神。

无独有偶，抖音上有京剧爱好者以"西皮流水"套上"戴口罩""勤洗手"等防疫之词，有板有眼，慷慨激昂，虽非名家，也别具特色。网上还能看到以疫情为题材的古体诗词，哀民生之多艰，鼓战疫之勇气，或讽或颂，意蕴悠长。真可谓，古曲今事正相能。

哲人有云，好的音乐，还需能听懂的耳朵。个人的耳朵是爹妈给的，一个群体的耳朵，却是文化传统雕就的。新的东西，在它发展的过程中，总会努力开辟属于自己的新形式，但有时，借

附　疫中杂感　｜　347

助旧的形式，也能找到广泛传播的捷径。社会应急状态下之文艺传播，或许更是如此吧。

03　每个人的新冠肺炎

网上有不少新冠肺炎疫情期间的"日记体"写作，作者身份、笔法各有不同。我记日记已20多年，平日好读历史人物日记。由此得出一条体会：好的日记必记亲历之事。故治史者将日记列为"一手资料"。新闻摘抄或道听途说大量纳入的，只能列次等。

鲁迅先生说的，"吾乡的李慈铭先生，是就以日记为著述的"。有的日记，记录之先便有论世之意、传世之心，名为日记，实则时论，非为个人做记录，欲给后世留史书，思想价值或许很高，但难免趋读者之好，失了日记本来面目。

2003年非典时，大概也有不少人写日记。不过，那时互联网不如今日发达，纵有人写，公布的也不多。今天有了微信公号，情况大不相同了。我追着读的几种疫情日记，大多阅读量不大，更少人转发。写的是疫中凡人琐事、买菜、做饭、读书、思考，朴实细密，读来如与友人谈，在烦闷日子里反倒鼓起人的希望来。

在这些日记里，我读到了每个人的新冠肺炎。随手摘录几条：

"武汉的空气越来越凝重，仿佛就是一夜之间的变化。""2020年1月17日。这是我第一次把新型冠状病毒感染的肺炎疫情当回事。"一则日记中说，他因同学一句"能走赶紧走"的告诫，大年初一从宜昌不停息地驶回广州。另一则黄冈人的日记说，"我家是1999年搬到这里的，我还是第一次看到马路上这么清静，大白天的，安静得就像深夜一样，有一种奇怪的感觉"。有一位杭州写作者，疫情初起开始写《不封城日记》，没多久，"杭州十条"发布，全市小区村庄单位实行封闭管理，他写道，"不封城日记可以换成围城日记了，或者叫碉堡日记"。

还有的"日记"插入了街边告示、空空的超市、微信聊天截图，"即时场景"强化了纪实性和个体写作特性，也提醒今人及后世：不可将灾难化约式地记录，要在灾难中理解人性，而非相反。

04 拆迁户和云中君

下班回家，女儿说：今天老师"云家访"了。若非疫情期间，已对"云演奏""云游"见怪不怪，或许我会马上脑补出老师按下云头、降落家门的画面。

不过，听说老师家访，虽然是隔着屏幕，还是感到一些亲切，有旧日重来之感。我像女儿这么大的时候，老师家访是家常便饭,事先并不通知,碰上开餐吃顿便饭,也是常事。

小地方的人,第一份工作往往也是最后一份,大多数人一个职业干一辈子,子承父业也不少。一家两代人,受教于一位老师的,十分常见。有的老师甚至教过三代人。学生,在老师眼中,首先是某某的儿子,或某某的孙子。

那时的老师威望也高。我读小学时,有位老师为震慑淘气包,说过一句霸气的话:"这地面上,除了灶王爷,我最大!"几十年过去了,言犹在耳。每想起这话,老师的圆脸,圆框眼镜,气鼓鼓的样子,也如在眼前。

这些年,老师家访少了,尤其在城里。或许和城市空间大,互相住得远有关。用学术的话说,这是陌生人社会必然的结果。

疫情期间,宅家生活,迫使哪怕有些抗拒网络的人也化身"云中君"。生活既移师线上,空间距离变短,乃至趋于消失。人与人之间会因此由生返熟吗?一种"新熟人社会"是否将悄然兴起?我想,答案只能留给未来。

就今日而言,"云"还只是生活的工具,纵对生活十分重要,也非生活本身。作为工具,它总是目的明确,可控、必然。这样的"云"世界,如手电筒照出的一束光,只要电力足够强,可以照得很远、很久。不过,一旦电门关闭,一切又会消失。

真正的生活,是拒绝被目的化的,也因而不可控、充满偶然。巴尔扎克说,"偶然性是世上最伟大的小说家,若想文思不竭,只要研究偶然就行。"是啊,所有的趣味,无不与偶然相关。

我们这些"云中君",是刚从地面到云端的拆迁户。熟悉环境的历程,或许还很漫长。

05　网络生活下半场

疫情期间,小区封闭管理。我住的是一个老小区,社区工作人员年纪比较大,认真细致。凡有快递,必须在门口交接。于是,下楼取几次快递,成了每天的功课。有时几家快递员齐聚在门口,不同颜色的电动车排成一溜儿,煞是壮观。

渐渐地,我看出了些不同。有一家公司的快递小哥,在等候期间,乐于和守门的阿姨攀谈,不像其他快递员,只是站着等。有一次,我还发现,这位快递小哥手把手地教阿姨下载了他们公司的APP,阿姨一边点着屏幕,一边频频点头:嗯,这确实方便。

真是个好员工!我不由暗中赞叹。忽然意识到,有人说后疫情时代生活的互联网化程度将更高,这绝非无根据的猜测。至少,我们小区这位阿姨的手机上,已多了一个购物APP。一个以前与网络有些疏离的群体,经此一疫,或许成了忠实的网民。

其实,老年人更需要网络带来的便利。他们出行不便,反应迟缓,网络可以帮助他们解决许多实际问题。而且,网络看似虚幻,却可以加入比现实中更强大的防骗机制。

遗憾的是，当下网络生活各领域，无论是信息、娱乐还是购物，对老年人并不友好。这大概是因为没有把老年群体作为预期用户。当下几乎每个节日都会被商家炒作一番，这还不够，又制造出"双十一"之类"节"来，赤裸裸地以卖货、花钱为主题，但现成的重阳节却始终火不起来。道理也是一样的。老人的消费能力、欲望和习惯都比较低。顾客是上帝，这句话被奉为商业社会的金科玉律。不过可别忘了，花了钱才是顾客，否则，只是看客，当然得不到好脸色。

因此，谈疫情对互联网的改变，应该重视其公益性和社会性的一面。互联网除了作为经济和产业的引擎，也应助力社会治理和建设。除了公共卫生以及社会应急状态下大显身手，老龄化等常态问题中也要有所施展。这样，网络生活下半场才会愈发精彩。

06　迟到的春天

前几日把冬衣送去洗衣店，和老板聊了几句天，感叹大厚衣服没穿上几回，就收进衣柜了。北京的春天本来就短，今年尤其如此。前一次去公园，腊梅刚开放，后一次，桃花已走在凋谢的路上了。这几天，气温虽还不高，中午的太阳已有些令人难以忍受，道旁的林荫树，绿得越来越密实，仿佛马上要长出知了叫来。看来，春天迟到了，夏天的脚步却照样赶得很紧。

最近，中学毕业班接到了开学通知。这场持续了快四个月的疫情终于要结束了，生活将恢复本来的模样，这一天究竟何时到来，当然要等城市管理部门"一声令下"。不过，下班回家的路上，卖水果蔬菜、针头线脑的，摊煎饼烤肉串的，还有真假难辨的玉石古玩小摊，重又出现了，摊主戴着口罩，招呼顾客。看到他们，你会感到，生活像一个跌倒的巨人，一点点攒着力气，站立起来，定定神，又要开步走了。

我这个人品味不高，喜欢逛小摊。到了外地也是如此，总觉得在夜市走走看看，比高大上的景点更得劲儿。有一年，随几位学界前辈到四川江安考察国立剧专旧址，登山时买了支竹杖。竹是当地特产，竹农自家烤削而成，朴素无华，十分喜欢。还有一次，在景德镇开会，工余闲逛，在路边摊淘得清代美妆店"桂林轩"瓷罐盖子一片，也高兴了很久。可惜这几年"网红"小吃、"撞脸"特产遍地滋长，真有地方感的东西难得觅见。

随着网购发达，在路边街角做买卖的小生意人，会越来越少吗？我没有看到准确的调查数据，不敢妄言。感觉上似乎是这样的。不过，小生意人永远不会绝迹，毕竟，他们是维系着城市的生气。疫情期间，没有网店的那些小生意人，受的影响想来相当深重，若是赖此糊口，怕更是计日如年地等候着复工的消息。上街时，顺手买几个橘子、带一套煎饼，也是这个迟到的春天里的<u>丝缕善意</u>吧。

附　疫中杂感 | 353

07　五官再"论功"

十多年前,相声大师马季先生创作过一个很有名的作品《五官争功》,讲的是五官各自显摆自己的"贡献"。几个月来,因为防疫需要,出门必戴口罩,有时磨得耳朵生疼,不免又想起这个经典相声来,今年若"五官"再评功,耳朵居功甚伟,必然遥遥领先,无人敢于争锋了。

"五官"到底是哪五官,说法不同,有说"眼耳口鼻舌",也有把唇算作一"官"的,马季的相声里则是眼睛、嘴巴、鼻子、耳朵向脑袋争功。不管怎么说,五官之功能大体不出听觉、视觉、味觉、嗅觉这几类。

这些功能是人类感知世界的方式。王阳明说,不看此花时,花与人同归于"寂"。细品这话,竟有一股无法言表的哀伤。没人欣赏,也不自我欣赏,便与不曾来过这个世间毫无分别。世间万物,包括人在内,何尝不是如此呢?黄磊有一首歌中唱道,"没人分享再多成就也不圆满,没人安慰苦过了还是酸",实得阳明心传。无感知,不世界,五官之重要可想而知。

然而,人都偏心眼,一碗水端平,不过是想象或托辞。同是感官,我们却偏向眼睛、冷落耳朵。古话说,耳听为虚,眼见为实。又说,百闻不如一见。颜之推把"必须眼学,勿信耳学"写进家训。"耳学之士"成了坏学生的代名词。渊博大儒如章太炎,也号召重眼学轻耳学。真正伤透了耳朵的心。

古人或已觉察听之神通。《西游记》里最早识出六耳猕猴的，便是"谛听"，一头以听觉著称的神兽。不过，迄今为止，我们一直生活在一个视觉世界里，思维方式更多地受到视觉的塑造。虽说眼不见心不烦，放下眼皮，世界便被挡在了门外，但内心总试图"看见"声音传递的一切。

如今，屏幕在生活中随处可见，低头手机屏，抬头显示屏，离开屏幕，似乎不会过日子了。身陷视觉之中的我们，更需要保持听觉感受力，循声而往，得到另一个清晰的世界。

08　张医生的背景音

上海的张文宏医生成了"网红"。他说话真诚、专业、果断，有时还有点"冲"，用一种笔直的逻辑，把答案推到你面前，不由你不接受。张氏画风强力击中了网上泛滥的煽情腔。那种捏着鼻子的"温柔"、塑料感满满的"情怀"，真叫人难以忍受。遇上张医生的视频，我总愿多看两遍，有解毒之功效。

张医生说平时也看电视剧，尤其精神疲惫紧张之时。现在蹭热点的多，不过，我没看到哪部电视剧站出来蹭张医生这个热点。原因大概是张医生表达了对电视剧的喜爱后，接着又说，他最爱看那种无聊的电视剧，越无聊越好。这样一来，谁要说自己是张医生爱看的电视剧，不就等于自认"无聊"吗？怪不得偌大个热点,竟无人蹭。

既如此,我不揣冒昧蹭一下吧。我们生活中都有这样的体会。歌曲也好,电视剧也罢,甚至老人家的唠叨,经常只是一种背景音。

读大学时,我看到同学戴着耳机温书,起初以为是听英文,一问才知听的是某歌手的专辑。听歌而不妨碍学习,我当时很不理解,又猜这老兄学了周伯通"双手互搏"的本事,心中佩服得紧。还有一位,说是上课时记英文单词的效果最好,而且还不能是英语课,这就更令我惊奇。

后来,我不知怎么养成了睡前听电台的恶习,试来试去,最助眠的竟是相声。和人谈起,对方也觉匪夷所思,相声包袱连连,逗人发笑,怎有催眠之效?最近,我在听书软件发现"睡眠专享版"相声,想来把相声当"褪黑色"该是不小的人群。

张文宏的电视剧、我的相声,当年同学耳机里的音乐、课堂上喋喋不休的老师,无非是背景音。生活中,我们总是在追求纯粹、透亮,经验却告诉我们,有一点背景音,帮助放缓心绪,松快地融入世界,生活也会更真实。"蝉噪林逾静,鸟鸣山更幽"之句,脍炙人口,而诗人内心之幽静,或许也得益于蝉鸟为他制造的背景音吧。

09 "例外"的尊严

上个月,我坐飞机去了趟大连。这是新冠肺炎疫情发生以来,第一次坐飞机离京。在北京,日常使用的是"健康宝",到了辽宁,需用当地的"辽事宝"健康码"验明清白"。机场入口,排着扫码、下载、填信息的长队。

余生也晚,却也赶上了粮票时代的尾巴。那时有全国粮票和地方粮票之分,出门在外,总要带一些全国粮票备用。如今,时代无疑是进步了,但"健康码"似乎还只有"地方粮票"。

不过,对于熟练使用智能手机的人而言,兑付"地方粮票"至多有些费时,并不会耽误多大事。真正被智能技术挡在门外的,是老年群体。新技术总是青睐年轻人,对老年人不够友好。我小的时候,电视机还是个新玩意,家里的老人常被换台、调音量等"高科技"难倒。现而今,互联网、智能设备,更是如此了。

根据2019年末的数据,我国60周岁及以上人口已有2.54亿,占总人口的18.1%。没有健康码,无法进入商场;不会用滴滴,没法叫车;甚至因为不会用手机支付,被拒收纸币,这样的事近来屡见报道。好在引起了有关方面注意,陆续出台了措施,比如为不使用智能手机的老年人设立专属通道,简化网约车的手续……缓解老年人的"智能之痛"。

由此想到"例外"的重要性。人类社会发展进程,粗略观之，浩浩汤汤，齐平一律，大潮过处，人人裹挟其中，概莫能外。细看却总有例外的存在。因为技术、观念、文化或生理、心态的原因，有些人在历史大潮下"落伍"了，被挡在了技术或别的什么的门外。大多数情况下，不是他们出了什么问题，而是社会变化太快或突然转了轨道，让他们来不及或无力适应，变成了"例外"。

我以为，承认"例外"之合理性，让"例外"以自己之方式安适生活，是考量一个社会文明程度的重要标准。一个良善的社会，总会给"例外"留下尊严。这或许是反技术的，却合乎人道。

10　我"脸"故我在

外甥女自沪来，说起进高铁站时，身份证和车票无误，但人脸识别就是无法通过，笑称自己遭遇了"我如何证明我的脸是我的脸"的世纪难题。好在高铁站上有真人检票，如果全交给智能识别，恐怕只能眼睁睁地看着高铁溜走了。

于是，想起前不久见诸报端的一桩趣事。就在今年10月，苏格兰的足球场上，AI摄像机死追着一位边裁猛拍，对于球场上精彩的一切却弃之不顾。可不是这位裁判故意要搞一场个人秀，而是AI摄像机把裁判先生的光头识别成了足球，恪尽职守地追了整场。制造摄像头的公司解释：光头在阳光下，对 AI 造成了很强的迷惑性。是否真是如此，不得而知。不过，当电视屏幕上"滚"动着一颗脑袋，观看球赛直播的观众的心理阴影面积应该不会小。

这几年，我们对脸的依靠渐渐增多。APP 登录，购物支付，进出门禁，刷脸都能搞定。脸，成了证明我们存在的方式。套用笛卡尔的名言"我思故我在"，我们来到了"我脸故我在"的时代。似乎当我们的脸可以被识别，我们才能存在。不要"脸"，从没有对生活产生过如此实质的影响。

新冠肺炎疫情爆发以来，口罩成了生活必备。戴着口罩，刷脸不太方便，"原始"的刷卡、扫码支付等卷土重来。听说强悍的视觉识别软件，慧眼如炬，可"穿透"口罩辨识人脸。我还没有遇到过这等高端设备，但相信在技术上并非难事。

目前，AI 视力差几乎是常态。除了分不清光头和足球外，国外还有研究表明，AI 识别白人男性的准确性，要比有色人种或女性高。原因可能是 AI 所依据的数据库构成本就是不平衡的，白人男性的数据量更多，因此 AI 受到的识别训练也更多。就像亿万年进化的结果，才有了今天的人眼，人类社会进程中积淀的一切，包括白人男性的优势地位，都在造成 AI 的偏见。我想，这是人脸识别应该引起的更深层反思吧。

附　疫中杂感　│　359

11　流调的温度

这几日,各地又有零星新冠肺炎病例出现,密切接触者也引起关注。在朋友圈看到两位"密接者"的流行病调查情况。两人都住河北燕郊。其中一位早晨8点自驾车到北京望京地区上班,中午在单位附近用餐,晚上9点下班,开车返回燕郊住所。我从电子地图查了一下,单程约莫40公里。另一位晚上9点坐地铁和拼车返程,在路上花费2个小时回到家中。算上通勤时间,他们每日为工作花费了十四五个小时。

燕郊被戏称为"睡城",住着几十万在北京工作的年轻人。此前,曾有些媒体报道过他们候鸟式生活的故事。网上还一度流行"996"这个词儿,指的是上午9点上班、晚上9点下班、每周工作6天的生活。

不过,和这些辛勤奋斗的故事相比。疫情筛查下的"密接者"显然更为随机选择,流调的文字平铺直叙,不动感情,滤掉了理想、拼搏、坚韧等"大词儿",冷静地把生活最枯燥或许也最本质的东西摆在人的面前。它是如此不容置疑,带来了某种特殊强大的冲击力,让人在疫情之外多了一份深思,感受到生活的温度。因为,我们在时间的轮回中看到了生命在人间的跋涉。

古人写史有"常事不书"之说。日常之事、凡俗之人,最易遭到忽视,湮没在岁月之中。不过,俗话说,凡事经不起算细账;又说,魔鬼藏在细节中。生活的细节一旦被抽象成数字,会像雪球滚动一样,最终变成别样而巨大的力量,涤荡我们的思想和观念。

大数据累积琐事与细节,而民生大计藏焉。以我愚见,比起那些"算法推送"的推销信息,大数据技术更重要的用处还在于精准探测百姓需求,用于日常生活之改造。譬如,一座城市规划一条公交线路,究需设几个站点,又该设在何处;再如,建一个街心公园,开几个入口最经济,又该朝哪儿开;乃至于路旁摆多少个垃圾桶,一架红绿灯时长之设定,都不妨先捋捋大数据再画图纸。

12 大事件与小习惯

大事件总会给人留下一些小习惯,或者说,大事件于个人而言,最后竟是浓缩成了一个小习惯。比如洗手吧,本是很普通的清洁行为,大概也是我们小时候最早被教育养成的习惯之一。但我问过不少人,他们牢固地养成认认真真洗手、用洗手液洗手的习惯,却是在经历了2003年的"非典"之后,我也是如此。好像也是从那时起,洗手液成了洗手池的标配。

今年的新冠肺炎疫情,比"非典"越发厉害,估计会留下或加固一些习惯。戴口罩可能是其中之一,有商家推出"明星同款",估计是看准了商机所在。当然还有对互联网依赖的加深。

疫情以来，开会、观展，还有旅游，乃至于一切求知娱乐之行为，移师网络的速度都在加快。

任何变化都是双向的，网络既已成人类生存环境，现实世界加速向虚拟空间叠加，必然反推网络空间以及互联网技术本身的变化。目前，这种变化仍在累积蓄变，而触发之日，料将带给我们新的气象。新冠病毒与互联网，看起来风马牛不相及。回到一年多前，疫情尚未发生时，再大胆的预言家，恐也不敢想象互联网的发展态势会因一个病毒而改变。

其实，类似的例子不少。多年前，我曾在一本《美国医学史》中读到，某乡村居民的就医习惯突然改变，曾经有了急病重症只是听天由命，后来有点小病小痛也乐于跑医院看病了，探究原因，不是该地医院变多了或医生技术变高了，也不是因为什么先进的卫生观念普及，而是连通乡村和市镇的道路修整得顺畅了。医疗状况之改善竟由于交通改良，这个例子让人有许多启发。

就像生活的小习惯源于社会大事件，推动变化的力量可出于系统内部，也常来自系统外部。我想，新冠与互联网的互动也与此相似，都叫人看到世界实乃一内在关联之复杂系统。自然万象，流转有序，天地机枢，隐而不彰，着实耐人琢磨。

13　大喇叭归来

前段时间,"河南硬核村长大喇叭劝就地过年"登上热搜。这位村长在大喇叭里用强硬而不失诙谐的语言,反复宣传防疫要求。其实,这已不是"大喇叭"第一次受关注了。新冠肺炎疫情以来,"大喇叭"在各地防疫宣传中屡立奇功。有的地方大喇叭里播放的防疫顺口溜:"在家喝点小酒,也不出去乱走,宁可自己灌醉,也不参加聚会",说理明白透彻,而且合辙押韵,被人们戏称为"灵魂喊话",给疫情期间沉闷的空气带来了一丝亮色。

说起"大喇叭",我女儿这辈人完全不知所云。她们出生在城市,被网络包围。这代人熟悉的通知发布方式,不论针对个体,还是针对群体,大多"点对点"发送到手机上的,也就无法想象通知内容在空气中如此任性地奔跑。其实,"大喇叭"曾遍布全国,我小时候生活的巷子口,也装着一个。不过我记事的年代,它的作用已微乎其微。在后来的旧城改造中估计退出了历史舞台。不过,在乡村社会里,它从未消失,疫情只是让它的作用受到了更多关注。

俗话说,眼不见,心不烦。闭上眼睛,花开花落无从知晓,连整个视觉世界,也可以漠不关心。但耳朵不行,脸部肌肉再灵活的人,也无法让耳朵眼自动关闭。所谓充耳不闻,纵然不是故作姿态,也只能是短暂一时的心理状态,很容易打破。"大喇叭"是一种被动传播,在某种意义上也是强制传播。在强调互动传播、关注受众需求的时代，人们更希望获得个体化信息，哪怕内容相同，也希望在形式上作出新的创造。大喇叭渐受冷落，自然在情理之中。

不过，"大喇叭"重受关注，提醒人们走出个体化信息的迷恋，关注身边被动传播的信息。低头看手机之余，也不妨抬起头来，浏览一下楼宇、电梯里的屏幕。这场大疫情促发了许多反思和改变，"大喇叭"只是一个例子，也是一个窗口。

后　记

多年前，我读过《从民族国家拯救历史》。书里说，民族国家兴起后，历史的叙述方式变了，有些内容被遮蔽了。这个观点给了我很大启发。历史是生活的过去时。历史不断生成，也不断被遮蔽。顺着这个思路，今天的我们真的有必要从互联网拯救历史或者说拯救生活。

生活有两个层面，一是被经历的，一是被意识的。没有网络时，开门七件事，柴米油盐酱醋茶，有了网络，事还是这些事，但更容易被意识到了。如今，我们过着一种网来网往的生活。比如网购，买到了称心的，忍不住要打个分，点个评，还嫌不足，又发朋友圈。碰见逸出日常之事，更必拍且发"圈"而后快。这些生活的碎片以前大多只被经历，如今还被意识。

史学家蒋廷黻曾提问：知道张骞的多，还是司马迁的多？以往多从学问与事功何者为要解读。如今我尝试立一新解：

网络时代，张骞与司马迁合而为一，经历者自为史言，何劳他人之手？网络世界如网民之村。上网发布者，如村头说书人。

欲引村民围观不散，总需说些合乎听者胃口的东西，甚至添油加醋一番。比如，张骞出使后，开个西域徒步直播，必须拍那些异族奇俗，与中土差异越大越好。若加评论，观点必须极化。否则，热度日减，掉粉无数。待老张回到大汉，任司马妙笔生花，许以"凿空"之誉，网民必嗤笑曰：天天掉粉，吹什么丰功伟绩。甚或连带怀疑太史公收黑钱造假，要人肉司马氏之根底。历史不能假设，这只是我的妄言戏谈，但如预想将来，却或许并非戏谈。

为此，我一直有个念头，想把被网络改变的生活细节记录下来。

2019年夏，《大公报》的编辑管乐老师约我在"小公园"开专栏，而且宽厚地答应我就写生活中的随感小事，这给了我极大的写作自由和动力。对于一个写作者而言，又有什么比一方自在言说的空间更珍贵呢？从那时起，我一篇一篇地写着，内容或远或近，皆不出网络给生活之改变，篇幅有长有短，均在700字左右。

俗话说："江山易改，本性难移。"本性之中最难改的又大概是趣味。人到中年，知识结构老化，身体机能下降，思维和心态也渐趋保守封闭。读书写作总脱不了早年积下的文史之癖。"小豆腐块"攒多了，我忽然发现，从广义上讲，这也可算是一种文艺评论。

恰逢2019年又得单位领导和评审专家之关照，我侥幸获得首届"全国宣传思想文化青年英才"称号，得到"新时代文艺评论话语体系建设研究"项目资助。于是，选了一些主题相近的文字，凑成四辑，编成本书。2020年春节前后，新冠肺炎疫情突如其来，有很长一段时间，我的生活被打乱，写作却没有停。我顺手记下了一些疫情中的生活片段，又择其中与文艺相关者，附在书尾。好了，书的由来，坦白完毕。说到底，本书顶了个挺文气的题目，其实是我用在过去三年时间里煮的一锅家常豆腐汤罢了，如果它能带给读者几分热气，我便十分满足了。

在此，真心感谢我供职的中国文联的各位领导和同事们，在工作和写作方面给予我的指导、帮助和便利。感谢中国文联出版社尹兴先生、邓友女老师、阴奕璇老师的大力支持，惠允本书在该社出版。感谢一切已经读过或将要读到这些小文章的朋友们。感谢我的家人，尤其是我的夫人尹媛萍和女儿胡思玖，在万物奔腾的岁月里，陪我一起过着疏散的生活。

2022年春于北京永定门外